I0641642

GEORGES CAIN

A travers

Paris

5 francs

LIBRAIRIE
ERNEST
FLAMMARION

GEORGES CAIN

A travers Paris

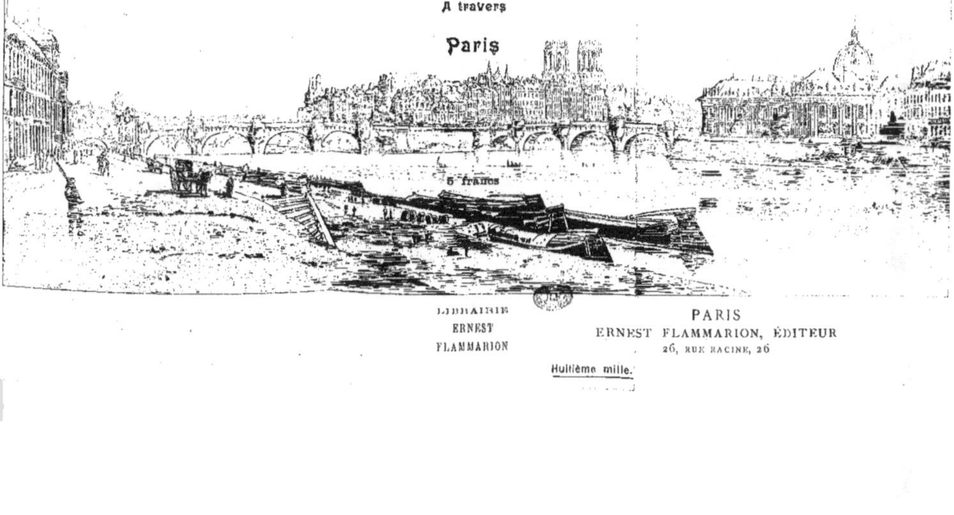

PARIS
ERNEST FLAMMARION, ÉDITEUR
26, RUE RACINE, 26

Huitième mille.

A Travers Paris

DON
6200790
231
16 LK7
37036 A

Il a été tiré de cet ouvrage,
soixante exemplaires
sur papier des Manufactures Impériales du Japon,
tous numérotés et parafés par l'Éditeur.

DU MÊME AUTEUR

Coins de Paris. — 1 volume grand in-8° carré (18×23), avec 100 illustrations documentaires. — (Septième mille). Prix. . 7 50

Promenades dans Paris. — 1 vol. in-16 jésus, avec 125 illustrations et plans d'après les documents fournis par l'auteur. (Douzième mille). Prix. . . . . 5 »

(Ouvrages couronnés par l'Académie française.)
Prix Berger, 1907.

Nouvelles Promenades dans Paris. — 1 vol. in-16 jésus, avec 135 illustrations et 20 plans anciens et modernes. — (Huitième mille). Prix. . . . . 5 »

Les Théâtres de Paris. — (Le boulevard du Crime. — Les théâtres du Boulevard), avec 376 reproductions de documents anciens. 1 vol. in-16 gr. jésus (Fasquelle, éditeur.) Prix. . 5 »

GEORGES CAIN

Conservateur du Musée Carnavalet et des Collections historiques
de la Ville de Paris.

A Travers Paris

*Ouvrage orné de 148 illustrations et de 16 Plans
anciens et modernes.*

R.F.

PARIS

ERNEST FLAMMARION, ÉDITEUR

26, RUE RACINE, 26.

Tous droits de traduction et de reproduction réservés pour tous les pays,
y compris la Suède, la Norvège, la Hollande et le Danemark.

AUX AMIS INCONNUS

dont la sympathie m'est si douce,

je dédie ce livre

en témoignage de reconnaissance.

G. C.

A Travers Paris

LE MARCHÉ AUX FLEURS

Le Marché aux Oiseaux.

ABRITANT alternativement des fleurs et des oiseaux, un carré d'arbres apparaît le long de la Seine entre trois disgracieuses bâtisses, le Tribunal de commerce, la caserne de la Cité, l'Hôtel-Dieu. Les affouillements profonds nécessités par la construction des deux gares desservant le Métro, — qui passera ici à vingt-cinq mètres sous terre, — ont transformé la moitié de la place en un gigantesque chantier où sifflent les machines, manœuvrent les grues, circulent les wagonnets.

Spectacle plus gracieux : dans la partie respectée par les ingénieurs, sous les paulownias, à l'abri des auvents administratifs, — tôle et zinc d'art, — chaque jour, et de préférence le mercredi et le samedi, les Parisiennes viennent renouveler au marché aux Fleurs leurs provisions de roses et de violettes. Débordant jusque sur la

BIBLIOTHÈQUE NATIONALE · R.F. · IMPRIMÉS

chaussée, envahissant les trottoirs des quais, des régiments de chrysanthèmes, de plantes vertes, de pêchers, de poiriers, de sapins; des bourriches de jacinthes et de tulipes, des pots de primevères forment comme un immense tapis diapré.

Confondues en leur tendresse commune pour les fleurs, élégantes, bourgeoises, trottins, humbles ménagères se pressent autour des éventaires : aux unes le luxueux décor de table, orchidées mauves et feuilles d'automne aux tons de rouille ; aux autres le modeste bouquet de violettes ou le pot de giroflée sur un rebord de fenêtre.

Toute Parisienne adore les fleurs; c'était à ce marché de la Cité qu'en 1793 la citoyenne Richard, concierge de la Conciergerie, venait chaque matin acheter, pour la reine captive, des œillets, des tubéreuses et surtout des juliennes... Les fleurs furent la dernière joie de Marie-Antoinette en ce sombre cachot qu'elle ne quitta que pour monter dans la charrette du bourreau !

Le dimanche, les marchandes de fleurs cèdent la place aux marchandes d'oiseaux... Dans un pittoresque et étrange tapage, où se mêlent les gazouillis des bengalis des îles, les roucoulades des chardonnerets, les trilles des serins, les cris rauques des aras et les boniments des vendeurs ; de bonnes bourgeoises, de gentilles ouvrières, des enfants se pressent devant les longues rangées de cages installées sous les toitures de zinc édilitaires. Les captifs ailés y sont pourvus de noms décoratifs

Houbron, *pinxit*. PARIS [illegible] 1855. Collect. Victorien Sardou.

et pittoresques : voici des « veuves à collier d'or » (3 fr. 50 pièce), des « élégantes de Sainte-Hélène » (0 fr. 90), des « Jeunes Papes » (1 fr. 75), enfin voici des « Bengalis de Bombay *ayant un chant tyrolien !* » qui ne coûtent que 1 fr. 25.

Goblain, *del.* RUE DU MARCHÉ-AUX-FLEURS. Baujean, *sculp*

Des modistes sentimentales se paient un couple d'« inséparables », une grosse commère marchande un vieil ara déplumé, dont l'œil en cocarde dévisage anxieusement sa future propriétaire ; des cuisinières achètent des poulets, des pigeons, des cailles ; les amateurs s'approvisionnent de colifichets, de mouron, de seiches, négocient des « chardonnerets bien stylés », des pinsons, des tarins ; mais la haute banque de cette Bourse aux oiseaux opère sur les « serins hollandais ». Une dizaine de cages, aux fonds tapissés de fins copeaux, abritent quelques couples ébouriffés de cette aristocratie serine. Haut perchés sur leurs maigres pattes, les « hollandais » lancent à tue-tête leurs trilles perlés. On discute : « 35 francs la paire. — Non, 32. — J'en ai vendu les pareils 40 francs la semaine dernière. — Voilà 33 francs. — Emportez-les, ces mignons, c'est un vrai cadeau que je vous fais... »

A côté, une vieille dame, avant de payer 45 francs un perroquet « parleur », se fait préciser par le marchand le répertoire de l'oiseau : « Portez armes !... As-tu déjeuné, coco ?... Bonjour, madame »; de plus, il siffle : « J'ai du bon tabac... » La vieille dame n'hésite plus et emporte le perroquet effaré qui désespérément hurle : « Portez armes !... portez armes ! »

Dans ce grand carré de paulownias, où poussent aujourd'hui les pots de fleurs et les cages à oiseaux, sur l'emplacement de la rue de la Cité, qui est certainement la plus ancienne voie de Paris, passait, vers l'an 360, sous le règne de l'empereur Julien, la grande voie romaine de Senlis à Orléans, laquelle, non seulement traversait Lutèce en ligne droite (son trajet couvrirait aujourd'hui le faubourg et la rue Saint-Martin, le pont Notre-Dame, le Petit-Pont, la rue et le faubourg Saint-Jacques), mais reliait les Gaules à Rome... et l'étude de ce tracé rigide comme une lame de glaive, de ce sillon tiré au cordeau,

Martial. POMPE NOTRE-DAME
QUAI DE GÈVRES ET PELLETIER (1850).
(Vue prise du quai aux fleurs.)

dédaigneux des courbes et des vallonnements, proclame mieux que beaucoup de volumes d'histoire la toute-puissance de la grandeur romaine, dompteuse des peuples et des choses !

Plus tard, au moyen âge, tout un quartier, — et quel quartier! — s'enchevêtrait entre la rue de la Barillerie (aujourd'hui boulevard du Palais), la Seine (où le port de Saint-Landry animait de son commerce les rives de l'actuel quai aux Fleurs), la rue de la Lanterne (aujourd'hui rue de la Cité) et la rue de la Vieille-Draperie (aujourd'hui rue de Lutèce); églises, chapelles, monastères, hôtelleries, tapis francs, mauvais lieux y pullulaient. Il y en avait pour tous les goûts. Le Glatigny, — un vaste clapier occupant l'emplacement de l'Hôtel-Dieu (1), — voisinait avec des bâtiments canoniaux; les cloches de vingt chapelles alternaient avec les vacarmes de cent cabarets. Dans la seule rue Pelleterie (elle commencerait aujourd'hui à la porte du Tribunal de commerce et finirait, en zigzaguant, près l'angle de l'Hôtel-Dieu, traversant le marché aux Fleurs) — on comptait jusqu'à Louis XIII plus de vingt hôtelleries et rôtisseries... : le « Petit Cygne », le « Grand Cygne », l' « Image de Notre-Dame », la « Tête noire ».

(1) Rue de Glatigny étaient les prisons de Lutèce, où fut captif saint Denis aux premiers temps du christianisme dans les Gaules.

Sous saint Louis, la rue de Glatigny fut dotée d'un *Val d'amour*. A cette époque, les *dames au corps gent*, *folles de leur corps*, étaient, comme aujourd'hui, soumises à des statuts et à des règlements. Elles célébraient avec piété la fête de la Madeleine, leur patronne. Des tasses d'argent pendaient à leur ceinture, et elles proposaient aux passants de venir boire avec elles. Les dimanches et jours de fête, elles lisaient assises sur la borne, en attendant les chalands, dans un livre de prières à fermoir de cuivre doré. Ce mélange de pratiques religieuses et d'ignoble prostitution est un trait caractéristique du règne de saint Louis. On sait que ce monarque faisait suivre sa cour en voyage d'une com-

Martial, aqu.

RUE DE LA CITÉ (1850).

« Au Chef de saint Denys », « de saint Nicolas », « de sainte Catherine », etc. Les chapelles s'appelaient Saint-Pierre des Arcis, Saint-Barthélemy, Saint-Denys de la Chartre, Saint-Éloi, Saint-Martial, Saint-Germain-le-Vieux (qui fut le premier baptistère de Notre-Dame), Saint-Pierre aux Bœufs (dont le portail fut rapporté à Saint-Séverin), Sainte-Marine, les Barnabites, la Madeleine (1), etc.

pagnie de ribaudes inscrites sur le rôle tenu par la *dame des amours publics.*

Saint Louis est mort, bien des dynasties ont passé; le val d'amour existe encore rue de Glatigny. (Il ne disparut complètement que lors de la démolition du quartier pour faire place au nouvel Hôtel-Dieu, un peu avant 1864.) — (GIRAULT DE SAINT-FARGEAU, *les 48 Quartiers de Paris* (1850), p. 396-397.)

Le nom de *Val d'amour* s'appliquait plus particulièrement à l'entrée fort étroite de la rue de Glatigny, qui descendait vers la rivière et qui menait au port Saint-Landry. Le long de ce petit port, où venaient atterrir quelques barques chargées de bois et de blé, régnait une ceinture de maisons qui, accrochées l'une à l'autre et se soutenant à peine, baignaient dans l'eau leurs pieds vermoulus; ces maisons appartenaient de droit à la plus abjecte prostitution, que nous voyons partout se réfugier aux bords des fleuves. La rue humide et ténébreuse que ces affreuses masures formaient par derrière se nommait *rue du Port-Saint-Landry-sur-l'Eau* et tantôt rue du Fumier. Cette rue devint par la suite la *rue des Ursins*, dont l'extrémité (*via* inférieure) fut appelée rue d'*Enfer*, ce qui semble bien faire allusion à la damnable vie que menaient ses habitants. (B. LACROIX, p. 140.)

(1) LA POMME DE PIN. — C'est rue de la Licorne, vis-à-vis l'église de la Madeleine, qu'était situé le très illustre cabaret de la « Pomme de Pin », compté par RABELAIS, au chapitre VI du second livre de *Pantagruel,* parmi les « tabernes méritoires où couponisoient joyeusement les escholiers de Lutèce ». Bien avant l'auteur de *Pantagruel,* FRANÇOIS VILLON y fréquentait lorsque, après quelque « repue franche », faite aux

Le 14 juillet 1560, grand tapage, sacrilège! Un nommé Jean Petit a volé le saint ciboire exposé sur le maître-autel de Saint-Barthélemy : on l'empoigne, à coups de pied on lui fait traverser la rue de la Barillerie, on le jette devant « Messieurs de la Cour », qui, sur-le-champ, le condamnent à être pendu, étranglé, puis brûlé..., ce qui fut exécuté sans délai dans la cour du Palais. — Saint-Denys de la Chartre (qui s'élevait sur l'emplacement de la petite cour de l'Hôtel-Dieu dont les arbres étêtés apparaissent au fond du marché aux Fleurs), était, en 1660, une chapelle quasi-souterraine, l'exhaussement des terrains voisins l'avait pour ainsi dire enterrée; une eau-forte d'Israël Silvestre montre qu'on y descendait par une dizaine de marches. C'est qu'il avait fallu lutter contre les inondations périodiques de la Seine; les berges de la Cité étaient fort basses et sans quai. Sous Louis XII, « il fallait trop descendre pour aller à Notre-Dame ». Alors, pour se garantir des eaux, on suréleva les rues de dix pieds, et Sauval assure que les marches de Notre-Dame durent disparaître sous le terrain montant. Ce fut un grand bien pour la Cité, « sujette en hiver à beau-

dépens d'un rôtisseur de la rue de la Huchette ou d'un tripier du Petit-Pont, il chantait *Blanche la Savetière* et la *Gente Saucissière du coin.*

Mais c'est au XVIIe siècle que la « Pomme de Pin » fut réellement dans toute sa splendeur; rendez-vous des gens lettrés et de leurs bons amis de la Cour; c'est là qu'un beau soir Chapelle enivra Boileau

Et répandit sa lampe à l'huile
Pour lui mettre un verre à la main.

État actuel.

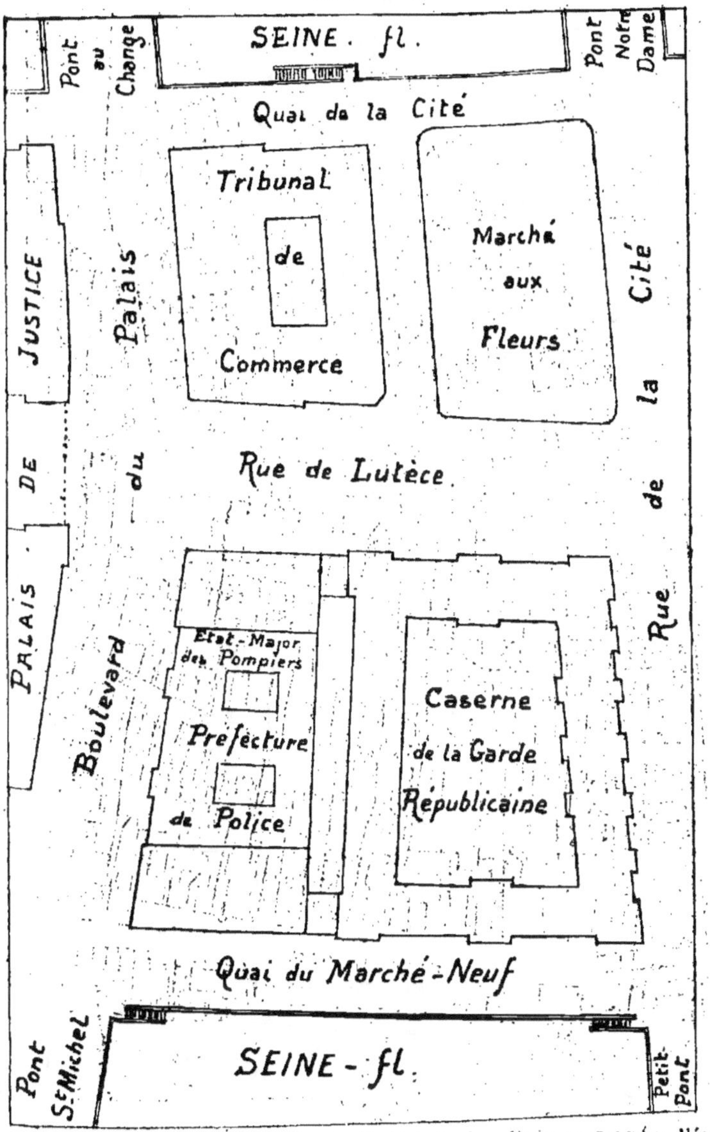

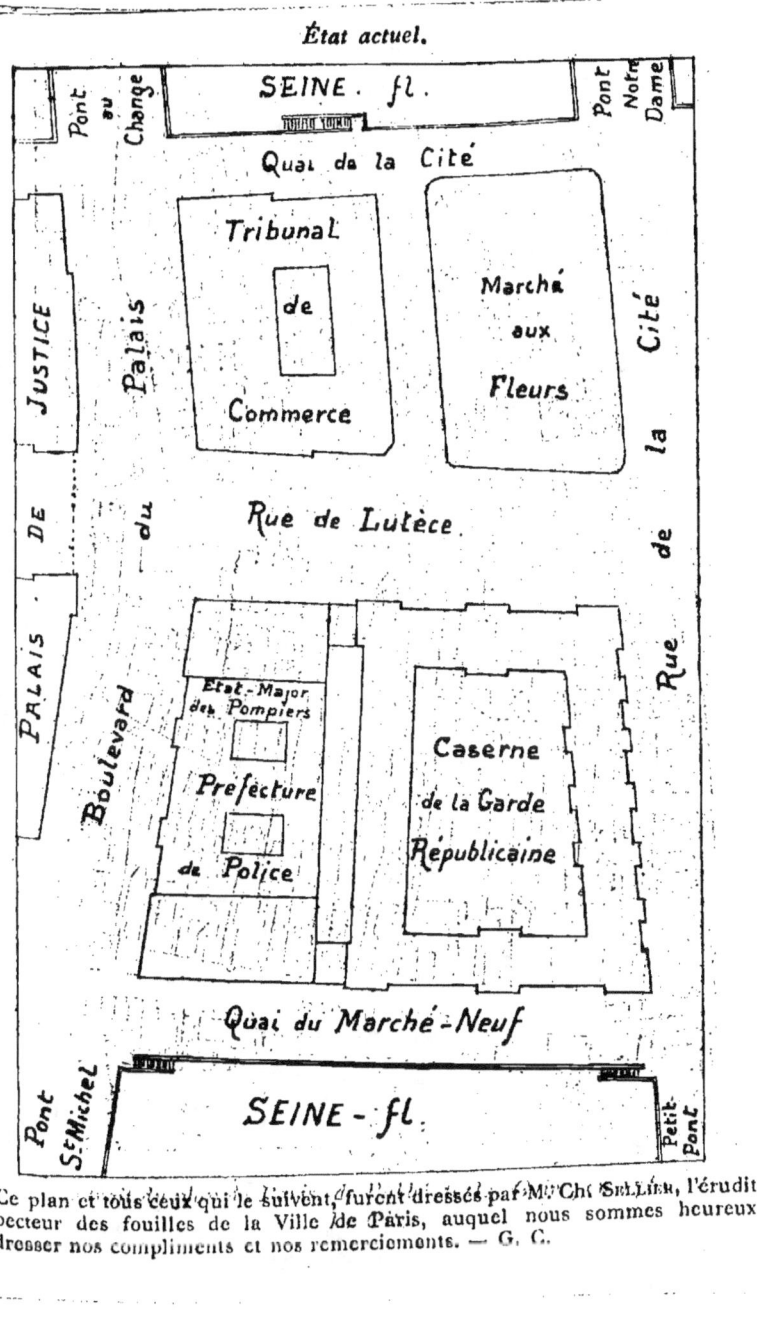

Ce plan et tous ceux qui le suivent, furent dressés par M. Ch. Sellier, l'érudit specteur des fouilles de la Ville de Paris, auquel nous sommes heureux adresser nos compliments et nos remerciements. — G. C.

État actuel.

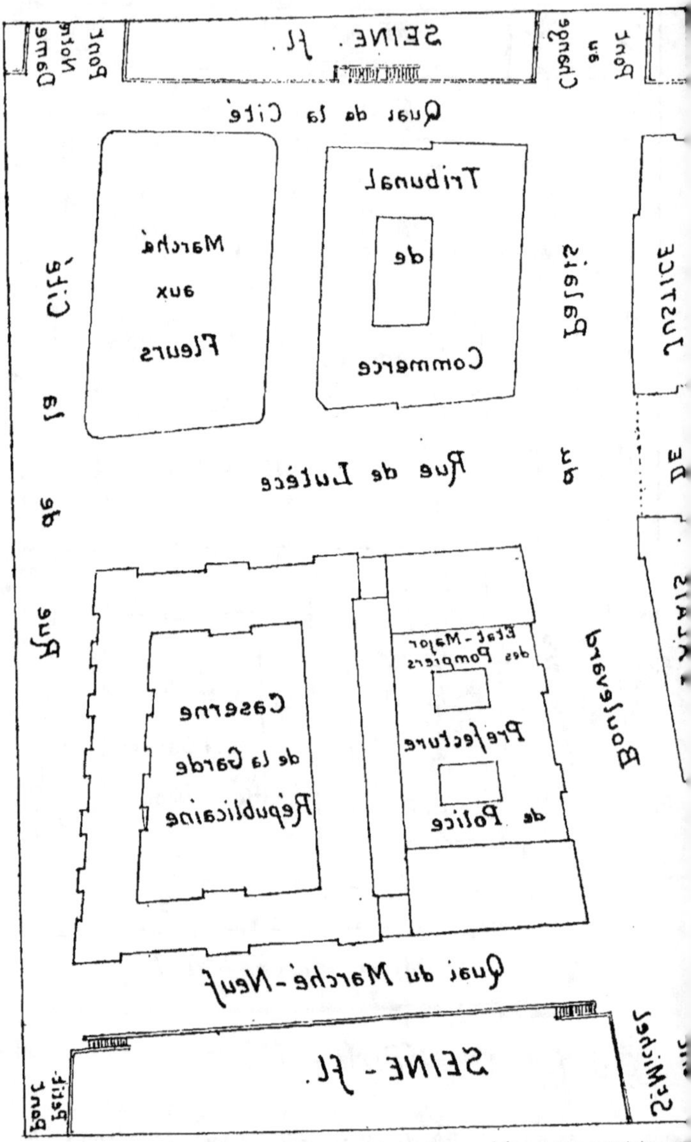

…an et tous ceux qui le suivent, furent dressés par M. Ch. Sellier, l'érudit …r des fouilles de la Ville de Paris, auquel nous sommes heureux …r nos compliments et nos remerciements. — G. C.

Extrait du plan de Paris, de l'abbé de La Grive, en 1750.
La Cité.

Photog. Marville.

RUE JACINTHE VERS 1869.

coup souffrir de l'eau quand la rivière était haute ». Saint-Denys de la Chartre était un pèlerinage consacré ; on y voyait le cachot de Mgr saint Denys, où le Christ avait lui-même dit la messe à l'apôtre enchaîné »; les

Israël Silvestre. SAINT-DENYS DE LA CHARTRE.

chaînes pendaient encore au mur sombre de la chapelle et un bas-relief d'Anguier commémorait la pieuse légende.

A l'angle de la rue de la Vieille-Draperie, — à peu près sur l'emplacement de l'entrée du Métro, rue de Lutèce, — s'élevait la maison du père de Jean Chatel, l'assassin de Henri III. Cette maison fut rasée « en expiation » par ordre du Parlement de Paris et « en remplacement fut dressée une colonne commémorative » qui se voyait encore en 1655.

L'église Saint-Barthélemy, en face le Palais de Justice

COUVENT DES BARNABITES. Martial, aqu
Place du Palais-de-Justice.

(sur l'emplacement du Tribunal de Commerce), était une ancienne paroisse royale, du temps que les rois de France habitaient le Palais. Sa destinée fut étrange. Démolie en partie vers 1787, on en utilisa les restes, en 1791, pour y établir le théâtre de la Cité. Ce fut là que

[illegible], del. et lith.

LE BAL DU PRADO VERS 1835.

« Cadet-Roussel » apparut pour la première fois au public parisien ; en pleine Terreur on y donna des pièces de circonstance : *les Dragons et les Bénédictines*, et enfin *le Jugement dernier des Rois*, qui eut un gros succès : au dénouement, sur un « volcan en éruption », l'impératrice Catherine II se battait avec le Pape, elle attaquant avec le sceptre, lui se défendant avec la tiare... Malgré tout, le théâtre de la Cité n'était pas « folâtre », et Brazier rapporte qu'en 1805, quand il traversait « ces voûtes silencieuses » pour aller faire répéter ses premiers vaudevilles, il lui semblait toujours voir quelque saint fantôme se dresser devant lui !

Le 31 décembre 1806, un impérial décret de Napoléon l'exilant du Palais-Royal, la troupe de la Montansier émigra au théâtre de la Cité, qui prit le nom de « Théâtre du Palais-Variétés ». Elle y vécut tant bien que mal, — plutôt mal, — jusqu'au 24 juin 1807, jour où la légendaire directrice prit enfin possession de l'actuel théâtre des Variétés, sur le boulevard Montmartre, abandonnant sans regret les bords de la Seine.

L'infortuné théâtre du Palais se transforme de nouveau, devient tour à tour « Loge maçonnique », « Salle des Veillées », et finalement, en 1810, bal public, le bal du Prado. Sous Louis-Philippe, le « Prado » bat son plein ; Pilodo y brandit le bâton de chef d'orchestre, et les « polkeuses » renommées répondent aux doux noms de Louise la Balocheuse, Angelina l'Anglaise, Ernestine Confortable, Eugénie Malakoff ; héritières tardives des héroïnes de Villon, habituées des mêmes endroits et qui se dénommaient jadis Maschecroue la Rousse, Maheu la Lombarde, Guillemette la Rose.

En 1860, on jette à terre cet affreux quartier, on y édifie le Tribunal de Commerce, disgracieux et lourd. —

PERCEMENT DU BOULEVARD DU PALAIS (1860).

Aspect des démolitions de la rue de la Barillerie.

Tout disparait, tout se nivelle, et, sur les ruines de tant de ruines, s'élèvent l'Hôtel-Dieu et la Préfecture de police... On a répété que la vue seule d'un mur derrière lequel il se passe quelque chose constitue déjà une curiosité... Nos aimables lectrices, qui viendront au marché aux Fleurs acheter un paquet de roses de Noël, ou une jolie paire de serins hollandais au marché aux Oiseaux, peuvent alors regarder avec un vif intérêt le so éventré de ce vénérable coin de Paris... Il s'y est passé beaucoup de choses ! (1)

(1) Albertine Marat, sœur de l'ami du peuple, habitait une mansarde, 33, rue de la Barillerie. Elle y mourut en octobre 1841.

I

AU QUARTIER LATIN

Ils sont de plus en plus rares les quartiers de Paris ayant conservé à peu près intacts les vieux décors où se déroula leur éblouissante histoire; chaque jour la pioche stupide du démolisseur émiette nos souvenirs. « Plâtras! » grommellent dédaigneusement les vandales. « Reliques! » soupirent les amoureux du passé. Hâtons-nous donc de promener nos flâneries dans les épaves menacées, et parcourons aujourd'hui les dédales de petites rues tassées entre le Collège de France, la rue Saint-Jacques et la rue de la Montagne-Sainte-Geneviève, qui, si pittoresquement, grimpent en zigzaguant vers le Panthéon.

Ce fut, de toute antiquité, le quartier des Écoles. Autour de la Sorbonne — fondée en 1250 par Robert de Sorbon, chapelain de saint Louis, « pour que les escoliers étudiants à Paris, demeurassent là toujours », — où s'enseignaient publiquement la théologie, la philosophie, l'hébreu, le grec, le latin, etc., etc., se groupèrent bientôt les collèges qui non seulement étaient maisons d'enseignement, mais encore maisons de charité, asiles, où les étudiants pauvres d'une même province, voire d'une même ville, trouvaient la nourriture et le gîte. Ces collèges pullulaient : collège Montaigu, collèges de Reims, de Laon, de Presles, de la Merci, collège Fortet, collèges de Seez, de Cambrai, de Navarre, des Grassins, hébergeant des milliers d'étudiants ; aussi rencontrons-nous encore aujourd'hui, en des ruelles minables, parmi des masures, des bicoques et des hôtels borgnes, d'antiques porches de pierre qui, malgré leur ruine, ont gardé trace d'un glorieux passé et dont la majesté étonne et détonne au milieu des laideurs avoisinantes.

Le Collège de France lui-même s'éleva sur les ruines de deux très vieux collèges : les collèges de Cambrai et de Tréguier, et jusque vers 1855 — date de la percée de la rue des Écoles — la petite place précédant le Collège de France s'appelait place Cambrai. Là, depuis 1832, un théâtre, le théâtre du Panthéon, avait installé ses tréteaux, sa scène, ses loges et son parterre dans une des plus anciennes églises parisiennes, l'église Saint-Benoît, désaffectée depuis 1790. Cette église avait été célèbre, — elle contenait un autel consacré à saint Bach, dont le nom rappelant Bacchus fleurait vaguement le paganisme. Les frères Perrault, Claude, l'architecte de la Colonnade du Louvre, et Charles, le délicieux auteur des *Contes de fées*, y furent inhumés, ainsi que l'acteur Baron, l'élève de Molière. Cédé en 1793 à un chasublier, l'édifice avait été revendu en 1812 à un marchand de farine, qui l'avait converti en entrepôt. En 1822, un entrepreneur de spec-

RUE DE LA PARCHEMINERIE VERS 1869.

(De la rue de la Harpe.)

Cliché Marville.

tacle y fonda le théâtre du Panthéon. L'ouverture s'en fit le 18 mars; la scène occupait le chœur de l'église et l'on jouait des vaudevilles à flonflons au milieu des arceaux.

Berthoud, *sculp.*

THÉÂTRE DU PANTHÉON.

des fûts de colonne, des pierres tumulaires, des vitraux, avec au fond la rosace mystique! Le maître Sardou, qui, dans sa prime jeunesse, fréquenta le théâtre du Panthéon, se souvient de la curieuse entrée, comprise entre une boutique de brosserie et un marchand de parapluies, sur une petite place, non loin d'une bouquinerie tenue par le père d'Henri Meilhac. Les coulisses, donnant sur la scène, s'ouvraient à peu près exactement où se trouve aujourd'hui — 48, rue Saint-Jacques — une des portes de la nouvelle Sorbonne. Le théâtre du Panthéon eut l'honneur de représenter — le 28 août 1838 — la seconde œuvre d'Eugène Labiche *l'Avocat Loubet*, un drame noir en trois actes, dont la scène se passait à Aix en Provence au commencement du XVIIe siècle. Il convient toutefois d'avouer que l'éléphant Kiouny — un étonnant pachyderme — obtint un succès bien supérieur à *l'Avocat Loubet*... Après avoir vainement lutté contre la mauvaise fortune, le théâtre du Panthéon — dont le dernier directeur était en même temps marchand de vieux habits — fermait définitivement ses portes en 1845.

La malheureuse église se vit alors dépouillée du peu d'architecture qui lui restait, et la chapelle mutilée n'offrait plus aucun intérêt lorsque la percée de la rue des Écoles la supprima définitivement comme elle supprima un grand nombre de rues ou de fragments de rues aux noms célèbres... dont un tronçon de la rue La Harpe, cette rue La Harpe où défilèrent les obsèques pompeuses des grands hommes conduits triomphalement au Panthéon : Mirabeau, J.-J. Rousseau, Voltaire... et Marat... La partie de la Sorbonne qui fait face au Collège de France s'élève sur les débris de l'église Saint-Benoit, construite elle-même sur d'autres débris gallo-romains,

CROISEMENT DES RUES FROMENTEL, JEAN-DE-BEAUVAIS, CHARRETIÈRE VERS 1869.

Cliché Marville.

témoins les tombes et les dalles de pierre de la « via Romana » que l'éminent architecte Nénot retrouvait naguère sous les substructions de la nouvelle Sorbonne (1).

Remontant la rue Saint-Jacques (qui occupe exactement l'emplacement de la voie romaine), engageons-nous dans la rue du Cimetière-Saint-Benoît — dont le nom précise l'emplacement, — longeons rapidement cette ruelle lugubre, suivons la rue Fromentel et arrêtons-nous à son débouché, sur la petite place formée par

(1) « ...Les premiers vestiges d'un édifice gallo-romain, situé dans le quartier du Collège de France, ont été découverts, en 1894, par feu M. Théodore Vacquer, sous-conservateur du Musée Carnavalet, lors de la construction d'un égout, rues Jean-de-Beauvais et de Lanneau.

« La suite de ces vestiges furent mis à jour de novembre à décembre 1903, au cours des fouilles exécutées pour la construction d'un autre égout, impasse Charretière.

« C'est à partir de février 1904 jusqu'au mois de février suivant que, dans le but de compléter ces découvertes, la Commission du Vieux Paris entreprit les fouilles nécessaires, au moyen de puits, de petites tranchées à ciel ouvert et de galeries souterraines, sous la direction de M. Georges Villain, assisté de M. Charles Sellier, inspecteur des fouilles archéologiques de la Ville de Paris...

« ...A ce sujet, l'éminent professeur de nos antiquités nationales au Collège de France, M. Camille Jullian, observe qu'on démolira, tôt ou tard, les masures qui avoisinent le Collège de France. « Il faudra, « dit-il, à ce moment faire des fouilles lentes, profondes, complètes. « L'occasion sera unique et nous espérons que la municipalité de « Paris, qui a l'amour de son passé, qui a la passion de ses gloires, « n'hésitera pas à faire les sacrifices nécessaires en faveur d'une « science qui est, après tout, celle de ses destinées propres... » (*Revue des Études anciennes*, mai 1906, Fouilles du quartier du Collège de France, page 170.)

le croisement des rues Charretière, Fromentel, de Lanneau (percée sur le clos Bruneau) et Jean-de-Beauvais.

Comme il est facile, devant ce pittoresque décor parisien, ces maisons lépreuses, disloquées, dont les brunes silhouettes se découpent bizarrement sur le ciel, d'évoquer les scènes tragiques ou joyeuses qui s'y déroulèrent jadis! Un peu d'imagination aidant, on revoit ces ruelles aux durs pavés, grouillantes d'une foule dansant la *Carmagnole* ou le *Ça ira*, on perçoit les cris, on entend les cloches, au loin les tambours battent... et ces décors de rêve semblent créés pour évoquer les drames de l'histoire...

On comprend alors que les chouans de Cadoudal soient venus chercher en cette fourmilière humaine l'asile sûr pouvant soustraire leur chef aimé à toutes les polices de Bonaparte, de Réal et de Dubois. En 1804, Bonaparte, premier consul, accomplissait sa prodigieuse destinée; son génie, ses victoires l'avaient rendu maître de la France; mais les royalistes, sentant la partie perdue, avaient résolu sa suppression. Une vaste conspiration s'était ourdie et l'indomptable Georges Cadoudal, l'âme du complot, réussissait à rentrer dans Paris, avec l'intention « d'attaquer le premier consul ». Un duel à mort s'engageait entre « l'usurpateur » Bonaparte et Cadoudal; la France tout entière suivait anxieusement les phases de ce duel. Sur le seul avis que « Georges était à Paris », on avait fermé les barrières comme aux jours les plus tragiques de la Terreur, des patrouilles de

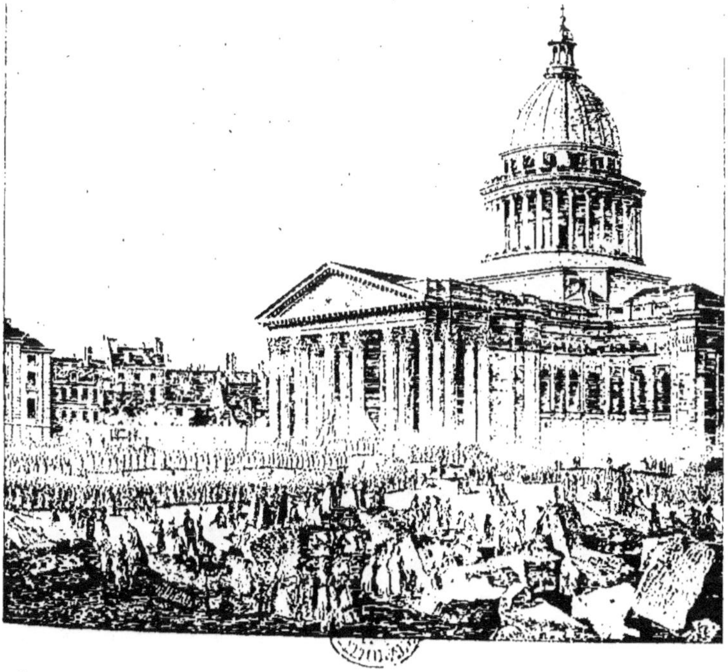

Dessiné par Meunier. Gravé par Noé.

VUE EXTÉRIEURE DE L'ÉGLISE SAINTE-GENEVIÈVE

Prise à l'opposé de l'École de Droit.

3

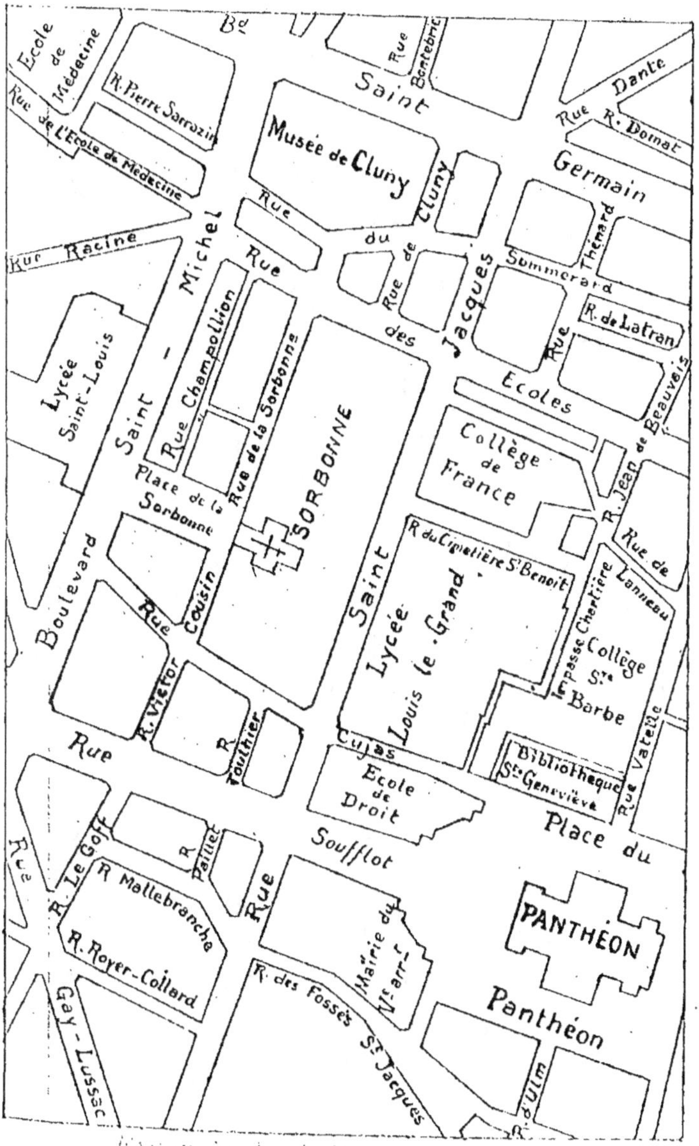
Bd
Saint
Germain
Ecole de Médecine
Rue de l'Ecole de Médecine
R. Pierre Sarrazin
Rue Bontebrie
Rue Dante
Rue R. Domat
Musée de Cluny
Rue du Sommerard
Rue Thénard
Rue Racine
Rue de Cluny
Rue des Ecoles
R. de Latran
Rue Saint-Jacques
Boulevard Saint - Michel
Lycée Saint-Louis
Rue Champollion
Rue de la Sorbonne
SORBONNE
Collège de France
R. Jean de Beauvais
Place de la Sorbonne
Rue Cousin
R. du Cimetière St Benoit
Lycée Louis le Grand
Rue de Lanneau
Impasse Chartière
Collège Ste Barbe
Rue Victor
R. Toullier
Rue Cujas
Ecole de Droit
Bibliothèque Ste Geneviève
Rue Valette
Place du Panthéon
Rue Soufflot
R. Le Goff
R. Paillet
R. Mallebranche
R. Royer-Collard
Rue Gay-Lussac
PANTHÉON
Mairie du Ve arrt
R. des Fossés St Jacques
R. d'Ulm

Etat actuel!

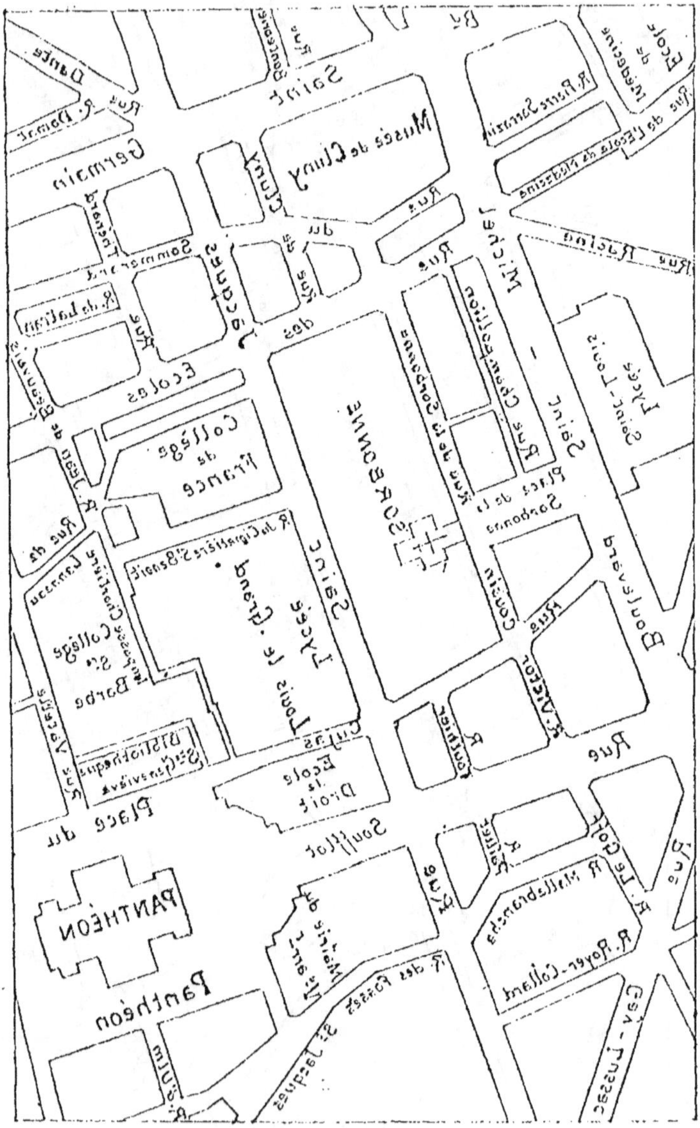

Musée de Cluny
SORBONNE
PANTHÉON
Collège de France
Collège Ste Barbe
Lycée Louis le Grand
École de Droit
Bibliothèque Ste Geneviève
Place du Panthéon
Boulevard Saint-Michel
Boulevard Saint Germain
Rue des Écoles
Rue Soufflot
Rue Saint Jacques
Place de la Sorbonne
Lycée Saint-Louis
Rue Racine
Rue Gay-Lussac
R. Royer-Collard
R. Malebranche
Rue Cujas
Rue Victor Cousin
Rue Champollion
Rue de la Sorbonne
R. des Fossés St Jacques
Rue Sommerard
Rue Dante
Rue de Cluny
Rue de l'École de Médecine
R. Pierre Sarrazin

État actuel.

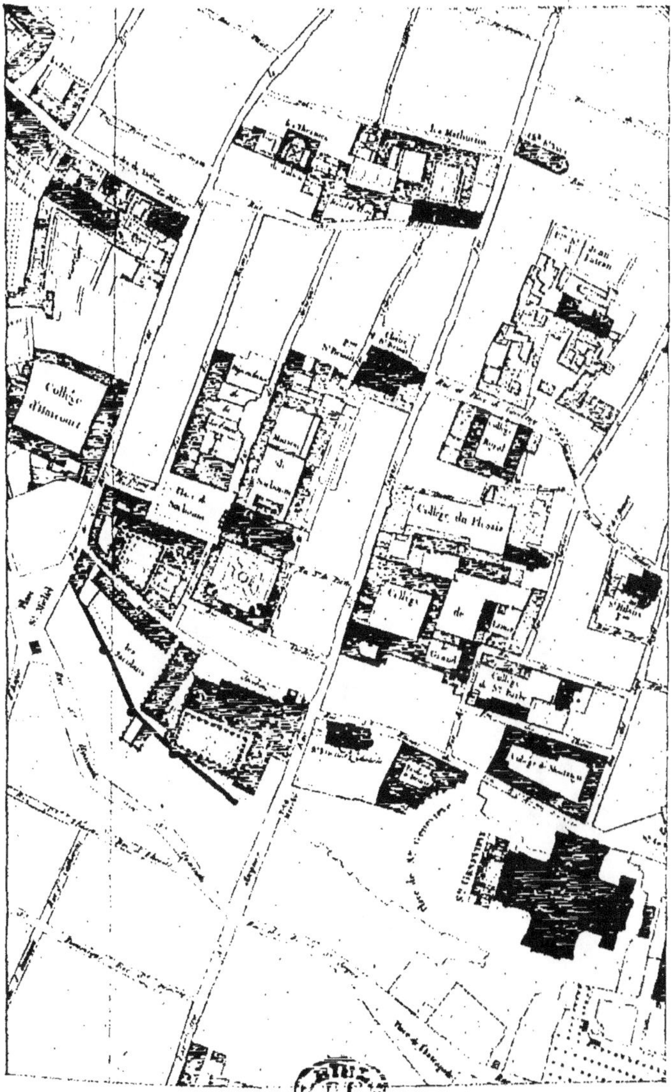

Extrait du plan de Paris, par Jaillot, en 1775.

policiers et de gendarmes surveillaient toutes les rues, les troupes de la garnison, armes chargées, occupaient les murs d'octrois et les boulevards extérieurs, des affiches officielles annonçaient que « le recèlement de Georges et des soixante brigands actuellement cachés dans Paris, pour attenter à la vie du Premier Consul sera jugé et puni comme crime principal (1) », c'était la mort... Plusieurs complices de Cadoudal ayant été arrêtés, on put craindre que la torture n'arrachât à leurs souffrances le secret de la « cache » du chef, rue du Puits-de-l'Ermite (près du Jardin des plantes) : il fallait à tout prix trouver un nouveau refuge. C'est alors que Charles d'Hozier un des conjurés, proposa la retraite que le dévouement d'une pauvre fille, Marie Michel Hizay, lui avait ménagée, rue de la Montagne-Sainte-Geneviève. « Avec vingt-cinq louis en tout qu'elle tenait de d'Hozier, Marie Hizay, dit l'acte d'accusation, abusant de la misère de la femme Prilleux, lui proposa de louer sous son nom

(1) « 8 ventôse an XII (28 février 1804). — En vertu de l'ordre du Premier Consul, toutes les barrières seront fermées ce soir, à compter de sept heures précises : on laissera entrer tous ceux qui se présenteront et on ne laissera sortir personne jusqu'à demain matin six heures du matin.

« 10 ventôse. — Le Conseiller d'État, Préfet de police, recommande de bien prendre garde que Georges ne sorte des barrières déguisé en charretier. »

« Archives de la Préfecture de police. — Le même carton contient de nombreux renseignements sur la surveillance des barrières et des spécimens des cartes délivrées aux militaires que leur service obligeait à sortir de Paris. » (G. Lenôtre, *Tournebut*, page 38, note 2.)

une boutique de fruiterie à la montagne Sainte-Geneviève, sous la condition qu'elle serait libre de disposer des différentes chambres dépendant de la location pour y placer des personnes de connaissance... » Telle fut la cachette où *Georges* et deux *complices*, *Burban* et Joyant, vinrent se réfugier dans la nuit du 17 février 1804; *ils y vécurent claustrés en « une chambre haute » pendant* vingt jours, apprenant les nouvelles par les commérages de la mère Prilleux qui ne se gênait pas — devant les hôtes inconnus qu'elle prenait pour des « commerçants ayant eu des malheurs » — pour maudire les ennemis du grand Bonaparte, dont les complots rendaient le quartier inhabitable. Par elle les reclus apprenaient tantôt « que ce coquin de Georges avait enfin quitté Paris en aide de camp »... tantôt que le même coquin « était sorti dans un cercueil ». Un autre jour la fruitière rentre affolée :

— « Oh mon Dieu! vous ne savez pas... on dit que ce malheureux Georges veut nous faire tous périr... Si je savais où il est je le ferais prendre (1)... »

Malgré leur prudence, les trois conspirateurs sentaient se resserrer autour d'eux les mailles du filet tendu par Réal! Il fallait fuir encore, et surtout sauver Georges, lui faire gagner la « cache » suprême, une fissure ménagée derrière l'enseigne surplombant la boutique du parfumeur Caron, 167, rue du Four-Saint-Germain... Le

(1) *Procès de Georges, Pichegru et autres*, livre I, pages 284-285 (*passim*).

LA RUE DES SEPT-VOIES VERS 1860
(Aujourd'hui rue Valette).

Cliché Marville.

9 mars, Joyaut désertant la montagne Sainte-Geneviève fut aperçu par un policier conférant boulevard Saint-Antoine avec un nommé Léridant.

Joyaut est filé, mais on perd sa trace place Maubert; cette disparition confirme la présence de Georges dans le voisinage et une nuée d' « observateurs » s'abat sur le quartier. On apprend, d'autre part, qu'un cabriolet portant le numéro 53 est retenu pour le soir même par Léridant... Va-t-on enfin appréhender l'insaisissable conspirateur? Toute la police de Paris, répartie sous différents déguisements place Maubert et dans les ruelles ou cabarets adjacents, guette le mystérieux cabriolet 53... Vers sept heure du soir, le 53 est signalé « au bas de la montagne Sainte-Geneviève » ; sous la conduite de Léridant, il gravit la pente raide, tourne à droite rue des Amandiers (aujourd'hui rue Laplace) et s'arrête « devant une porte d'allée assez belle, contiguë au ci-devant collège des Grassins. « Là, dépose l'officier de paix Destavigny, j'entrai dans l'allée qui faisait face au cabriolet et me tins caché le plus qu'il me fut possible. Le cabriolet a stationné environ douze minutes... il ne portait qu'une seule lanterne... dont la lumière était extrêmement vive... Ensuite le fiacre est revenu sur ses pas et a gagné la place du Panthéon... » C'est place du Panthéon, à l'angle de la rue des Sept-Voies (aujourd'hui rue Valette), que Georges attendait, blotti dans les recoins sombres formés par les palissades entourant l'immense monument encore inachevé. Léridant arrive, Georges bondit et, « s'aidant du marche-pied de droite », saute dans son cabriolet. Les « observateurs » qui l'ont reconnu se précipitent, mais sont arrêtés dans leur effort par « quatre individus » complices de Georges. Sous une volée de coups de fouet, le cheval fouaillé par Léridant part à toutes brides... On sait le reste, la course folle dans la nuit, la meute traquant le fugitif, les clameurs, la défense furieuse de Georges, les morts, les blessés, l'arrestation rue de l'Observance (aujourd'hui rue Antoine-Dubois)... Le « Général » lié de cordes, est traîné au poste, interrogé, puis jugé et finalement exécuté en place de Grève, le 25 juin 1804, ainsi que onze de ses compagnons. L'exécution dura vingt-sept minutes. Ainsi finissait la conspiration, Bonaparte en sortait Empereur et Fouché ministre de la police.

C'est dans le dédale de ruelles où se déroula le drame que nous errons ce matin. Voici la rue Laplace... Au numéro 12 s'élève encore la haute porte en biais du collège des Grassins, voisine de l'allée où se cacha Destavigny... La rue est déserte et triste; on comprend que des conspirateurs y soient allés se terrer.

Des poules picorent entre les pavés, des chats dorment au soleil; quelques gamins et deux filles en cheveux, aux coques luisantes de pommade, écoutent une valse lente que moud un joueur d'orgue de Barbarie. Cette rue, d'un calme provincial, semble comme ouatée d'ombre; la nuit, par-ci par-là, une arrière-boutique de mastroquet s'allume, le crincrin d'un violon ou la vielle d'un viel-

LA RUE DES CARMES VERS 1869. Cliché Marville.

leux auvergnat grincent et les amateurs « suent une polka ou une bourrée » au bal-musette.

Parmi tant de ruelles étranges juchées sur la montagne Sainte-Geneviève, la rue des Carmes semble la plus typique. Dominée par le Panthéon et encadrant là-bas, dans l'horizon bleu, la flèche fuselée de Notre-Dame, ses deux lignes de masures ventrues recèlent quelques vestiges d'une splendeur abolie, balcons de fer, frontons écornés, sculptures effritées. Au numéro 15, dans la vaste cour, un porche monumental, épave de l'ancien collège des Lombards; poussons la porte : devant nous s'érige la chapelle, mutilée sous la Révolution, mais encore de belle allure. Ses colonnes, sa coupole se détachent sur un mur de lierre; des massifs de lilas lui font une collerette printanière... Et ces pierres noires, ces tragiques souvenirs, ces écussons brisés, ces pousses vertes, tout, jusqu'aux giboulées qui nous transpercent, évoque les jolis vers de Th. Gautier :

Tandis qu'à leurs œuvres perverses
Les hommes courent haletants,
Mars qui rit malgré les averses
Prépare en secret le printemps! (1)

(1) *Émaux et Camées,* Premier sourire du Printemps, page 47.

LE LYCÉE LOUIS-LE-GRAND

A l'angle de la rue Saint-Jacques et de la rue du Cimetière-Saint-Benoît, les démolisseurs achèvent de jeter bas trois vieilles masures crasseuses et disloquées que personne ne regrettera, sauf peut-être quelques anciens élèves de Louis-le-Grand, pour qui ces bicoques évoquaient bien des souvenirs. Elles marquaient le point terminus de notre liberté ; à côté, se dressaient les murs noirs de la prison universitaire. Une haute porte de bois sculpté, surmontée d'un fronton décoratif; puis le guichet d'entrée, la porterie, les classes, le proviseur, les censeurs, les répétiteurs, les consignes, les retenues, les arrêts... toute la lyre ! Et il se rencontre, paraît-il, des infortunés assez déshérités de toute joie humaine pour regretter « ce beau temps de la vie », où de pauvres enfants étaient traités comme de dangereux malfaiteurs; ces *lauda tores temporis acti* n'étaient probablement pas internes à Louis-le-Grand en 1869 ! Nos lycéens d'aujourd'hui, pour qui les règlements se sont heureusement adoucis, ne peuvent imaginer ce qu'était alors la vie d'un écolier en cette maison rébarbative, aux fenêtres garnies de barreaux de fer, telle une geôle... et ce fut, d'ailleurs, une geôle, sous la Révolution !

Dès cinq heures et demie, le tambour, frappé par un

Phot. Pierre Petit.

LE « TAPIN » DE LOUIS-LE-GRAND (EN 1871).

vieux « tapin » à barbe blanche, « roulait » le réveil ; puis, après de sommaires ablutions, les études succédaient aux classes, avec, en trois fois, une heure trois

Phot. Emonds.

LYCÉE LOUIS-LE-GRAND.

(Façade sur la rue Saint-Jacques 1887.)

quarts de récréation. Par contre, on infligeait à des enfants de treize ans des études de trois heures pendant lesquelles tout mouvement, tout murmure étaient sévèrement réprimés. D'excellentes places, un travail acharné, rien ne palliait le crime de remuer, de causer, de ne pouvoir si longtemps demeurer rivé à un banc, et les punitions absurdes de pleuvoir comme grêle : privation de récréation, — donc, privation d'exercice nécessaire, — privation de sortir le dimanche, — donc, privation d'embrasser sa famille... et de prendre un bain. — Restait la peine suprême des arrêts.

Ah ! ces arrêts de Louis-le-Grand, où la légende voulait qu'un de nos aînés se fût pendu ! — D'étroites cellules, aux murs noirs revêtus de torchis, perchées sous les toits, où l'on gelait l'hiver, où l'on étouffait l'été ; scellés au sol carrelé, une table et un escabeau, et, comme distraction, dix-huit cents vers latins à copier dans la journée !... Mais, en grimpant sur la table et à l'aide d'un audacieux rétablissement, on pouvait, cramponné aux barreaux de fer striant la lucarne d'éclairage, apercevoir le joyeux Paris ensoleillé, et, au premier plan, ces maisons de la rue du Cimetière-Saint-Benoît, qu'on achève de démolir aujourd'hui. Parfois encore, on entendait, — avec quelle envieuse émotion ! — les chants des étudiants remontant la rue Saint-Jacques en joyeuse compagnie !

Nos professeurs étaient presque tous des hommes éminents, intelligents et bons ; tout le mal venait des répétiteurs, des « pions » malheureux, aigris, et trop souvent féroces.

... En fermant les yeux, nous revoyons les trois tristes cours entourées de hauts bâtiments noirs, les arbres étiolés, les dortoirs de caserne, les lavabos minuscules, les réfectoires à l'odeur aigre, les classes en gradins, les études sentant le moisi. Combien l'on bénissait le malaise nécessitant un repos de trois jours à l'infirmerie, sous l'égide de « Sœur Adrien », une sainte créature, aux allures bourrues, qui se vantait d'être la dernière Janséniste ! Quelle brave femme ! Indulgente le vendredi aux infortunés fuyant, — par crainte de l'inévitable consigne, — le cours du terrible M. Bernès, farouche professeur de mathématiques, la « Sœur Dragon » — nous l'avions surnommée ainsi — ne fulminait que contre les « tireurs au flanc » et les « gredins » qui chipaient ses roses ou taquinaient son chat.

Que de souvenirs !... nos mamans au parloir, la musique chiffrée du père Chevé, les interminables promenades du jeudi sur les glacis des fortifications ou les bas côtés du Jardin des Plantes, les tristes balades des « consignés », des « petits pays chauds » et des « sans famille », le dimanche, le long des quais ; la sortie joyeuse des jours de congé, les départs pour le Concours général, un dictionnaire sous le bras gauche et, au poing, le « filet » contenant deux œufs durs, un pâté de veau froid, un morceau de gruyère et une demi-bouteille d'abondance ; les distributions de prix !...

LA GUERRE.

Composition allégorique d'Edmond Morin.

... Puis, c'est le printemps de 1870, où l'esprit de révolte pousse avec les feuilles vertes, la mort de Victor Noir, les émeutes, le journal d'Henri Rochefort, introduit subrepticement par les externes et dévoré entre

« LA MARSEILLAISE » CHANTÉE AUX CAFÉS-CONCERTS DES CHAMPS-ÉLYSÉES (Juillet 1870). (*Le Monde illustré.*)

deux pages du *Thesaurus poeticus*, les cris, les chants, la *Marseillaise !...* dont les échos parvinrent jusqu'à nos dortoirs étouffants, la guerre, nos tristes vacances, nos désastres et la rentrée au lycée, externes, pendant le siège de Paris !

Alors, pour arriver à huit heures à Louis-le-Grand, il

nous fallait, mon frère et moi, traverser la ville. Dans le petit matin bleuâtre, nous croisions des compagnies de gardes nationaux revenant des remparts ; par ces froids terribles (une moyenne de 12 degrés au-dessous de zéro), les hommes avaient des « passe-montagne » en laine tricotée, des cache-nez de couleur, de gros gants de cuir, de longues capotes raidies par le gel. Dans la boue et la neige glacées, sous la pluie et la bise, tenant en main, pour de minutieux pointages, leurs cartes bleues et jaunes d'alimentation familiale, de longues files de femmes, de vieillards, d'enfants faisaient, — bien avant l'aube, — queue à la porte des boucheries ouvertes à huit heures, militairement, sous la surveillance de gardes sédentaires, irrévérencieusement dénommés « les pantouflards » (1).

(1) ... Oui, ce fut à huit heures d'abord, puis à huit heures et demie que nous arrivions au lycée.

L'heure avait été changée, parce que l'on « manquait d'huile » pour garnir les quinquets qui seuls éclairaient nos classes.

Pour la même raison, nous étions libres l'après-midi, dès trois heures et demie, quand les jours étaient très courts et très noirs.

Il me semble (???) que Louis-le-Grand a été débaptisé pendant quelques semaines, mais je ne peux rien affirmer.

Oui, nous apportions notre déjeuner. Il n'y avait rien à acheter. Cuisines, dortoirs appartenaient aux mobiles.

Te souviens-tu de nos professeurs arrivant du bastion en uniforme? Je vois encore M. Meynal, notre professeur de cinquième, et M. Pigeonneau, l'admirable professeur d'histoire, arrivant en retard, et se débarrassant en classe de leurs sacs et de leurs fusils avant de commencer le cours.

Du reste, ce souvenir très précis doit être suivi de la note : « Qu'à

Henri Pille, *pinxit.* UNE CANTINE MUNICIPALE PENDANT LE SIÈGE. Musée Carnavalet.

L'héroïsme, le tranquille courage, l'ingéniosité des Parisiennes pendant le siège furent incomparables; elles incarnèrent l'âme de la France meurtrie et d'autant plus aimée. Soignant les malades, pansant les blessés, galva-

BOUCHERIE CANINE ET FÉLINE, SOUVENIR DU SIÈGE DE PARIS.
(Dessin de D. Vierge, *Le Monde illustré.*)

nisant les courages défaillants, elles savaient encore découvrir d'inespérées recettes pour accommoder les plus invraisemblables nourritures. Nous mangions du

ce moment-là, ça nous paraissait la chose la plus simple du monde ».

Dis bien aussi quelle joie fut la nôtre quand les obus, tombant sur Louis-le-Grand, le censeur nous conseilla de rester chez nous...

A toi...

Henri CAIN.

cheval, du chien, du chat les jours de fête...[1] et c'est avec une gourmande émotion qu'on interrogeait la cuisinière : « Aurons-nous de l'âne, ce soir? » Quant au pain, c'était un mélange gluant de son, de paille et d'avoine...

Au lycée, qui s'appelait alors *lycée Descartes*, nos

(1) Paris, 8 avril 1908.

Mon cher ami..... — Tu te souviens de Meynal, le sympathique professeur de cinquième. Eh ! bien, ce pacifique grammairien s'était transformé non seulement en garde national comme tout le monde, mais encore en chasseur de moineaux. On aurait pu une fois ou deux (n'exagérons rien) le voir chassant dans les cours du lycée, et y tuant quelques moineaux, pour faire diversion à la viande de cheval.

Les pauvres moineaux ! Il est vrai qu'en les tuant, il les empêchait de mourir de faim.

Je te communique, par la même occasion, quelques notes que je copie dans les vieux *agendas* de mon père, que tu as eu pour professeur à Louis-le-Grand : il s'y trouve des rapprochements expressifs :

15 septembre 1870. — L'ennemi est signalé à Joinville-le-Pont. Acheté une couverture de rempart, un képi de garde national, un Tacite (Taüchnitz).

17 septembre. — Été à l'exercice au lycée, de 7 à 9.

12 octobre. — Commencement du rationnement de la viande. Lettre du censeur m'annonçant qu'il est formé une deuxième division de troisième. Monté deux factions ; couché dans une casemate.

20 octobre. — Fini ma quinzaine de classe. Mangé du cheval pour la première fois.

10 janvier 1871. — Continuation du bombardement ; la Sorbonne mutilée. Suspension des classes jusqu'à nouvel ordre.

31 janvier. — Reprise des classes.

Et enfin cette note, à la fin de la Commune :

22 mai. — Nouvelle de l'entrée des troupes. Classe le matin, pas le soir. Barricades dans le quartier. Incendies à la Croix-Rouge et rue du Bac par le pétrole.

31 mai. — Reprise des classes.

A toi... Paul Leuccur.

dortoirs étaient occupés par les mobiles des départements, et nous regardions curieusement ces braves gens astiquant leurs armes rouillées par les pluies. Une seule classe, insuffisamment chauffée, suffisait

LA « JOSÉPHINE ».

(Photographie prise pendant le siège de Paris.)

largement à grouper les débris d'une division entière. Nos professeurs portaient la robe noire ouverte sur leur costume de gardes nationaux, le képi remplaçant la toque; quelques-uns, descendant de garde, déposaient simplement leurs fusils et leurs sacs, puis commençaient les cours. Et quelles belles leçons de devoir et de patriotisme ils nous donnaient pendant qu'au loin, continuellement, grondaient comme des avalanches les fracas de la canonnade! Nous avions fini par dénombrer ces bruits : Ça, c'est « Joséphine », du Mont-Valérien..., c'est « Marie-Jeanne », du fort d'Issy..., c'est la canonnière *Farcy*, du Point-du-Jour... Chaque matin, la journée commençait par la quête, dans toutes les classes, du « sou pour les canons », ces canons que l'on fondait en hâte, non seulement dans les ateliers de l'État, mais encore chez Barbedienne, chez Thiébault, un peu partout; et, le samedi, nous allions pieusement porter à la mairie du Panthéon l'obole du lycée Louis-le-Grand. Nous avons vainement recherché à la mairie trace de ces quêtes faites au lycée et des versements que mes camarades et moi allions effectuer avec tant d'émotion au « bureau des canons ». Les livres ont disparu, et c'est grand dommage.

Chacun donnait alors tout ce qu'il pouvait donner et c'est avec un pieux respect que nous avons suspendu aux murs de la salle du Siège au Musée Carnavalet, une humble petite croix d'honneur en argent offerte par un officier retraité et pauvre pour « le rachat du territoire ». Il n'y a pas de relique plus émouvante. Le plus aimé de nos maîtres, M. Merlet, avait remplacé Virgile et le *Conciones* par les poètes français parlant d'abnégation et de patriotisme. Corneille alternait avec Victor Hugo, nous récitions l'*Expiation*, la *Légende des siècles*, la *Lettre d'un mobile breton*, de Coppée, les *Cuirassiers de*

Reichshoffen et le *Maître d'École*, de Bergerat (1). Que c'est loin, tout cela, et combien le souvenir en reste inoubliable !

De temps en temps, un besoin d'école buissonnière nous amenait aux remparts. On venait voir « papa »

STATUE DE NEIGE EXÉCUTÉE SUR LES REMPARTS PAR LE STATUAIRE FALGUIÈRE.
(*Le Monde illustré.*)

monter la faction derrière les gros canons bronzés, on regardait avec des longues-vues les Prussiens élever des

(1) Mon cher confrère. — Les *Cuirassiers* ont été dits pour la première fois, le 25 octobre 1870, par Coquelin à la Comédie-Française, un mardi, en matinée.

Il est certain que le succès de l'ode fut immense, et tel que Ville-

retranchements du côté de Gennevilliers... Leur service terminé, les gardes nationaux lisaient les journaux, jouaient au bouchon, dormaient autour de grands feux de racines. On allait écouter le biniou des mobiles bretons ; on acclamait les bataillons de marche, les marins couverts de peaux de bique, se rendant en chantant aux avant-postes ; on guettait, place Saint-Pierre, à Montmartre, les départs des ballons ; on espérait pendant des heures l'arrivée d'un pigeon voyageur !

Dans les rues, sur les boulevards déserts, pas une voiture, sauf les omnibus d'ambulance où flottait un drapeau blanc marqué de la Croix rouge de la convention de Genève, et les coupés luxueux réquisitionnés pour le service des blessés; sur le chemin des cimetières des files de cercueils d'enfants portés sous le bras et suivis de femmes en deuil... Aux vitrines des Chevet, des Potel et Chabot, des charcutiers de luxe, quelques

messant, qui n'aimait guère les vers, me les acheta pour le *Figaro*. Il m'en donna cent francs, somme rothschildienne pour ces temps de disette. Ce fut, d'ailleurs, tout ce que j'en tirai, car la Comédie ne versait pas de droits d'auteurs, pendant le siège, et pour cause.

Coquelin débita ensuite mes strophes une douzaine de fois et ce fut alors le tour d'un autre poème, intitulé le *Maître d'école*, que vous avez dû réciter aussi à Louis-le-Grand, car sa popularité ne le céda en rien à celle des *Cuirassiers*.

Le *Maître d'école* est du 27 novembre 1870, à la Comédie-Française, si ce renseignement vous intéresse. Un détail amusant : il fut tout de suite attribué à mon cher et déjà illustre ami François Coppée, et on me le récita à moi-même sous son glorieux nom ; vous pensez bien que je ne bronchai point, fichtre !

Tout à vous et à votre service. Émile Bergerat.

rares boîtes de conserves, des sacs de riz, des morues sèches... ; un peu partout d'extraordinaires victuailles,

Cham, *del.* (*Le Charivari.*)

LA QUEUE POUR LA VIANDE DE RATS.

des pâtés de rats, de la fausse tête de veau en « osséine », des « saucissons d'éléphant ». Au jour de l'an de 1871, un sac de lentilles, deux livres de pommes de terre, des choux-fleurs élégamment enrubannés, remplaçaient avantageusement les traditionnels sacs de marrons glacés ; un camembert, un bouquet de poireaux, six œufs

Cham, *del.* (*Le Charivari.*)

LE PAUVRE HENRI IV VOYANT EMMENER SON CHEVAL CHEZ LE BOUCHER.

frais semblaient présents somptueux ; comme au temps de Ramsès, *les oignons étaient dieux !*

Les journaux, les almanachs offraient à leurs lectrices d'inattendues recettes : « ... Pour la gibelotte, faites un roux, passez-y le chat... » ; — « Chat au chasseur » ; — « Cheval à la mode » ; — « Horsesteaks » ; — « Gigot de chien rôti » ; — « Potage à la gélatine » ; — « Beurre

Cham, *del.* (*Le Charivari.*)

MAINTENANT J'ADORE LES GENS GRÊLÉS, ILS ME RAPPELLENT LE GRUYÈRE.

minéral... » On riait même de sa propre détresse : dans le *Charivari*, le bon Cham montrait une Parisienne lorgnant un brave monsieur tiqueté de trous de variole. « J'adore les gens grêlés..., ils me rappellent le gruyère ! »

Les théâtres fermés étaient convertis en ambulance; sur les édifices publics, affectés aux blessés, flottait la croix rouge de Genève.

C'est ce Paris sinistre et glorieux qui nous est réapparu, et nous avons revécu notre existence de petit lycéen assiégé... Un matin, en arrivant à Louis-le-Grand, nous trouvons les classes fermées, on nous licencie; les obus prussiens tombaient place du Panthéon, dans le Luxembourg, boulevard Saint-Michel... Quelle bonne aubaine de pouvoir fureter partout! et nous voilà partis, avec nos livres d'étude sous le bras, courant vers la barrière de Vincennes, où l'on rapportait des blessés, vers l'Arc de Triomphe matelassé de madriers et de sacs de terre; vers les Champs-Élysées, où l'on voyait de loin tomber en sifflant les obus; vers l'Opéra inachevé et transformé en magasin d'approvisionnement.

Aujourd'hui, notre vieux lycée a fait place à un Louis-le-Grand tout frais, tout neuf, tout pimpant. Seuls vestiges du passé, quelques bâtiments sombres, surmontés d'un campanile, subsistent encore dans la première cour, et voici la classe où, par un glacial après-midi de décembre 1870, — entra Jules Simon, ministre de l'Instruction publique, membre du Gouvernement de la Défense nationale. Cette journée-là semblait lamentable entre toutes, nous avions froid, nous avions faim. Après nous avoir paternellement interrogés, Jules Simon prit la parole. Avec une émotion, une simplicité, une éloquence communicatives, il nous dit les mots qu'il fallait dire en ce jour lugubre où Paris agonisait, et quand il cessa de parler, dans la triste classe à peine éclairée, on n'entendait plus que les sanglots de trente pauvres petits Parisiens pleurant toutes leurs larmes, pendant qu'au loin les canons des forts tonnaient sinistrement (1).

(1) Nous avons la joie de placer sous les yeux de nos lecteurs cette lettre évocatrice et charmante que voulut bien nous adresser l'érudit M. Gaston Schéfer, bibliothécaire à l'Arsenal.

G. C.

« Mon cher ami,

Vos souvenirs éveillent les miens. Vous avez raison, l'aspect du vieux Louis-le-Grand était exactement celui d'une prison. Les fenêtres de la façade, les mansardes, avaient encore les grilles de la maison de force du Plessis. A côté de la grande porte Louis XIV, qui ne s'ouvrait que le dimanche soir, pour la rentrée des élèves, se trouvait une porte basse, guichet par où passaient toutes les personnes venues du dehors, professeurs, parents, externes, etc. Derrière cette porte, dans une cage grillagée, se tenait le concierge, de mon temps, un ancien garçon de salle, nommé François.

C'était un redoutable personnage. Malgré sa figure réjouie et ses cheveux frisés, il nous inspirait à tous une invincible crainte. C'était lui qui demandait à l'élève son exeat, qui ouvrait ou fermait l'huis, symbole vivant de la liberté ou de l'internement.

Faut-il l'avouer? Ce sentiment d'appréhension a survécu aux années chez beaucoup d'entre nous. Longtemps après ma sortie, obligé de revenir à Louis-le-Grand, pour une affaire qui concernait l'administration du lycée, je ne pus me défendre d'une petite inquiétude en franchissant le guichet. Me laissera-t-on sortir? me demandais-je malgré moi. Et quand je ressortis, salué d'un coup de casquette par le nouveau concierge, — ce n'était plus François, — je respirai plus à l'aise, comme un homme qui vient de s'évader et qu'on ne pourra plus reprendre.

La première cour, celle des classes supérieures, était alors telle qu'on la voit dans l'estampe de 1682, où est figuré le feu d'artifice donné en l'honneur de la naissance du duc de Bourgogne : cour carrée, entourée de bâtiments hauts, au milieu desquels pointait la tour de l'Horloge. Une large bande d'asphalte, suivant le pied des murs, servait de promenoir aux élèves. Là, déambulaient gravement, pendant la récréation, les rhétoriciens, les philosophes, les mathématiciens...

Au milieu de la cour, les élèves, qui se croyaient encore jeunes, jouaient à la paume ou aux barres, jusqu'au moment où, une minute avant l'heure fatale de la classe, on voyait apparaître le tambour, Tapin, l'illustre Tapin, petit, tordu, noueux comme un pied d'orme, qui venait se planter au milieu du sifflement des balles de caoutchouc, la baguette levée, l'œil sur la grande aiguille de l'horloge.

De la première cour, on passait dans la seconde en franchissant deux grilles, et, à droite, s'étalait un petit jardin de couvent, pauvre parterre de gazon jauni, bordé de buis râpé. C'était le jardin de l'infirmerie. Quelle infirmerie ! Comme elle représentait peu l'hygiène et le confort ! On y affrontait sans gaieté la consultation du Dr Vigla, médecin de l'Hôtel-Dieu, et du chirurgien le Dr Michon. Certains jours, cependant, amenaient à l'infirmerie des clients plus empressés, souffrant de malaises singuliers, de douleurs mal définies, de ce je ne sais quoi qui rend le travail difficile. Coïncidence toute fortuite, ces jours tombaient la veille des compositions. Le remède prescrit était unique : un purgatif. Mais aussitôt offert il opérait et les jeunes malades, guéris par enchantement, s'éclipsaient d'un pied léger, en dévalant l'escalier avec une surprenante rapidité.

A côté de l'infirmerie, s'élevait le bâtiment long et bas de la salle des concerts. Ces concerts étaient en grande réputation. L'orchestre de l'Opéra, les artistes de la Comédie-Française, de l'Opéra ou de l'Opéra-Comique, les solistes les plus célèbres figuraient au programme. On y entendait Coquelin, Planté, Sivori, Allard, Franchomme, Ritter.

Il faut le reconnaître, la jeunesse des écoles avait alors des réserves d'enthousiasme et de générosité, très peu de sens pratique. Chacun y rêvait pour soi de grandes destinées ; jamais, comme aujourd'hui, les rêves de la vingtième année ne se bornaient à la question d'argent, au gain immédiat. L'esprit de l'Université était libéral et l'esprit des élèves républicain.

Aussi les professeurs étaient-ils respectés. Ce respect ne devait rien à la discipline presque militaire qui nous gouvernait. Il était le gage de leur valeur universellement reconnue. Quels professeurs! M. G. Darboux, aujourd'hui secrétaire perpétuel de l'Académie des Sciences ; M. G. Perrot, secrétaire perpétuel de l'Académie des Inscriptions; MM. Hatzfeld, Gaillardin, Bouquet, Marcou, etc.

Les professeurs ne se montraient qu'en robe et en toque; ils nous parlaient du haut d'une chaire fermée, nous apparaissant comme des personnages augustes, dont il fallait recueillir précieusement les sentences. Le silence, pendant les classes, était profond, à ce point que l'été, dans la première cour, alors que la chaleur torride faisait ouvrir toutes les portes et toutes les fenêtres de chaque classe, on entendait la voix des professeurs voisins.

Ce respect de la science et du travail s'étendait à tous, même à la caste ennemie des répétiteurs. J'en sais un qui a traversé les salles d'étude du lycée et en est sorti persuadé que toutes les histoires qui couraient sur la férocité des élèves étaient pure légende.

Il était tout jeune. Sa pauvreté l'avait obligé à demander, à cet emploi ingrat, le pain et le logis qui lui permissent de préparer l'examen de licence nécessaire au professorat. Il avait échoué une première fois, et, quand je l'ai connu, il renouvelait une année d'études. Je le vois encore, assis sur l'estrade du « quartier », petit, le visage encadré dans une barbe blonde, l'œil triste et craintif, abrité derrière un éternel pince-nez. Nous avions appris son histoire, je ne sais comment, et cet acharnement dans le labeur malheureux nous avait touchés.

Jamais étude ne fut de tenue plus exemplaire. Par un accord tacite, maintenu avec une inflexible solidarité, il avait été convenu que tout ennui lui serait épargné.

A mesure que l'époque des examens approchait, le pauvre garçon redoublait d'efforts. Il restait penché sur ses livres pendant des heures entières, sans lever la tête ; et, de temps à autre, nous le regardions pour voir si « cela marchait ». Quand l'un de nous parlait un peu trop haut à son voisin, celui-ci le poussait du coude en lui disant : « Tais-toi donc ! il travaille. » Nous l'entourions ainsi d'une surveillance muette et sympathique dont il n'avait pas le plus petit soupçon.

Un jour, il disparut. Nous apprîmes qu'il avait passé son examen et avait été reçu. Et il fut décidé entre nous que « c'était juste »...

Gaston Schéfer. »

L'ÉCOLE DES BEAUX-ARTS

L'École des Beaux-Arts !... Mais j'y ai passé la majeure partie de ma vie d'artiste, tour à tour élève, professeur, directeur... C'est en 1854 que, pour la première fois, mon carton à dessin sous le bras, j'ai pénétré dans cette noble et grande maison... J'avais vingt ans et possédais pour tout viatique les 1.500 francs de pension que m'accordait Bayonne, ma ville natale. »

Et le glorieux peintre Léon Bonnat, en son grand cabinet directorial dont les larges fenêtres donnent sur les jardins de l'hôtel Chimay, tout en suivant d'un œil rêveur les spirales bleues de sa cigarette, veut bien évoquer pour nous ses débuts d'écolier et les souvenirs qui lui rendent si chère l'admirable école qu'il dirige aujourd'hui.

— « ... Que c'est loin tout cela ! J'arrivais d'Espagne où ma famille avait dû s'établir après des revers de fortune.

« Le musée de Madrid, le sublime Vélasquez surtout, m'avaient enthousiasmé ; après la mort de mon père, nous gagnâmes Paris et j'entrai dans l'atelier de M. Léon Cogniet, rue de Lancry, au bout de la rue de l'Entrepôt. Tous les soirs j'allais dessiner à l'école, ayant été reçu, pas très brillamment, au concours de places. Nous vivions, ma mère, ma sœur et moi, bien modestement; à ma pension mensuelle venaient s'ajouter, de temps en temps, 25 francs gagnés à faire au musée du Louvre, pour un éditeur, des dessins d'après l'antique... Je déjeunais alors d'un cornet de pommes de terre frites, et n'en étais pas moins gai pour cela... Enfin, en 1857, j'obtiens le second grand prix, et je pars, à mes frais, à Rome, qui m'enthousiasma et où je travaillai ferme ; en 1861, j'exposai un *Adam et Eve retrouvant le corps d'Abel*, qui me valut d'emblée ma seconde médaille. Je rentre à Paris ; ma famille était retournée en Espagne ; isolé, timide, désœuvré, ne sachant comment occuper mes soirées, je retourne à l'Ecole des Beaux-Arts pour y dessiner d'après nature.

« Une semaine où je n'avais pu venir travailler que le mardi, trouvant toutes les bonnes places occupées depuis la veille, je dus m'installer, — faute de mieux — près du squelette servant pour les démonstrations anatomiques, en un coin incommode, abandonné d'ordinaire aux débutants accueillis par tolérance.

« Je commençais mon dessin, quand M. Signol, un vieux et respectable membre de l'Institut, qui nous corrigeait ce mois-là, s'approcha de moi. — « Vous n'êtes pas élève de l'Ecole ? me dit-il à voix haute. — Si, monsieur ? — Quoi ! vous avez été admis au concours de

LÉON BONNAT VERS 1860.

Ad. Braun, phot.

places ? — Non, monsieur, mais je suis dispensé de faire ce concours comme second grand prix depuis trois ans.

— Est-il possible ! et vous n'êtes pas remonté en loge... qu'avez-vous donc fait ? — Je suis allé travailler à Rome. J'ai beaucoup étudié d'après les maîtres, et je viens d'exposer au dernier Salon un tableau, *Adam et Ève devant le corps d'Abel*. — Alors, c'est vous qui êtes Bonnat ? — Oui, Monsieur. » M. Signol se lève, me serre la main et ajoute : « Permettez-moi de vous féliciter, monsieur, l'Académie vous a rendu justice et a été charmée de votre talent ; de plus vous donnez aujourd'hui un bel exemple à ces jeunes gens en revenant, après un tel succès, travailler sur ces bancs... » Vingt ans plus tard, lorsque je devins son confrère à l'Institut, ce brave homme me rappelait sa correction de l'École des Beaux-Arts... Je ne l'ai jamais oubliée !

« Ce sont tous ces souvenirs-là et bien d'autres encore qui m'ont fait accepter le poste de directeur, et je n'entre jamais « au cours du soir », dans le vieil hémicycle où travaillent encore les élèves, sans cligner de l'œil vers le coin de droite où pendait jadis le squelette, mon voisin cette semaine-là. »

Mieux que personne, le maître Bonnat peut évoquer avec orgueil le passé, mais il n'y a pas un artiste ayant travaillé dans cette noble maison qui, lorsque le hasard l'y ramène, ne sente son cœur battre d'émotion (1).

(1) Encore un amusant souvenir du Maître Bonnat :

« Je n'ai vu M. Ingres qu'une fois. Il traversait la cour de l'École des Beaux-Arts. Jamais je n'oublierai ce petit corps rondelet mal affublé d'un vêtement trop long, court, trapu, terminé par une tête superbe,

Vauzelle, *pinxit.* MUSÉE DES MONUMENTS FRANÇAIS. Reville et Lavallée, *sculp*

L'histoire de l'École des Beaux-Arts est si intimement liée à l'histoire de l'art français !...

L'École des beaux-arts occupe l'emplacement du couvent des Petits-Augustins fondé en 1613 par Marguerite de Valois, première femme de Henri IV, fantasque princesse qui avait partagé sa vie « entre la volupté et la dévotion ».

Plus tard, la reine Anne d'Autriche acheva l'œuvre commencée par « la reine Margot ». Jusqu'à la Révolution les « Augustins » furent fort à la mode ; il convenait d'y venir entendre la messe et de s'y faire enterrer;

forte, mâle, ayant je ne sais quoi d'une tortue. C'était un de nos plus grands peintres qui passait.

« A l'École j'ai deux fois été corrigé par Horace Vernet, un petit homme sec, vif, n'ayant comme on dit que la peau sur les os. Sa correction vaut la peine d'être notée. Il passait derrière les élèves, disant à chacun son fait. Arrivé à moi, il me dit brusquement, en regardant mon dessin : « Qu'est-ce que c'est que ça ? Les portes de la prison de « Mazas ? » et il passa à mon voisin.

« J'étais fort jeune, très désireux d'apprendre, plein de vénération pour un homme dont le talent a été trop décrié depuis, mais qui, à ce moment-là, rayonnait encore de sa gloire passée. Dès le lendemain, au petit jour, je traversai Paris et allai contempler les fameuses portes de Mazas. Au premier coup d'œil je compris ; mon dessin ressemblait à des pierres de taille ; je dessinais trop par carrés.

« J'ai suivi Delacroix par une belle après-midi, du pont des Arts où je le rencontrai, jusqu'à la rue Notre-Dame-de-Lorette où était son atelier. Il devait sortir de l'Institut, je le reconnus d'après ses photographies. Il s'arrêtait de temps en temps, inclinait sa tête en arrière tout en clignant les yeux. J'ai compris depuis lors qu'il se rendait compte d'un effet ou analysait les couleurs. (L. BONNAT. *Étude sur Barye*, extrait de la *Gazette des Beaux-Arts*, mai 1889.) »

mais, dès 1790, le couvent désaffecté devint domaine national et fut désigné pour recevoir et centraliser les objets précieux provenant des édifices religieux. Il le fallait, car les décrets interdisant « de détruire, mutiler ou altérer les monuments des arts » étaient absolument méconnus ou violés, les vandales révolutionnaires ne connaissant rien de plus agréable que de couper les têtes et de briser les nez des saints de bois et des rois de marbre.

Au milieu de tant de désastres, un homme admirable — l'architecte Alexandre Lenoir, conservateur du dépôt des Petits-Augustins — s'employa avec un courage héroïque et une indomptable ténacité à sauver nos trésors artistiques saccagés férocement, méthodiquement, joyeusement.

Il faut lire, dans les trois volumes consacrés par l'éminent M. Courajod à cette triste période de notre histoire, le récit des luttes effroyables soutenues par A. Lenoir contre l'ignorance, l'envie, la sottise, la barbarie (1). Il doit même vaincre « l'opposition multipliée

(1) Lenoir affamé, grelottant dans sa masure des Petits-Augustins, blessé dans l'accomplissement de son devoir est traité, par cette Assemblée (le Conservatoire du Muséum) de hauts fontionnaires vaniteux, fainéants et imbéciles, comme un intrigant qui veut se faire une position ! — C'est odieux, mais c'est bien naturel... (L. Courajod. — *Introduction au Journal de Lenoir*, p. CLXI. D'après les notes 385 et 520 du journal, Lenoir était réduit, après autorisation ministérielle, *à chauffer son musée avec une partie de ses collections de sculptures en bois.*)

de plusieurs artistes pour sauver des monuments du Moyen âge, regardés comme inutiles » !

Jugez ce que devait souffrir un tel dévot d'art lorsqu'il recevait l'ordre (en moins d'un mois, d'octobre à novembre 1793) de livrer aux Comités révolutionnaires *quatre cent quatre-vingt-dix* portraits peints à l'huile, en pied et en buste, de nobles, prélats, princes, etc., pour être brûlés publiquement ! En même temps, les commissaires aux plombs lui enlevaient « quatre figures provenant de Sainte-Geneviève et deux anges adorateurs provenant de Saint-Chaumont... » (1).

Toutes les églises, tous les châteaux, toutes les abbayes sont dépouillés de leurs richesses, dont les épaves, — trop souvent incomplètes et mutilées, — viennent échouer aux Petits-Augustins.

(1) Le 9 du deuxième mois, même année (le 1er mois de l'an II a commencé le 22 septembre 1793), en vertu d'un arrêté de la commune de Paris, il a été remis au C. Lalande, commissaire de police, accompagné d'une députation des membres du Comité Révolutionnaire de la section de l'Unité, cent quatre-vingts portraits peints à l'huile, en pied et en buste, de nobles, prélats, princes, etc., qu'ils appellent *féodaux*, pour être brûlés, à la fête populaire, dans le jardin de l'abbaye Saint-Germain, en face du lieu de la Section...

...Le 16 brumaire, remis au C. Roze, Commissaire du Comité de Salut Public, pour la recherche des métaux, neuf cent trente livres pesant de plomb provenant des démolitions des mausolées et tombeaux précédemment enlevés. Plus quatre figures provenant de Sainte-Geneviève et deux anges adorateurs de Saint-Chaumont. Le reçu signé Roze, commissaire du Salut Public.

...Le 21 dudit, une députation du Comité révolutionnaire de la Section du faubourg Montmartre enlève, au nom de la Commune de

La Terreur enfin passée, Lenoir peut organiser son « musée des monuments français ». Que de trésors, que de reliques aussi il a su réunir ! Les statues et les pierres tombales de l'abbaye de Saint-Denis, les tombeaux de Charles-Martel, de Philippe le Bel, de Duguesclin, de Charles VII, le mausolée de Jean Goujon, les monuments funéraires de François Ier, de Diane de Poitiers, de Charles IX, le cénotaphe d'Héloïse et d'Abailard, les délicieuses figures de Germain Pilon portant l'urne enfermant le cœur de Henri II sont disposés sous les voûtes cintrées du couvent des Augustins, les portiques du château de Gaillon, la façade du château d'Anet et parmi les verdures de l'Élysée : « Jardin calme et paisible où l'on voit, écrit Lenoir, plus de quarante statues et des tombeaux posés

Paris, soixante-seize portraits dits *féodaux*, pour être brûlés publiquement...

...Le 26 dudit, en vertu de l'arrêté de la Commune, le sieur Levasseur et les Commissaires députés du Comité révolutionnaire de la Section de l'Observatoire ont enlevé, du Dépôt, cinquante-quatre portraits dits *féodaux*, pour être brûlés...

...Le 11 dudit (Prairial an II) il a été remis au C. Roze, commissaire du Comité du Salut Public, préposé à la recherche des cuivres à l'usage des canons, savoir : cinquante-sept morceaux de cuivre doré provenant des démolitions des tombeaux de Saint-Louis-de-la Culture, plus deux vases en bronze du tombeau des Condé.

Lenoir sauva les figures principales de ce tombeau à l'aide d'un stratagème qui lui aurait coûté la vie s'il eût été découvert. On lit, dans les papiers de Lenoir conservés aux Archives Nationales, sur l'un des reçus délivrés par les Commissaires du Comité de Salut Public, cette note autographe :

« *Nota* : Je n'ai pu préserver les figures en bronze de Sarrazin,

çà et là sur une pelouse verte..., des pins, des cyprès les accompagnent; des larves et des urnes funéraires posées sur les murs concourent à donner à ce lieu de bonheur la douce mélancolie qui parle à l'âme sensible... » Et les gravures illustrant le texte du journal nous montrent de bonnes dames en chapeau cabriolet promenant des châles Ternaux devant la statue du roi Dagobert et un lot d'officiers anglais contemplant le portique du château d'Anet tout fleuri des D entrelacés de Diane de Poitiers.

L'Empire et la Restauration vidèrent le musée au profit du Louvre, des jardins publics, des palais, des églises. En 1815, le musée supprimé devint « Dépôt des monuments d'art »; 1816 en fit une « École des Beaux-

provenant du tombeau de la famille de Condé, qu'en les couvrant moi-même d'une couleur blanche délayée à la colle. »

Quel héroïsme ! Une fois la Terreur passée, Lenoir lava ses statues et les plaça dans son musée. Elles apparaissent sous le n° 124 de la Notice historique des Monuments des Arts réunis au Dépôt National de l'An IV. Elles furent immédiatement réclamées par le Muséum National des Arts (Voyez la *Notice historique*, p. 12.)

De Saint-Germain-des-Prés, deux figures de femmes accroupies, aussi en bronze. Plus quatre ailes de chauves-souris en plomb, du tombeau de Birague, de Saint-Louis-la-Culture ; deux petits adorateurs, aussi en plomb, venant de Saint-Chaumont, rue Saint-Denis.

...Ledit et le 12 suivant, après en avoir obtenu l'ordre, je me suis transporté à la Commission des Armes pour retirer de la fonte quatre figures en bronze représentant des Vertus, et les figures à genoux de Henri II et de Catherine de Médicis. Le tout provenant de Saint-Denis et du tombeau des Valois. Je n'ai pu les obtenir qu'en sacrifiant d'autres pièces en cuivre pour former le même poids... » (Louis Courajod : *Journal d'Alexandre Lenoir*, tome I, pages 18, 19, 57.)

Arts »; enfin, en 1819, les architectes Debret et Dauban

Lenoir, *del.* Guyot, *sculp.*

JARDIN ÉLYSÉE.

Vue du tombeau de Jacques Rohault.

commencèrent, sur les terrains du musée, l'établisse-

COIN DE JARDIN DU MUSÉE DES MONUMENTS FRANÇAIS. Reville, 1820.

ment de l'École actuelle, terminée en 1838 et considérablement agrandie depuis par l'adjonction des hôtels Mancini, Conti, Juigné, et enfin du bel hôtel Chimay dont la porte d'entrée, une merveille de grâce, s'ouvre au n° 17 du quai Malaquais.

Nous avions voulu revoir notre vieille École, que nous parcourons en compagnie du maître Bonnat et du très érudit inspecteur M. Bomier. Au fond de la cour d'entrée, plus loin que le portique de Gaillon, derrière des échafaudages, la salle des Antiques, puis l'escalier conduisant au corridor des « Loges de Raphaël », sur lequel s'ouvraient les ateliers en 1875. Ces ateliers sont vides aujourd'hui, on travaille maintenant dans les nouvelles installations de l'hôtel Chimay. Les cloisons qui les séparaient sont abattues, mais les murs sont restés intacts... Voici les éternelles charges peintes par des rapins en délire... Au milieu, la place de la table à modèle, et nous nous rappelons ces « blagues » féroces accompagnant, — comme un rite, — la réception des « nouveaux »; l'aventure, entre cent, de cet infortuné jeune homme qui, après avoir, selon l'usage, « poussé sa romance la moins embêtante » dans le costume sommaire du père Adam, voulut en vain retrouver ses vêtements disparus, évaporés... pas bien loin toutefois, un bon camarade assoiffé et peu scrupuleux les ayant simplement engagés pour 15 francs au Mont-de-Piété voisin. Et, pour récupérer ses effets, le malheureux dénudé dut emprunter les frusques du modèle, — un pifferaro italien, — culotte et veste en velours bleu, chapeau pointu et fort crasseux, jambières de toile, espadrilles de cordes, pour aller, ainsi vêtu, chercher au sein de sa famille, qui dut être bien surprise, les sommes nécessaires au rachat de sa garde-robe. Pendant ce temps, les anciens de l'atelier buvaient, chez le mastroquet du coin, un punch d'honneur à la santé du « nouveau ».

Ces trois ateliers aujourd'hui délabrés, aux poutres incurvées, vont devenir une admirable galerie où seront visibles, — enfin, — les prix de Rome, les concours d'esquisses et de têtes d'expression, dont l'ensemble forme une splendide collection commençant à Boucher et à Fragonard, et se continuant par les noms glorieux de Davis, Prud'hon, Girodet, Gérard, Ingres, Baudry, Henner, Henri Regnault, Merson, Aimé Morot, Dagnan, Humbert, Besnard, Rude, Carpeaux, Falguière, Mercié, Barrias, Coutan, Roty, Chaplain, Antonin Carlès, D. Puech, Landowski, Bouchard..., combien d'autres encore !... Et nous nous rappelons l'*Annonciation aux bergers*, de notre cher et regretté Bastien Lepage, qui n'eut que le second grand prix.

Ce jour-là, on s'est fort empoigné, — à coups de tabourets, — dans les corridors des « loges de Raphaël » qui en entendirent de roides. — T'en souviens-tu, François Flameng?

Lentement, en évoquant des fantômes aimés, nous poursuivons notre pèlerinage aux pays du souvenir. Admirant en passant les splendides boiseries du châ-

Lenoir, *del.* VUE DU JARDIN ÉLYSÉE PRISE DU CÔTÉ DU TOMBEAU DE RENÉ DESCARTES. Guyot, *sculp.*

teau d'Anet garnissant le fond de la chapelle, où est installé un beau musée de moulages, nous parcourons les superbes salles de copies, — exécutées par des maîtres d'après des maîtres, — la bibliothèque, la salle Melpomène...

Nous voici dans l'exquise cour du « Mûrier ». Sous un rayon de soleil, une dizaine d'effrontés moineaux parisiens « font tub » en la vasque de marbre d'où retombe un filet d'eau au tintement de cascatelle, et nous nous arrêtons, charmés, pour contempler ce joli spectacle et ce poétique décor.

Dans l'angle de droite, sous le portique, encadré de deux colonnes portant, gravés sur le marche, les noms des élèves tombés en 1870-1871 sous le feu de l'ennemi, un monument funéraire ; et, sous un buste d'homme à la tête superbe d'intelligence, la « Jeunesse », — une statue de marbre par Chapu, — inscrit un nom : Henri Regnault. C'est le pieux ex-voto élevé par l'École des Beaux-Arts à ce très grand artiste qui vint d'Afrique se faire tuer pour son pays, aux heures lugubres de la défaite... « On bat maman, j'arrive... », avait-il écrit à son bon et excellent ami Clairin..., et le 19 janvier 1871, dans un de ces combats désespérés qui ensanglantèrent les environs de Paris, derrière la ferme de Buzenval, Henri Regnault était tombé, la tempe gauche trouée d'une balle prussienne (1) !

(1) « ... J'aurais voulu le retrouver parmi les blessés; et, par moments, j'aurais voulu, puisque je devinais qu'il était mort, le retrouver

Tant de talent, de gaieté, de bravoure, d'espérance était ainsi brutalement fauché ; un deuil nouveau s'ajoutait aux deuils de la France... C'est tout cela qu'évoque

parmi les morts ; — tout plutôt que cette horreur de l'avoir perdu d'avoir perdu même son cadavre.

Cette recherche dura longtemps. Enfin nous avons reçu de la Préfecture de police un avis nous faisant connaître que le corps d'Henri Regnault était au Père-Lachaise

Je courus au cimetière, qui était bondé de gens en pleurs. Les voitures de bouchers apportaient leurs sinistres charges, les déposaient et repartaient en quérir d'autres...

... Les cadavres étaient posés les uns sur les autres et faisaient un long tas, haut d'un mètre et demi. On cherchait là... Je cherchai ; je tirai des bras, des jambes, pour déplacer des cadavres qui m'en cachaient d'autres... je ne trouvai rien...

... J'allais sortir, lorsque je vis, dans un coin, une boite, un cercueil fait de planches vite clouées. Je soulevai le couvercle : Regnault !...

Oui, c'était lui, tout nu.

Auprès de la boite, un paquet de son pantalon, de sa capote et de son képi : le reste avait été volé.

C'était lui !... Je le reconnus. Son visage était souillé de terre, des feuilles mortes étaient collées au sang de sa blessure. Sa blessure : un trou à la tempe gauche, un si petit trou que mon petit doigt n'y entrait pas. Du sang coulait aussi de sa bouche.

Je le regardais... Soudain, je vis entrer sa fiancée... Et je me rappelle qu'alors, d'un geste brusque de pudeur, je ramenai sur lui le couvercle du cercueil et le cachai jusqu'au menton.

Un peu plus tard, je suis allé chercher de l'eau et j'ai lavé son visage... Je le lavais lorsqu'arriva Barrias, le sculpteur, notre ami. Barrias était officier : je ne sais plus dans quelle arme... Il me dit qu'il fallait mouler ce visage qui nous était cher. Il s'en alla et bientôt revint avec du plâtre. Nous avons fait tous les deux ce moulage qui est au musée Carnavalet : des poils de la barbe et des cheveux y sont restés.

Le corps d'Henri fut emporté à Saint-Augustin. Où était le père

ce petit monument aux allures d'autel sacré, si bien à sa place en cette École et dans cette cour antique, puis-

MASQUE MORTUAIRE D'HENRI REGNAULT
Donné par Georges Clairin (Musée Carnavalet).

Regnault, je ne le savais pas... Deux jours après, le service funèbre fut célébré.

Il y avait beaucoup de monde. La nouvelle de la mort de Regnault

qu'il représente deux immortelles vertus : l'Art et le Patriotisme.

avait été vite connue à Paris. Saint-Saëns joua lui-même, sur l'orgue, sa *Marche héroïque*, qu'il avait composée pendant la guerre et qu'il acheva pour les obsèques de Regnault.

Tous ceux de nos amis qui n'étaient pas morts furent là, beaucoup en uniforme, d'autres ayant repris leurs vêtements de civils, puisque c'était fini, puisque le suprême découragement nous accablait.

Oui, nous avions reçu par la mort de Regnault la dernière tape.

Lorsque se déchaînaient dans l'église les beaux accents de la *Marche héroïque*, c'était tout notre espoir, c'était toute notre jeunesse dont la mort était célébrée.

L'effondrement, la fin de tout !... Les survivants, autour de ce cadavre, sentaient que le meilleur d'eux-mêmes était mort, Regnault, Regnault !... Entre les rangs de cierges, il était la France morte, la France ensevelie; il était nous-mêmes tués en pleine jeunesse, en pleine ardeur, en pleine confiance!... (André Beaunier, les *Souvenirs d'un Peintre* (Georges Clairin), p. 195, 196, 197.)

L'AVENUE DE L'OBSERVATOIRE

La rue Cassini.
L'Infirmerie Marie-Thérèse.

Il y a une quinzaine d'années, quelques artistes achevaient de déjeuner chez Foyot, en face du Luxembourg; deux sénateurs, MM. Ranc et Emm. Arago (1), s'étaient joints à la bande joyeuse. Au moment de partir, M. Arago, passant avec difficulté le bras dans la manche de son paletot, ne put retenir ce cri de souffrance : « Maudite blessure, elle me fait cruellement souffrir aujourd'hui... j'y devrais pourtant être habitué depuis soixante-dix ans... elle me vient du maréchal Ney! » Devant notre ahurissement M. Arago s'expliqua :

— Parfaitement, c'est bien le 7 décembre 1815 que j'ai attrapé le horion qui, depuis, n'a cessé de me tourmenter.

« Ce matin-là — j'avais trois ans — ma bonne m'avait amené dans le cabinet de mon père, François Arago, qui

(1) Emmanuel Arago, né à Paris en 1812, mourut à Paris en 1896

logeait à l'Observatoire. Un ami que nous appelions « l'oncle Gaspard » me faisait sauter sur ses genoux ; tout à coup une terrifiante explosion retentit : mon père devint tout pâle, et l'oncle Gaspard, se redressant brusquement, me laissa tomber par terre en s'écriant : « Oh ! les misérables, ils l'ont fusillé ! » Ce qu'ils avaient entendu était le bruit de l'exécution du maréchal Ney, passé par les armes à quelques mètres du cabinet de mon père, au carrefour de l'Observatoire ; la familière appellation « oncle Gaspard » dissimulait Gaspard Monge, un des fondateurs de notre École polytechnique, un grand cœur, un illustre savant, compagnon de Bonaparte en Egypte, et qui, suspect, traqué par la police de Louis XVIII, était venu chercher près de mon père asile dans l'Observatoire. Je m'étais fait grand mal, je hurlais... mais on ne s'occupa pas de moi, et je souffre encore de cette chute faite en 1815. »

Cette pittoresque anecdote nous revenait en tête l'autre matin, alors que la flânerie nous ramenait en ce vieux quartier. Après avoir traversé l'admirable jardin du Luxembourg, nous débouchâmes sur cette place étrange où les monuments disparates du maréchal Ney, de Francis Garnier, du philanthrope Th. Roussel et du professeur Tarnier semblent jouer aux quatre coins devant l'effigie polychrome de Bibi-la-Purée dansant entre deux cascadeuses du bal Bullier, dont ils ne sont séparés que par la tranchée du chemin de fer de Sceaux.

Qui pourrait retrouver en ce carrefour bruyant, où

le soir les petites bonnes viennent écouter, émues, les échos des valses de Bullier, le plus léger vestige

Régnier, *del.* Champin, *lith.*

MAISON D'HONORÉ DE BALZAC.
Paris (rue Cassini, n° 1).

du tragique abattoir où fut légalement assassiné le maréchal Ney, prince de la Moskowa, duc d'Elchingen, le héros de cent combats, le « Brave des braves » !

L'œuvre admirable du grand statuaire Rude dut elle-même subir un fâcheux déplacement. De récents travaux d'édilité l'ont enlevée de l'endroit où tomba le maréchal (exactement devant le numéro 43 de l'avenue de l'Observatoire), — on l'a réédifiée en face : Ney regarde aujourd'hui le mur devant lequel il fut fusillé.

Mais en poursuivant notre promenade jusqu'à la grille même de l'Observatoire, en longeant, à l'ombre des marronniers déjà jaunissants, les murailles humides des maisonnettes et des communautés voisines, il est facile de se figurer les entours du Luxembourg le 7 décembre 1815.

La veille, le maréchal avait été condamné par la Chambre des pairs, « cette assemblée où régnaient, avec la terreur, la haine et la vengeance ». Cent trente-huit pairs sur cent soixante-un avaient voté la mort « selon les formes militaires » ; une bête féroce, le comte Lynch, avait rugi : « La guillotine ! » (1).

Ney, ramené au Luxembourg dans la petite pièce grillée qui, au second étage, lui servait de prison, après avoir dîné de bon appétit et fumé un cigare, s'était endormi tout habillé. A trois heures et demie du matin le chevalier Cauchy l'avait réveillé pour lui lire l'interminable arrêt de condamnation... « Au fait, au fait !

(1) H. Houssaye, *1815*, 3e volume, p. 579. Cette admirable étude du maître H. Houssaye est d'ailleurs à consulter dans son entier. Elle fait revivre cette effroyable époque avec une impressionnante vérité.

avait interrompu le maréchal, supprimez toutes ces formules... ». Après avoir appris qu'il serait fusillé le matin même, il reçut sa femme, sa sœur, ses enfants, les embrassa longuement, puis les éloigna voulant rester

Raffet, *del.* MORT DE NEY, 7 DÉCEMBRE 1815. Alp. Boiliy, *sculp.*

seul, et ce soldat héroïque « dormit d'un sommeil tranquille » pendant l'heure qui lui restait à vivre ! — A huit heures il s'éveilla de lui-même ; on vint l'avertir que « le moment était venu » : — « Je suis prêt », répondit-il, et il gagna d'un pas ferme le fiacre qui l'attendait au bas du petit escalier.

Il faisait un temps affreux, sombre, glacial ; l'escorte était nombreuse, gendarmes, grenadiers de la Roquejaquelein, gardes nationaux (1). Le fiacre suivit la grande allée du Luxembourg et s'arrêta dans l'avenue de l'Observatoire, cinquante mètres plus loin que la grille, devant un mur bas.

« Comment, c'est là ? » fit avec étonnement le maréchal qui croyait être conduit plaine de Grenelle comme les autres condamnés militaires ; mais le gouvernement, redoutant les manifestations populaires, avait décidé d'« escamoter » le prince de la Moskowa !

Michel Ney, en deuil de son beau-père, portait une ample redingote gros bleu, chapeau rond, culotte et bas de soie noirs... *Il alla de lui-même se placer fièrement devant le peloton d'exécution*, — douze sous-officiers *revêtus de l'uniforme des vétérans :*

— Camarades, s'écria-t-il, tirez là... droit au cœur...

— Joue... feu ! cria précipitamment l'adjudant-commandant Saint-Bias.

Le maréchal tomba, frappé de dix balles... les tambours battirent, les bourreaux crièrent « Vive le Roi ! » puis s'éloignèrent, laissant « le Brave des braves »

(1) « L'officier de la garde nationale qui a commandé hier le détachement chargé d'assister à l'exécution du maréchal Ney est Chatillon, surnommé le beau danseur, parce qu'il a succédé à Trénis dans les bals de la haute société. Il a été mon chef de bureau au Ministère des Cultes, sous M. Darbaud, chef de division. Le royalisme de Chatillon l'a sans doute fait choisir pour cette rude corvée. » (8 décembre 1815, Charles Maurice, *Histoire anecdotique du Théâtre*, t. I, p. 214.)

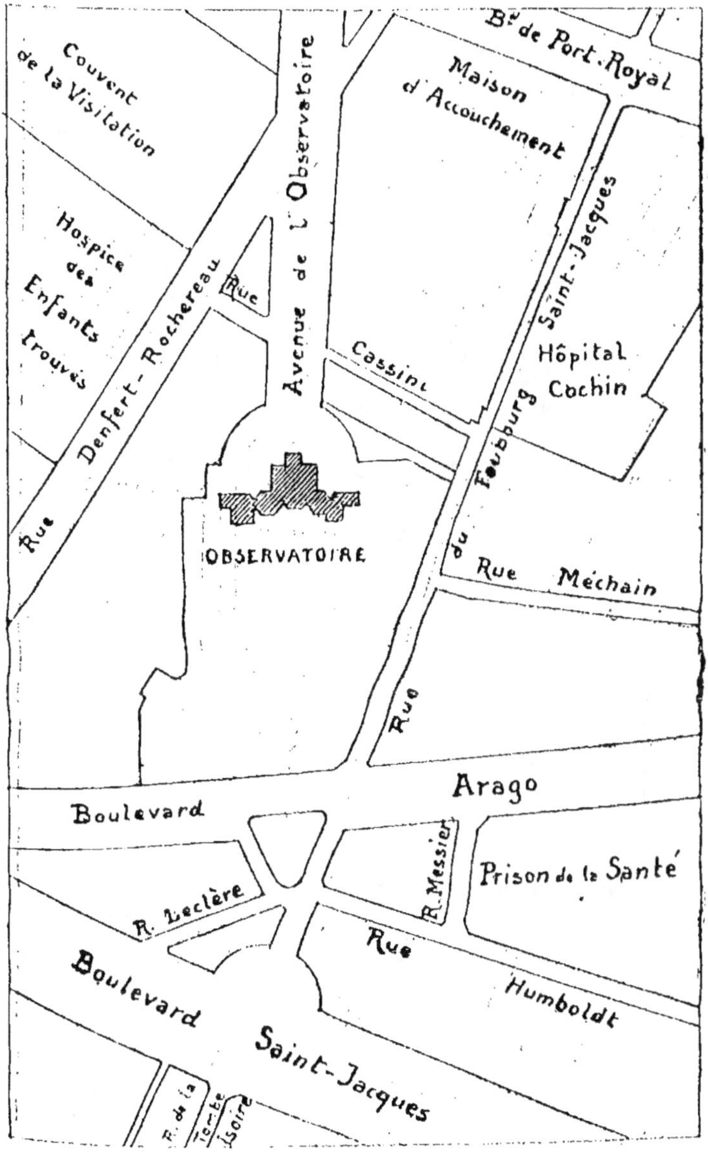

Bd de Port-Royal
Couvent de la Visitation
Maison d'Accouchement
Avenue de l'Observatoire
Hospice des Enfants trouvés
Rue Denfert-Rochereau
Rue
Rue Cassini
Rue du Faubourg Saint-Jacques
Hôpital Cochin
OBSERVATOIRE
Rue Méchain
Boulevard Arago
R. Messier
Prison de la Santé
R. Leclère
Rue Humboldt
Boulevard Saint-Jacques
R. de la Tombe Issoire

État actuel.

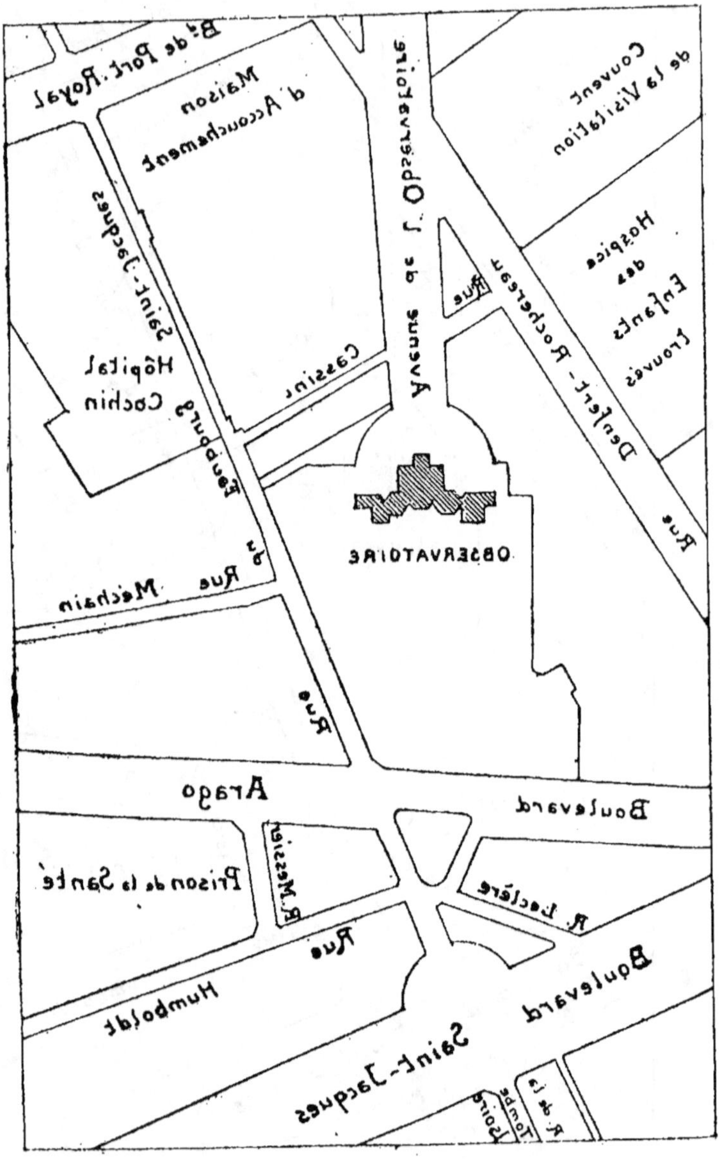

Bd de Port-Royal
Maison d'Accouchement
Avenue de l'Observatoire
Couvent de la Visitation
Hospice des Enfants trouvés
Rue Denfert-Rochereau
Rue
Rue Saint-Jacques
Hôpital Cochin
Rue Cassini
Faubourg
Rue Méchain
OBSERVATOIRE
Rue
Rue
Boulevard Arago
Prison de la Santé
R. Messier
R. Leclère
Rue Humboldt
Boulevard Saint-Jacques
R. de la Tombe Issoire

État actuel.

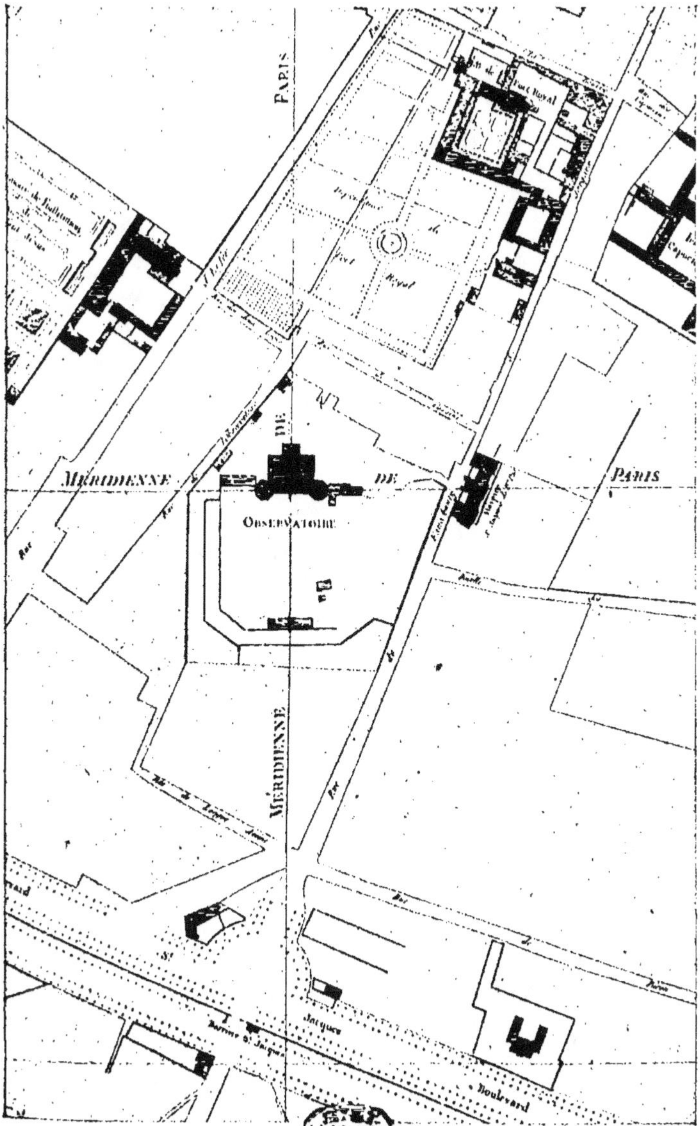

Extrait du plan de Paris, par Jaillot, en 1775.

gisant dans la boue, face en avant, en une mare de sang ! (1)

***

Le sévère bâtiment de l'Observatoire où retentit ce sinistre feu de peloton s'est peu modifié ; de hautes coupoles surmontent aujourd'hui les salles contenant les

(1) *Extrait des rapports des Commissaires de police* (7 *décembre 1815*). — Le jugement rendu contre l'ex-maréchal Ney a été exécuté ce matin vers 9 heures sur le terrain de la demi-lune extérieure de l'avenue du Luxembourg. Le cadavre est déposé à l'hospice de la Maternité (quartier de l'Observatoire).

... La condamnation du maréchal Ney à la peine capitale n'a surpris personne, tout le monde s'y attendait, et cette nouvelle ne paraît pas avoir produit dans l'esprit du plus grand nombre d'autres sensations que celle de la curiosité satisfaite. Il n'en est pas de même parmi les militaires... (quartier de la Cité), (Archives Nationales), F 7, 38-38.

« ... Ce soir-là, le duc de Berry trouva à propos d'aller à la Comédie-Française. Son entrée fut applaudie et le marquis de P... lui dit en se frottant les mains : « — Encore deux ou trois petits pendus, Monseigneur, et la France sera à vos pieds ! » (Henry Houssaye, 1815, tome III, la Seconde Abdication, la Terreur Blanche, page 585.)

« ... La défection de Ney, après sa promesse à Louis XVIII de ramener Napoléon dans une cage de fer, et son cri de sauve qui peut ! à la Chambre des pairs le 22 juin, avaient déchaîné l'opinion contre lui. Un revirement total se fit aussitôt après sa mort. (Cf. 1815, III, 70-71 et rapports de police, 15 août, 13, 17, 22 nov., 3, 5, 6, 7, 8 et 9 déc., Archives Nationales, F. 7, 3775 et F. 7. 3799.) Wellington au Czar, 8 déc. (Dispatches, XII. 713). — Étienne Arago m'a redit, il y a vingt ans, ce mot shakespearien d'un homme du peuple devant le cadavre de Ney : « On l'a débarbouillé avec son sang ». (Henry Houssaye, 1815, tome III, la Seconde Abdication, la Terreur Blanche, page 565, note 3.)

instruments astronomiques nécessaires aux doctes locataires du vieil édifice fondé par Colbert, édifié de 1667 à 1672 par Cl. Perrault et inauguré par Cassini (1). Notre ignorance (sans aller jusqu'à ajouter foi à la légende populaire qui en fait le cimetière des anciens astronomes ensevelis — en long — dans les lunettes réformées) nous interdit toute compréhension des prodigieux calculs élaborés en ce docte logis dont les environs sont restés délicieusement vieillots et évocateurs.

De grands bâtiments religieux, des jardins de couvent enserrent l'Observatoire, et aussi de petites rues où de tout temps ont logé des artistes. De jolies demeures modernes remplacent les maisonnettes qui jadis donnaient sur la campagne, car ce lointain quartier était bien « la campagne » . de grands arbres formant allées couvertes, des lilas, des jardins maraîchers... et la gracieuse stèle Louis XVI autour de laquelle dansent les nymphes, délaissée aujourd'hui, au numéro 10, en un coin du jardin de l'excellent peintre Cottet, dut présider à quelques fêtes données vers 1787 en une « maison des champs », car il s'en trouvait certainement rue Cassini, témoin le vieux porche élevé de quatre marches, épave charmante oubliée au numéro 6 ! Une lithographie de Regnier, dans les *Habitations des personnages célèbres*, nous montre le modeste logement du grand Balzac en

(1) L'emplacement fut déterminé par les calculs astronomiques de façon à ce que la méridienne de Paris le divise en deux parties égales. Deux coupoles datent de François Arago.

Aquarelle d'Hoffbauer

STÈLE LOUIS XVI, RUE CASSINI, N° 6.

1829, 1, rue Cassini (la maison a été démolie en 1897 (1)
Plus tard, pendant l'horrible siège de Paris, alors que les

Régnier, *del.* Champin, *lith.*

LOGIS DE D.-J.-FRANÇOIS ARAGO,
Secrétaire perpétuel de l'Académie des Sciences à l'Observatoire.

(1) « ... Balzac habitait alors un des endroits les plus solitaires de Paris, rue Cassini, à l'encoignure du faubourg Saint-Jacques, un pavillon avec un jardin, qui s'étendait jusqu'aux communs de l'Observa-

bombes pleuvaient dans le quartier, le glorieux César Franck demeurait tout près, 95, boulevard Saint-Michel, et là ce doux rêveur, ayant oublié le monde, le bombardement, Paris foudroyé et mourant de faim, composait *les Béatitudes*... en janvier 1871 ! Un obus prussien pulvérise le mur voisin de sa chambrette... « Mon Dieu, que c'est agaçant ! soupira simplement César Franck, et qu'il est difficile de travailler dans ces conditions ! » Puis, sous un nuage de poussière, l'ingénu musicien se replongea dans ses *Béatitudes !*

Si la rue Cassini étonne en ce quartier monacal, les amoureux du passé peuvent prendre leur revanche quelques pas plus loin, rue Denfert-Rochereau (appellation moderne de la vieille rue d'Enfer). Elle évoque un grand souvenir et recèle encore un délicieux décor ! Au n° 88 s'ouvre une haute porte de pierre : « Institution pour Jeunes Filles aveugles ». Cette institution, avec ses bâti-

toire. Au bout de ce jardin, une petite porte fermée au loquet et percée dans le mur mitoyen, communiquait avec la cour d'entrée, derrière le pavillon du concierge.

« Plus d'une fois, on put voir Balzac se promener en causant avec les élèves astronomes soit dans son propre jardin, soit déambuler avec eux à l'ombre des hautes murailles de l'Observatoire...

... Et souventes fois, j'ai entendu Arago répéter de sa voix méridionale, pyrénéenne, forte et sonore : « Oui, Balzac a été mon voisin durant bien des années. De cette fenêtre et de la terrasse j'apercevais la lueur vacillante de ses bougies. Nous étions ainsi deux veilleurs nocturnes, moi les yeux dirigés vers l'espace, lui le front penché sur son papier. Et celui qui voyait le plus loin — de nous deux — ce n'était peut-être pas l'astronome ». (Ernest Laugier, *La Chronique Médicale*, 15 juin 1907, p. 406 et 407.)

ments et ses jardins, se confondait autrefois avec l'infirmerie Marie-Thérèse, immortalisée par Chateaubriand, locataire d'un petit pavillon voisin, qui est aujourd'hui l'asile du numéro 88.

« Le pavillon que j'occupe près de la barrière d'Enfer, écrit Chateaubriand le 9 mai 1833, pouvait monter à une soixantaine de mille francs, mais à l'époque de la hausse des terrains je l'achetai beaucoup plus cher et je ne l'ai pu jamais payer. Il s'agissait de sauver l'infirmerie de Marie-Thérèse, fondée par les soins de Mme de Chateaubriand et contiguë au pavillon. Une compagnie d'entrepreneurs se proposait d'établir un café et des montagnes russes dans le susdit pavillon, bruit qui ne va guère avec l'agonie!... »

Nous évoquions ces souvenirs sous la conduite d'une religieuse qui voulut bien nous faire l'honneur de nous servir de guide. Nous visitons d'abord l'ancien salon de Chateaubriand : les frises sculptées de jadis courent encore le long du plafond, mais des grilles donnant sur une chapelle remplacent les larges fenêtres qui en 1833 s'ouvraient sur les jardins. Cette chapelle même a son histoire :

« ... Mes arbres, écrivait Chateaubriand, sont de mille sortes. J'ai planté vingt-trois cèdres de Salomon et deux chênes de druides... » Ces chênes et ces cèdres servirent plus tard à confectionner les stalles où s'agenouillent aujourd'hui les quatre-vingts religieuses — dont trente-cinq aveugles — qui dirigent l'institution. La bibliothèque du grand Vicomte est toute proche, et aussi sa chambrette. On y accède par un bien modeste escalier ; elle est d'une ascétique simplicité cette petite chambre carrelée, convertie aujourd'hui en atelier. Là, deux Sœurs aveugles et « une voyante » réparent, pomponnent les chapeaux de paille des fillettes qui dans quelques jours vont partir en vacances. Un coquelicot par-ci, deux marguerites par-là... et ces pauvres aveugles — qui restent parfois coquettes — s'éloigneront de cette hospitalière maison avec un rien d'élégance...

Nous traversons des cours, des corridors, puis la Sœur pousse une porte à claire-voie : nous voici en un admirable verger encadré de deux allées ombreuses de tilleuls ; les Sœurs s'y promènent en disant leur rosaire, les jeunes filles y confectionnent de menus travaux pour la distribution des prix... Pauvres enfants qui tournent toutes vers les arrivants leurs yeux vides et dont la perception de l'ouïe est si fine qu'une d'elles disait hier à la Sœur :

— Vous étiez à la prière des grandes ce matin, vous avez parlé, nous avons reconnu vos *s*...

Nous traversons la buanderie, la repasserie, l'imprimerie (car en cet asile les aveugles impriment en caractères spéciaux les livres destinés à d'autres aveugles) et nous nous croyons très loin de Paris, en quelque paisible béguinage de Bruges la Morte... Une glycine énorme, des tamaris des Indes ; c'est tout ce qui reste des arbres exotiques que rapporta Chateaubriand ; nous en cueillons pieusement un rameau qui sèchera entre les feuillets des *Mémoires d'Outre-Tombe.*

Deux pas plus loin, une petite porte surmontée d'une

Arnoult. L'OBSERVATOIRE VERS 1835.

plaque de marbre noir où se lisent ces trois mots : « Infirmerie Marie-Thérèse » s'ouvre au numéro 92 de cette même rue Denfert-Rochereau. Nous voici dans l'autre partie du séjour de Chateaubriand : « La démolition d'un mur — explique-t-il — m'a mis en communication avec l'infirmerie. Je me trouve à la fois dans une ferme, un verger et un parc » (1). L'endroit n'a pas changé : nous parcourons le verger, et dans le parc tout fleuri, au parfum des pawlonias, des clématites et des roses se mêle l'odeur plus prosaïque du... chocolat ! Nous nous souvenons alors de ce délicieux passage des *Mémoires* où l'adorable écrivain raconte comment il servait de « prime » pour activer la vente du chocolat fabriqué et vendu par les Sœurs au profit de

(1) « Le matin, je m'éveille au son de l'*Angelus;* j'entends de mon lit le chant des prêtres dans la chapelle ; je vois de ma fenêtre un calvaire qui s'élève entre un noyer et un sureau : des vaches, des poules, des pigeons et des abeilles ; des Sœurs de charité en robe d'étamine noire et en cornette de basin blanc, des femmes convalescentes, de vieux ecclésiastiques vont errant parmi les lilas, les azaléas, les pompadouras et les rhododendrons du jardin, parmi les rosiers, les groseillers, les framboisiers et les légumes du potager... »

« ... Des fenêtres du salon on aperçoit d'abord ce que les Anglais appellent *pleasure-ground*, avant-scène formée d'un gazon et de massifs d'arbres. Au delà de ce pourpris, par-dessus un mur d'appui que surmonte une barri re blanche losangée, est un champ variant de culture et consacré à la nourriture des bestiaux de l'Infirmerie. Au delà de ce champ vient un autre terrain séparé du champ par un autre mur d'appui à claire-voie verte, entrelacée de viornes et de rosiers du Bengale ; cette marche de mon Etat consiste en un bouquet de bois, un préau et une allée de peupliers. Ce recoin est extrêmement solitaire... »

« ... Au reste mes arbres ne s'informent guère s'ils servent de calendrier à mes plaisirs ou d'extraits mortuaires à mes ans ; ils croissent chaque jour du jour que je décrois : ils se marient à ceux de l'enclos des Enfants trouvés et du boulevard d'Enfer qui m'enveloppent. Je n'aperçois pas une maison ; à deux cents lieues de Paris je serais moins séparé du monde. J'entends bêler les chèvres qui nourrissent les orphelins delaissés !... » (CHATEAUBRIAND, *Mémoires d'Outre-Tombe*, tome VI, pages 3 et 4.)

leurs infirmes nécessiteux : « La Sœur supérieure prétend que de belles dames viennent à la messe dans l'espérance de me voir ; économe industrieuse, elle met à contribution leur curiosité : en leur promettant de me montrer elle les attire dans le laboratoire ; une fois là, elle leur cède, bon gré mal gré, des drogues en sucre. Elle me fait servir à la vente du chocolat fabriqué pour ses malades... » (1). — Des mauvaises langues assuraient qu'à partir de douze livres (36 francs) on pouvait contempler, après un coup de cloche avertisseur, « Chateaubriand traversant une allée d'arbres en lisant son journal ! » Les infirmières de Marie-Thérèse ont conservé leur recette : le chocolat qu'elles vendent encore aujourd'hui est toujours excellent.

Une belle promenade, d'émouvants souvenirs, une touchante visite, des cantiques, des fleurs... et trois livres d'un chocolat qui embaume... Nous n'avons pas perdu notre journée !

(1) « La sainte femme dérobe aussi des trognons de plume dans l'encrier de Madame de Chateaubriand ; elle les négocie parmi les royalistes de pure race, affirmant que ces trognons précieux ont écrit le superbe mémoire sur la captivité de Madame la duchesse de Berry... » (*Mémoires d'Outre-Tombe*, tome VI, page 6.)

LA PLACE SAINT-JACQUES

Le 7 février 1844, à huit heures du matin, les élèves de l'atelier Rude (rue d'Enfer, à l'angle de la rue du Val-de-Grâce) furent accueillis par le modèle — un lutteur de foires — avec un étonnement railleur : « Comment, messieurs, vous, des artistes, vous venez travailler le jour où, à quelques pas d'ici, on guillotine Poulman ? » Ce reproche provoqua une juste émotion : les élèves résolurent de rehausser, par leur présence, l'éclat de la sanglante cérémonie et gagnèrent rapidement la place Saint-Jacques, lieu désigné pour les exécutions judiciaires, laissant la garde de l'atelier déserté au dernier nouveau : J.-B. Carpeaux.

Au bout de la rue Saint-Jacques, contre la barrière, se dressaient les deux bras rouges de la guillotine, au centre d'une place semi-circulaire, entourée de vagues masures, de cabarets tapissés de vigne, de bicoques vermoulues. La clientèle ordinaire des guillotinades — soldats, policiers, amateurs d'émotions fortes, noctambules, filles, escarpes et filous, titis grimpés le long des réverbères — encombrait la place, avide d'assister aux derniers moments de cette brute féroce, Poulman, dont les crimes stupéfièrent Paris. Escroqueries, vols à main armée, assassinats, Poulman avait tout avoué... jusqu'à des tentatives avortées. « Un jour, avait-il raconté, je me rends chez une vieille dame, Mme Fouquet, bien décidé à la voler et à la tuer si elle regimbe; un gros registre sous le bras — pour me donner une contenance — et un couteau ouvert dans ma poche. « Une lettre pour vous », lui dis-je en matière d'introduction. « Ah! » s'écria la mère Fouquet, « c'est sans doute de la Reine... j'attends un secours!... » « J'étais volé! » concluait-il mélancoliquement.

Vols chez la comtesse de Talbot, chez le duc de Broglie, au Ministère des Finances; vols chez de nombreux commerçants, Poulman reconnaissait tout; pour couronner sa série de forfaits, il avait assommé, d'un coup de tisonnier, « le sieur Jeanton, tenant auberge au hameau de Picardie, sur la route de Paris à Troyes ».

Jeanton, assurait Poulman en façon d'excuse, avait voulu le « tricher » sur le nombre des œufs comptés dans une omelette (1).

C'était cette sinistre brute qu'étaient allés voir guillotiner les élèves de Rude, le génial sculpteur. La lugubre cérémonie terminée, on regagna la rue d'Enfer. « Rien de nouveau, Carpeaux? — Si..., le patron est venu.

(1) *Gazette des Tribunaux*, 7 février 1844 (*passim*).

RUE SAINT-JACQUES VERS 1869.

(Vue du boulevard Saint-Germain.)

Photographie Marville.

8

il m'a demandé où vous étiez... j'ai dû l'avouer; alors M. Rude a répondu : « Vous direz à ces messieurs que j'ai plus de soixante ans et que jamais je n'ai eu à me reprocher d'avoir perdu une heure pour voir souffrir un malheureux »... Puis il est parti me chargeant de vous prévenir qu'il ne reviendrait plus... (1)

Émotion, cris, tumulte; Carpeaux est conspué, bousculé, jeté dans la boîte au charbon; une délégation est envoyée à M. Rude, qui la met à la porte... A la fin, tout s'arrangea, la bonté du « Patron » égalant son admirable talent.

Notre cher père, qui fut, en même temps que Carpeaux et Frémiet, élève de Rude, nous avait jadis conté cette histoire; le maître Frémiet nous la précisait hier en son petit atelier de l'Institut. Roulé frileusement dans son légendaire caban noir, tout en posant pour un excellent portrait que fait de lui son petit-fils le peintre Fauré, M. Frémiet nous dépeignait avec infiniment d'esprit et de gaieté l'atelier Rude, hérissé de trente selles à modeler, humide de pains de terre glaise, avec — pour toute décoration — les moulages, au mur, des cinq ou six meilleures études exécutées par les élèves (2).

(1) Né en 1784, M. Rude mourut en 1855.

(2) Il nous disait encore l'intérieur de « Monsieur Rude » minuscule, sévère; trois chambres où l'on accédait par un escalier de meunier. Là se donnaient les « soirées du lundi »!... Il fallait écouter les « improvisations » à quatre mains de Mme Rude et Jacotot. L'ennui gagnait vite ces jeunes gens rangés en cercle autour du piano d'où

***

Toutes ces évocations nous revenaient en mémoire l'autre matin alors que nous parcourions le vieux quartier Saint-Jacques, si complètement modifié aujourd'hui. Il est difficile de se faire une idée exacte de ce que furent, jusqu'en 1860 — date de l'annexion des communes suburbaines — la ligne des barrières et la banlieue enserrant Paris. Les documents et les estampes du règne de Louis-Philippe nous représentent la barrière Saint-Jacques et ses alentours comme un coin sauvage, rébarbatif, dominé par les maussades coupoles de l'Observatoire. Des terrains pelés, des sentiers pierreux; de loin en loin, des touffes d'herbe rase que paissaient des chèvres surveillées par une fillette en chapeau de paille.... Par-ci par-là, de vieux fours à chaux, des puisards desséchés où les gamins faisaient l'école buissonnière, chassant les lézards ou les scarabées, herborisant dans les fossés et les mares, cherchant des « bêtes »

jaillissaient les redoutables « improvisations ».... Frémiet prenant alors la parole, au nom de ses camarades d'atelier, demandait à Mme Rude — sa tante — la permission de danser..... L'autorisation obtenue, quel remue-ménage! — En cinq minutes, les meubles du salon étaient entassés dans la chambre du « Patron » et la belle jeunesse de 1844 faisait des ronds de jambes et exécutait d'audacieux « cavalier seul ». — Souriant, paternel, amusé, ayant remisé sa pipe, parfumé sa longue barbe de vieux ligueur, le très grand maître Rude présidait la fête en veston de velours noir.... et M. Frémiet (qui fut, avec Gérôme, son garçon d'honneur lors de son mariage) faisait vis-à-vis à notre cher père!

sous les pierres. Ce triste paysage n'était coupé que par d'énormes roues de bois servant à l'extraction des carrières de pierre. L'été, ces hideurs s'atténuaient sous un semblant de végétation... On y apercevait des papillons, on y cueillait des bluets et des coquelicots;

DÉMOLITION RUE SAINT-JACQUES VERS 1880.

les tonnelles des guinguettes abritaient rapins et grisettes dégustant gaiement une gibelotte arrosée de petit vin blanc; mais l'hiver, l'endroit était sinistre. A quelque deux cents mètres de la barrière Saint-Jacques se rencontrait la Tombe-Issoire, près d'une entrée des Catacombes. Tout le haut du faubourg Saint-Jacques était une vaste nécropole antique.

Cet aimable quartier ne s'animait que les jours d'exécution. En effet, c'est là que pendant vingt ans, de 1832 à 1851, se dressa l'échafaud, et les moissons de têtes rouges y furent tout particulièrement fructueuses (1). Dans la seule année de 1836 — sans compter le menu fretin — cinq sensationnelles exécutions : Lacenaire, Fieschi, Pépin, Morey et Alibaud. Il est honteux de l'avouer, mais il était à la mode d'aller « voir exécuter ». A la date du 12 mars 1836, en même temps qu'il donne le compte rendu de la première représentation des *Huguenots*, le *Mercure de France* annonce : « Les événements les plus saillants du mois ont été, sans contredit, le carnaval et l'exécution de Fieschi, Pépin et Morey. Jamais le carnaval n'a eu plus de bals, plus de masques, plus de joie, plus de promeneurs, plus de soleil. La seule soirée du mardi gras comptait 182 bals publics et 875 soirées dansantes particulières.... Puis, en sortant du bal, on s'était mis à courir vers la place Saint-Jacques, vers la barrière du Trône, vers la Roquette, vers tous les lieux indiqués pour l'exécution des condamnés. Couverts encore de leurs travestissements, des groupes nombreux d'hommes et de femmes vinrent pour voir tomber trois têtes et s'en retournèrent, à leur grand désappointement, sans que le carnaval finît par ce drame épouvan-

(1) On amenait les condamnés assis à côté du prêtre, dans le « panier à salade » de Bicêtre à la barrière Saint-Jacques. — L'heure d'exécution fut alors modifiée; on choisit l'aube du jour au lieu de 4 heures de l'après-midi.

table. A deux jours de là, ils furent plus heureux! (1) »

Cela paraît incroyable, c'est pourtant tristement exact. Lacenaire, le féroce et romantique Lacenaire —

LA TÊTE DE FIESCHI APRÈS L'EXÉCUTION
D'après une étude de Brascassat.

sinistre gredin qui avait assassiné, pour le voler, un malheureux garçon de recette — eut ses amateurs. On se disputait ses autographes, les journaux publiaient ses

(1) *Le Mercure de France* (1836), p. 39.

« poésies ». Le 8 février 1836, jour de l'exécution, plus de six cents personnes se pressaient autour de l'échafaud, pour « bien voir ». Une si légitime espérance ne fut pas déçue. Lacenaire posa jusqu'au bout. « Pour le peu de temps qui me reste à vivre, il ne faut pas perdre mes anciennes habitudes », avait-il dit en allumant un cigare soigneusement déposé sur le rebord du poêle, pendant qu'au greffe le bourreau lui « faisait la toilette » ; Avril, son complice — celui que l'acte d'accusation désignait comme « se livrant à l'oisiveté », — avait pris soin de se couper les cheveux lui-même (1).

Place Saint-Jacques, lorsque Lacenaire descendit de la charrette, vers huit heures du matin, un long murmure courut dans la foule. Avril fut décapité le premier, Lacenaire fut, à son tour, « basculé », et, pendant vingt secondes, le couteau, rouge de sang, descendit et remonta sans pouvoir atteindre le condamné. A huit heures trente-trois, la tête tombait; ce fut une belle matinée pour les amateurs de guillotine (2).

Les effroyables fabricateurs de la machine infernale du boulevard du Temple — sauvage attentat contre Louis-Philippe, qui n'atteignit pas le Roi et fit plus de cinquante victimes, — Fieschi, Pépin, Morey, moururent

(1) Lacenaire gamin, voyant l'affreux Dautun mourir bravement, a dit ce mot où il y a un avenir : « J'en étais jaloux ». (V. Hugo *Les Misérables*, ch. VII, p. 322.)

(2) On affichait aux coins des rues l'annonce des « Mémoires de Lacenaire — condamné à mort — avec les épreuves corrigées par lui-même ».

Dessin de Ferat. UN OSSUAIRE AUX CATACOMBES. Gravé par Linton.

bravement; il fallut soutenir Morey, un vieillard impotent; il s'en excusa. « Ce n'est pas le courage qui me manque, ce sont les jambes! » Le lendemain de cette triple exécution, le propriétaire du café de la Renaissance, place de la Bourse, faisait placarder sur tous les murs de Paris d'immenses affiches annonçant « qu'il venait de traiter avec Mlle Nina Lassave comme demoiselle de comptoir (prix d'entrée : un franc par personne, sans consommation... ». Nina Lassave — une borgnesse — avait été la maîtresse de Fieschi (1). Alibaud — condamné comme régicide — fut exécuté le 11 juillet 1836. Fidèle aux principes qu'il avait professés en Cour d'assises : « Je meurs, s'écria-t-il, pour la liberté et l'extinction de l'infâme monarchie... » (2).

Aujourd'hui, la place Saint-Jacques forme un vaste cercle derrière l'Observatoire, à la hauteur du numéro 81 de la rue Saint-Jacques (la barrière qui la coupait autrefois est, depuis l'annexion de 1860, reculée beaucoup plus loin). Une gare du Métro s'y épanouit, des immeubles luxueux remplacent les bicoques de jadis.

(1) Brascassat racontait à notre grand-père P.-J. Mène, son ami, que trois peintres, Brascassat, Fourau et Lépaulle s'en vinrent copier, à Bicêtre, la tête coupée de Fieschi, et, pendant qu'ils travaillaient d'après cette sinistre « nature morte », une grisette les regardait faire en chantonnant.... Au loin, ils entendaient « hurler un fou! »

(2) Alibaud mourut « calme et ferme » avec la seule crainte « qu'on ait mélangé un narcotique à la boisson qu'on lui offrit avant son départ pour l'échafaud pour endormir son courage ». — « Je ne veux inspirer d'autres sentiments que la haine à mes ennemis et l'estime à quelques citoyens », s'était-il écrié durant son procès.

Un candélabre à sept branches se dresse à la place même où pendant vingt ans s'érigea l'échafaud.

Seul, un « mastroquet » peint en rouge, « Aux Caveaux », à l'angle de la rue de la Tombe-Issoire, rappelle les tristes souvenirs d'autrefois. Ici descendait le bourreau de Paris la veille des exécutions : vers trois heures du matin, en été, vers six heures en hiver, il commençait à dresser la guillotine : l'exécution se faisait au petit jour.

Un jardinet de banlieue verdoie derrière la maisonnette; une tonnelle s'y arrondit, couverte de viorne et de clématite. Tout en « prenant un verre » avec un ami, ou — comme le matin de l'exécution de Lacenaire — avec un collègue amateur, « Monsieur de Paris » pouvait surveiller la remise où reposaient « les bois », en face, au bout d'une allée sale et puante, où jouent aujourd'hui, dans la boue, des enfants déguenillés. L'échafaud dressé, lorsque l'heure sonnait à la vieille horloge qui se dresse encore près du comptoir d'étain, derrière le zanzibar, « Monsieur de Paris » n'avait que vingt pas à faire pour aller vérifier ses « déclics », — faire « jouer le couteau », etc.

L'opération terminée, la machine rouge démontée, le couperet essuyé, le bourreau se lavait soigneusement les mains et rentrait « Aux Caveaux » pour y terminer sa bouteille entamée et reprendre sa partie de piquet momentanément interrompue.

LE « MUR » DE GRENELLE

« Le jour de l'exécution[1], je voulus accompagner mon camarade sur son dernier champ de bataille ; je ne trouvai pas de voiture, je courus à pied à la plaine de Grenelle. J'arrivai tout en sueur, une seconde trop tard : Armand était fusillé contre le mur d'enceinte de Paris. Sa tête était brisée, un chien de boucher léchait son sang et sa cervelle... » (1) Cette sinistre citation des *Mémoires d'Outre-Tombe* relatant la mort d'Armand de Chateaubriand, fusillé le Vendredi-Saint 31 mars 1809, pourrait

(1) « .... Je suivis la charrette qui conduisit le corps d'Armand et de ses deux compagnons, plébéien et noble, Quintal et Goyon, au cimetière de Vaugirard, où j'avais enterré M. de la Harpe. Je retrouvai mon cousin pour la dernière fois sans pouvoir le reconnaître : le plomb l'avait défiguré, il n'avait plus de visage; je n'y pus remarquer le ravage des années, ni même y voir la mort au travers d'un orbe informe et sanglant; il resta jeune dans mon souvenir, comme au temps du siège de Thionville. Il fut fusillé le Vendredi-Saint; le Crucifié m'apparaît au bout de tous mes malheurs. Lorsque je me promène sur le boulevard de la plaine de Grenelle, je m'arrête à regarder l'empreinte du tir, encore marquée sur la muraille. Si les balles de Bonaparte n'avaient laissé d'autres traces, on ne parlerait plus de lui. » (*Mémoires d'Outre-Tombe*, tome III, p. 24.)

servir d'épigraphe tragique au pèlerinage que nous faisons aujourd'hui dans le triste quartier de Grenelle, à la recherche du « mur » devant lequel — de 1797 à 1815 — tombèrent tant de victimes royalistes, républicaines ou bonapartistes. Le comte de Mesnard y fut exécuté le premier : Convaincu de menées royalistes, émigré à l'intérieur, il est arrêté à Passy, traduit le 10 octobre 1797 devant une commission militaire siégeant à l'Hôtel de Ville et condamné à mort. Conduit à la plaine de Grenelle, ce brave refusa de se laisser bander les yeux, mit un genou en terre et dit simplement en saluant le peloton d'exécution : « Soldats, je suis prêt... » Puis il tomba foudroyé (1).

(1) « La Commission militaire siégeait à la Maison commune, place de Grève, autrement dit à l'Hôtel de Ville. Le premier émigré qui comparut devant elle (10 octobre 1797) fut Marie-Antoine-Alexandre-Dieudonné, comte de Mesnard, né à Luçon (Vendée), capitaine-colonel en survivance des gardes de Monsieur. En 1789 il avait émigré en Angleterre, était rentré en 1792 et s'était rendu ensuite à Coblentz. Arrêté, non pas à Paris, mais à Passy, le 26 septembre 1797, il écrivit à l'un des directeurs que « pour obéir à la loi, il était sorti de Paris dans les « vingt-quatre heures, avec l'intention de s'éloigner du territoire de la « République dans les quinze jours suivants, mais que, n'ayant pu réa- « liser aucune espèce de fonds pour entreprendre ce voyage, il était resté à « Passy et n'avait pu dès lors exécuter complètement la loi. » A l'audience, on lui reprocha d'être porteur de faux passeports : mais quel émigré n'était pas dans ce cas? — de les avoir payés! c'est que les agents du gouvernement les vendaient; d'y être désigné sous un faux nom : c'était le seul moyen de vivre. Il n'eut pas de défenseur et fut condamné à mort. Le lendemain il fut conduit à la plaine de Grenelle. » (*La Terreur sous le Directoire*, par Victor PIERRE, Paris, 1887, p. 110.)

Le lendemain — pour l'exemple — La Réveillère-Lépeaux, président du Directoire, invitait les journaux « subventionnés » à reproduire le texte du jugement et le récit de l'exécution. D'autres royalistes viennent mou-

Chazal, *del.* BARRIÈRE DE GRENELLE Barrois, *sculp.*

rir à la même place, MM. de Trion, Chenu, de Beuville, Merle d'Ambert, le comte de Lorges, le chevalier des Roches, le comte Pilliot de Coligny, etc.

L'immense plaine de Grenelle était alors couverte de jardins fruitiers, de petits champs, de cultures maraîchères; le mur d'enceinte, élevé en 1786 par les fermiers généraux pour enclore la ville et leur permettre de percevoir les impôts aux barrières, séparait Paris de la plaine. Les Parisiens avaient hurlé, bien entendu.

Le mur murant Paris rend Paris murmurant,

proclamait un vers légendaire, et sous la Révolution, le 19 Floréal an II (1794), une fournée composée de vingt-huit fermiers généraux avait été guillotinée en manière de riposte, et parmi eux l'illustre Lavoisier, un de ces mal-avisés qui firent édifier le mur d'enceinte. C'est contre ce mur, à la sortie de la « barrière des Ministres », plus tard « barrière de Grenelle » qu'avaient lieu les exécutions (1). La parade militaire — bataillons encadrant sur trois côtés le condamné, lecture de l'arrêt, fusillade, défilé des troupes — se déroulait à l'aise sur les vastes terrains de la plaine de Grenelle. Le cortège, venant soit de l'École militaire, soit de la prison du Temple, soit de l'Abbaye, longeait la caserne Dupleix, passait la barrière et tournait à droite, où les plans, de 1793 à 1815, indiquent,

(1) « C'est contre la partie du mur d'enceinte touchant à l'ancienne barrière de Grenelle qu'avaient lieu, sous le premier Empire et jusqu'à l'avènement de Napoléon III, les exécutions militaires.

« La meilleure preuve que l'on puisse donner que les exécutions militaires pouvaient encore avoir lieu à cet endroit jusqu'à la première moitié du siècle, ce sont les paroles que le général Magnan adressait aux généraux de Paris, le 28 novembre 1851, quelques jours avant le Coup d'État :

« Seul responsable, messieurs, leur disait-il en terminant son « allocution, c'est moi qui porterai, s'il y a lieu, ma tête à l'échafaud « ou ma poitrine à la plaine de Grenelle. » (*L'École militaire et le Champ de Mars*, par Marcel DE BAILLEHACHE, p. 19.)

Le Sueur, *del.* PETITE TUILERIE PRÈS DE L'ÉCOLE MILITAIRE. Adèle Le Roi, *sculp.*

derrière un bâtiment de péage, une sorte de redan facilitant les exécutions. Quant au mur d'enceinte, il s'élevait exactement le long de l'actuel boulevard de Grenelle, sur l'emplacement du Métro ; la barrière s'ouvrait à la place où s'arrondit aujourd'hui la grande arche de pierre du viaduc sur lequel passe le chemin de fer, dans l'axe de la rue de Lourmel.

Pendant toute la Révolution, la plaine de Grenelle fut un centre militaire. Le chimiste Chaptal avait établi dès 1792 une vaste fabrique de poudre dans l'ancien château (car Grenelle comportait un château [1]) ; le 31 août 1794, quelques jours après le drame de Thermidor, à sept heures et demie du matin, cette poudrière fit explosion, semant aux alentours la ruine et la mort, tuant ou blessant plus de douze cents personnes, effondrant le quartier : « les maisons semblaient descendues sous terre » ; toutes les vitres furent brisées dans un rayon de plusieurs kilomètres, dont celles de la galerie de Rubens, au

(1) Le château de Grenelle dépendait de l'abbaye de Sainte-Geneviève. Il avait droit de haute justice et appartenait à la famille du sire de Craon. Au XVIIe siècle, la plaine de Grenelle est consacrée aux exercices militaires ; au XVIIIe on bâtit l'École militaire. Le boulevard de Grenelle longe le mur d'octroi de 1786. Les barrières étaient celles « des Ministres » ou de Grenelle (en face le château), celle « de la Cunette » (sur la Seine)... En 1824, MM. Violet et Lepeltier, acheteurs de la ferme du château, conçurent le projet d'élever un village dans la plaine leur appartenant. On traça des rues et le peuplement fut si rapide que, le 30 octobre 1830, Grenelle était détaché de la commune de Vaugirard et devenait une commune séparée, qui fut annexée à Paris, en 1860.

Palais du Luxembourg, où, par suite de la commotion, les portes des prisons (le Luxembourg était alors lieu de détention) s'ouvrirent d'elles-mêmes (1). A Chaillot, dans la chaussée d'Antin et jusque sur la route de Saint-Denis on ramassa des culottes, des chapeaux et d'autres lambeaux de vêtements arrachés aux malheureux ouvriers... ». Le soir de cet effroyable malheur, les théâtres de Paris restèrent fermés.

Tous les partis se reprochèrent mutuellement la honte de ce crime, dont les causes sont demeurées inconnues. En 1795 le Directoire installe dans la plaine un vaste camp que les terroristes tentèrent, en septembre 1796, de soulever contre le gouvernement. Les principaux chefs du mouvement, dont Drouet — le Drouet de Varennes — réunis en une vieille auberge de la rue de Vaugirard, numéro 226, au Soleil d'Or, distribuent des armes à leurs partisans... On attaque le camp : les insurgés sont sabrés, emprisonnés, déférés aux commissions militaires, douze d'entre eux sont fusillés sur le théâtre de leurs exploits. Drouet s'évade miraculeuse-

(1) Le concierge de la Maison d'arrêt du Luxembourg a fait part de la conduite honorable et des sentiments que viennent d'exprimer des prisonniers de cette Maison, laquelle a éprouvé, par l'explosion des poudres de Grenelle, une secousse si violente que les carreaux de la galerie de Rubens ont été entièrement fracassés et que les portes desdites prisons se sont ouvertes. Ces prisonniers ont dit : « Mes amis, « voilà les portes ouvertes ; le premier qui osera se présenter, nous « l'anéantirons. Respect à la loi ! Faisons voir que, sous les verrous, « le républicanisme n'est pas étouffé. » (*Arch. nat.*, fascicule III, Seine, 13.)

ment de la prison de l'Abbaye par un tuyau de cheminée et disparaît(1).

On lève le camp de Grenelle, mais la plaine reste réservée aux exécutions... Coïncidence étrange, les plans de Paris de 1690 portent marqués à cette place trois

EXPLOSION DE LA POUDRIÈRE DE GRENELLE LE 24 FRUCTIDOR AN II.
Couché fils, *del. et sculp.*

piliers de justice : le « gibet de Grenelle ». Aux malfaiteurs d'autrefois succèdent les victimes politiques.

Le 29 octobre 1812, six fiacres entourés de gendarmes amenèrent de la prison de l'Abbaye au « mur »

(1) (*Archives de la Seine*). Carton 448, dossier 13856.

douze condamnés. C'est le général Malet et ses complices qui viennent expier leur audacieuse tentative de révolte contre l'empereur Napoléon (1)... Une foule immense emplissait les abords de la plaine. L'affluence des spectateurs était à ce point considérable que le lendemain de l'exécution les sieurs Sanson et Cloud, jardiniers, plaine de Grenelle, réclamaient aux Domaines pour « dévastations commises par le public et la force armée sur environ quatre arpents de terre cultivée » ; ils obtinrent 972 francs d'indemnité ! « Chapeau bas », avait-on crié à l'arrivée des condamnés, et tous les fronts avaient dû se découvrir. Placé au centre de ses compagnons le général Malet réclama l'honneur de commander le feu... et, à son ordre, cent vingt balles criblèrent ces braves, à bout portant ; Malet, ruisselant de sang mais resté de-

(1) *Messager du Soir* du 1er Vendémiaire an V : « Paris, 5e jour complémentaire. Les individus qui ont été exécutés hier, au camp de Grenelle, pour se concilier les sans-culottes, avaient eu la précaution de se couvrir de haillons. La plupart même étaient en chemise et avaient laissé leur habit au Temple. Aussi les Jacobins et ces harpies qui se portaient sur leur passage faisaient-ils observer à leurs voisins que c'étaient des gens du peuple, de malheureux ouvriers, etc., et qu'on laissait bien tranquilles les chefs qui les avaient égarés....

« Les condamnés étaient dans deux voitures, six dans chacune d'elles ; ils étaient couchés sur de la paille, les mains liées derrière le dos. Ils sont arrivés sur les deux heures au camp, où tous les militaires qui le composaient étaient sous les armes. On les a fait mettre à genoux sur une même ligne. Derrière eux était la compagnie de grenadiers qui les ont fusillés au signal donné. Tous sont tombés à la première décharge sans mouvement et sans vie, à l'exception d'un seul qui leur a survécu trois ou quatre secondes et a été achevé à coups de fusil. »

bout, ne s'écroula qu'à la seconde décharge, en acclamant la Liberté. Un vieux soldat, le capitaine Borderieux, qui n'avait absolument rien compris au complot où il

EXÉCUTION DE MALET ET DE SES COMPLICES.

Typogr. Claye et Taillefer.

avait été mêlé, râlait encore : « Vive l'Empereur ! », la poitrine trouée de balles (1).

(1) *Extrait du Procès-Verbal de l'ex-général de brigade Malet.*— « Arrivés sur le terrain, M. le Juge rapporteur, accompagné du greffier, a donné lecture du jugement, à haute et intelligible voix, en présence de la Garde impériale et des troupes de la garnison de Paris réunies sous les armes et de M. Dunepart, maire.

« Cette lecture terminée, les condamnés Malet, Lahorie, Guidal,

Toujours devant ce mur tragique tomba, le 19 août 1815, à six heures et demie du soir, le général de Labédoyère, colonel commandant à Grenoble le régiment qui le premier se rallia à Napoléon lors du retour de l'île d'Elbe. Livré par trahison, Labédoyère — nommé général avant Waterloo — avait été arrêté le 2 août au numéro 5 du faubourg Poissonnière, alors qu'avant de s'expatrier, il venait embrasser sa jeune femme et son enfant. Labédoyère fut condamné à mort ; vainement sa femme s'était jetée aux genoux du Roi ; Louis XVIII, qui redoutait les émotions, n'avait rien voulu entendre. Intrépide, Labédoyère vint se placer debout devant le peloton d'exécution : « On ne me refusera pas, s'écria-t-il, le plaisir de commander une dernière fois l'exercice à de braves camarades. Mes amis tirez, et ne me manquez pas... En joue... feu ! » Le même jour le maréchal Ney était écroué à la Conciergerie [1].

Soulier, Picquerel, Fessart, Lefebvre, Steenhower, Regnier, Boccheiampe, Beaumont, Borderieux ont été mis à mort à 4 heures du soir par un piquet de la garde tiré des grenadiers...

« Les cadavres des susnommés ont été enlevés par les soins de M. Dunepart, maire de la commune de Vaugirard et transportés au lieu des sépultures de ladite commune pour y être inhumés, conformément aux lois et coutumes... (*Archives du Conseil de guerre.* « Affaire Malet »).

(1) « Labédoyère fut le dernier soldat exécuté dans la plaine de Grenelle. Par un hasard étrange, la place choisie derrière la caserne Dupleix sur les murs de laquelle on retrouvait encore au commencement du siècle la trace des balles qui n'avaient pas porté, occupait l'emplacement de l'ancienne justice de Saint-Germain-des-Prés. » (*Histoire de Vaugirard*, par Joseph Lapalus, tome 1er, p. 373.)

V. Adam, del. Lith. de Lemercier.

BEAU-GRENELLE.

Couronnement de la Rosière.

C'est l'emplacement de ce mur devant lequel sont venus mourir tant de vaillants que nous recherchions l'autre matin. A l'endroit où, jusqu'en 1861, passa l'enceinte de Paris, s'incurvent aujourd'hui les arches de pierre supportant le chemin de fer métropolitain, et un immense quartier, sombre et triste, couvre maintenant la plaine de Grenelle. Que d'usines, que d'industries, que de dépôts de charbon de terre, que de hautes maisons ouvrières, dominés par la tour Eiffel et la Grande Roue, épave immobile de l'Exposition de 1900! On a remblayé les pentes conduisant à la Seine (jadis boulevard de la Cunette) ; parfois, entre deux bâtisses neuves, apparaît un champ pelé, jaunâtre, reste de la « plaine » de Grenelle. La caserne Dupleix existe toujours, mais l'intervalle qui, jusqu'à la Restauration, la séparait du mur d'enceinte, est couvert de maisons modernes.

Le mur de la caserne, autrefois longé par les cortèges des condamnés, clôt aujourd'hui les arrière-cours de la rue Clodion. Il commence rue Desaix, près d'une ancienne porte condamnée, émerge au-dessus de palissades grises et, par un coude, s'enfonce à gauche derrière les immeubles précités. L'obligeance du marchand de vin voisin met à notre disposition une échelle qui nous permet de voir par-dessus les palissades... Voici le mur, noir, disloqué, lépreux, devant lequel ont passé tant de malheureux marchant à la mort!... Un brouhaha trouble notre rêverie : une classe enfantine lâchée à l'heure du déjeuner envahit la rue et se masse, curieuse, autour de l'échelle sur laquelle est juché « un monsieur qui regarde l'herbe » ! Il faut déguerpir et obtenir de concierges renfrognées et soupçonneuses l'autorisation d'inspecter leurs courettes... Quelques mètres plus loin, nous arrivons au viaduc du Métro et nous atteignons l'endroit même où s'adossaient les condamnés, face à la plaine. C'est, à peu près, l'emplacement du guichet de sortie des voyageurs descendant à la « station Dupleix ». Aujourd'hui, devant nous, s'élève, au numéro 64 du boulevard de Grenelle, un hôtel borgne, l'hôtel de Bourgogne, et à côté, « le Petit Louvre ». Là s'étale une enseigne sur calicot apprenant aux fins gourmets du quartier, que « la Mère la Fraîcheur est revenue avec ses huîtres »... Les voyageurs affairés se précipitent vers les escaliers du Métro et nous bousculent à cette place qui pendant si longtemps fut sinistre et redoutable... Comment s'imaginer que c'est là que tombèrent tant de braves ?

Cependant la boue où nous piétinons, l'humidité froide, le jour blafard, nous poussent à la mélancolie ; les sanglants souvenirs que nous évoquons sont d'accord avec les tristesses ambiantes... A ce moment passe une sorte de « convoi du pauvre » ; les tristes fleurs d'automne sont parcimonieusement disposées sur l'humble corbillard que quelques indifférents accompagnent... Il semble que ce soit l'enterrement de la saison morte !

RUE DE L'ANCIENNE-COMÉDIE

Le Café Procope.

L'Hôtel de la Fautrière.

La rue de l'Ancienne-Comédie est une des rares voies parisiennes ayant gardé l'aspect pittoresque d'autrefois. Des maisons à pignons, des balcons antiques, de poudreuses boutiques revêtues de leurs grilles de défense, une entrée sur le curieux passage du Commerce, un nom évocateur, « Café Procope », inscrit sur un beau balcon de fer forgé et enfin cette inscription « Ancien Hôtel des Comédiens Français », gravée au numéro 14 sur une plaque commémorative, en font un but de promenade cher aux amoureux du vieux Paris. Peu de quartiers renferment en moins d'espace plus de précieux souvenirs : souvenirs d'art et de polémique avec la Comédie-Française et le café Procope, souvenirs d'émeutes avec l'hôtel de la Fautrière, témoin de l'un des plus violents préludes de la Révolution.

Le 18 avril 1689, la rue des Fossés-Saint-Germain-des Prés (ainsi se dénommait alors la rue de l'Ancienne-

Comédie) était en ébullition. La Comédie-Française y inaugurait, par une sensationnelle représentation de *Phèdre* et du *Médecin malgré lui*, sa nouvelle salle de spectacle. Exilés de la rue Mazarine, à la suite des plaintes des jansénistes austères du collège Mazarin, leurs voisins, les « Comédiens du Roy », avaient longuement cherché un nouvel abri. Repoussés de partout ils avaient dû se rabattre sur la salle de jeu de paume du sieur l'Etoile, rue des Fossés-Saint-Germain. D'après les dessins de F. d'Orbay, ils avaient fait édifier une vaste salle dorée, fort luxueuse avec son triple rang de loges « richement étoffées » et sa brillante « roue de chandelles pendant du milieu du plafond peint par Boullongne ». Les malheureux spectateurs installés sous ces chandelles avaient l'avantage de payer moins cher, mais aussi le désagrément de sortir de là mouchetés de gouttes de suif; on les appelait « les Chevaliers du lustre ». L'inauguration fut un succès et, chose inouïe pour l'époque, la recette monta à 1.889 livres (1). Le Théâtre-Français étalait sur la rue sa façade de « pierres de taille,

(1) Une curieuse gravure de Charles Coypel donne une idée exacte de l'aspect général de la Comédie avant le lever du rideau. Cette estampe est de 1726; c'est le frontispice des dessins composés par Coypel pour les pièces de Molière. *Le Mercure de France,* de juillet 1726, en annonçant cette gravure dit : « Elle représente la salle de la Comédie, la toile et les lustres baissez. On y voit une partie des loges et du parterre, que l'auteur a remplis de caractères variez et comiques : petits-maîtres sur le théâtre; femmes du bel air dans les loges; au parterre, vieux piliers de spectacles, jeunes gens nouvellement débarquez; grands hommes incommodes à des petits, etc... En vente, chez

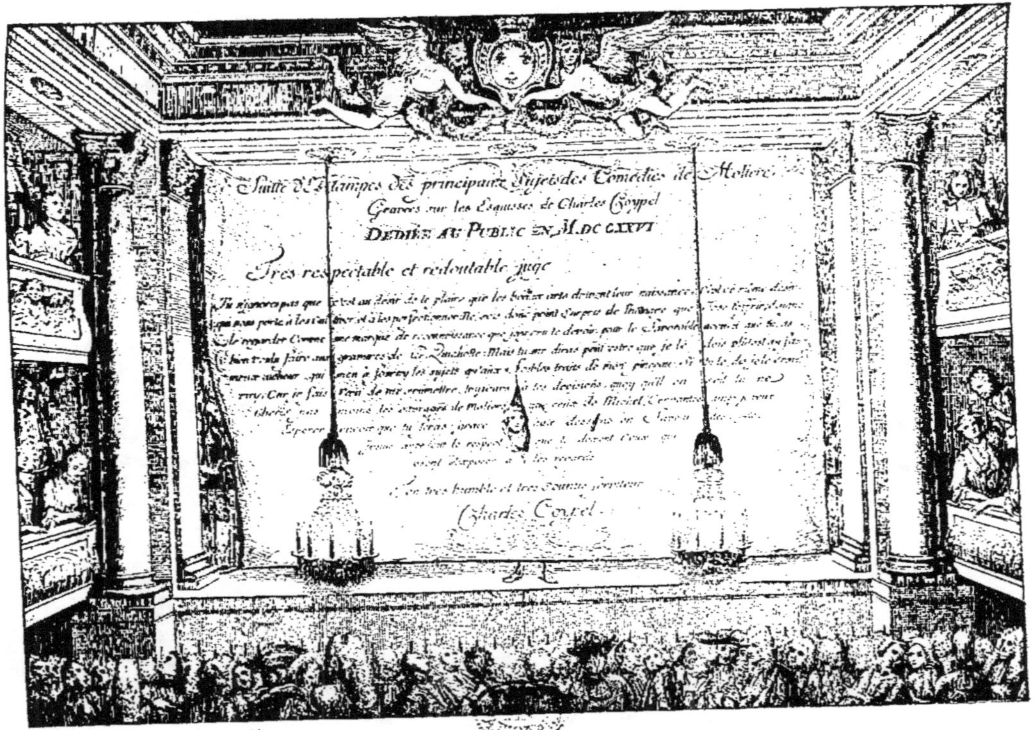

Coypel, *del.*

FRONTISPICE DES « SUJETS DES COMÉDIES DE MOLIÈRE » 1726.

couronnée d'un fronton triangulaire dans le tympan duquel s'allongeait une figure de Minerve en demi-relief. Au-dessous, les armes de France et un cartouche avec cette nscription en lettres d'or sur marbre noir : « Hôtel des

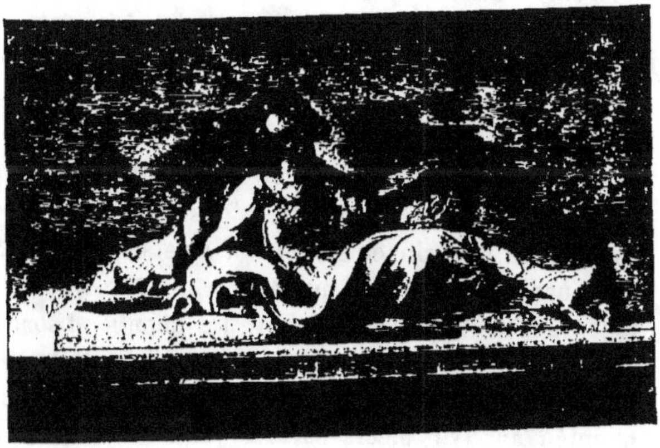

LE FRONTON DE L'ANCIENNE COMÉDIE.
(État actuel.) H. Stresser, *phot.*

comédiens du Roy, entretenus par Sa Majesté, 1638 ». Au rez-de-chaussée, quatre bureaux de recette, deux ves-

Surrugue, graveur, rue des Noyers, vis-à-vis Saint-Yves. Le prix est de quinze sols ». Il est à remarquer qu'il n'y a pas d'emplacement réservé pour les musiciens, comme sur le plan de Blondel, qui est de vingt-cinq ans postérieur : on les plaçait encore dans une loge, comme au temps de Chappuzeau. Il n'y avait pas non plus de bancs d'orchestre pour le public, et le parterre debout s'étendait jusqu'à la scène, mais une grille placée à peu près à hauteur de tête séparait les acteurs des spectateurs du premier rang.

tibules, une salle de décompte, des petites boutiques de libraires et de bijoutiers, un passage communiquant avec la rue des Mauvais-Garçons (aujourd'hui rue Grégoire-de-Tours). C'est là que le Théâtre-Français fit acclamer Molière, Racine, Corneille et Voltaire jusqu'en 1770, époque où, abandonnant cette installation précaire et qui menaçait ruine, il émigra au Palais des Tuileries, en la salle des Machines, où le Roi lui donna asile (1).

En face, de l'autre côté de la rue, le café Procope hébergeait en ses somptueux salons la fleur des beaux esprits, les Encyclopédistes, les « Aristarques » d'alors. En jouant aux dominos, aux échecs, au tric-trac et surtout en discutant rageusement, les clients absorbaient des sorbets et des glaces dont la renommée était célèbre. Le « Café Procope » remplaçait une maison de bains fréquentée au XVIIe siècle par les joueurs de paume de l'Étoile et les duellistes du Pré-aux-Clercs, tout voisin. Mais l' « étuve » ne se contentait pas d'offrir du linge bien chaud à son élégante clientèle; on y festoyait au son d' « une musique à l'italienne ». Le fondateur de la maison, Procopio Cultelli, avait suivi Catherine de Médicis en France. En même temps que les comédiens français s'installaient rue de l'Ancienne-Comédie, le petit-

(1) En vertu d'une permission royale, les comédiens quittent leur salle menaçant ruine « dans un tel état de caducité, qu'il n'était plus possible d'y séjourner », et s'en vont en 1770 s'installer aux Tuileries en la Salle des Machines où ils resteront douze ans. Pendant la Révolution le « Bureau de prêt, no 296 » s'installa dans les locaux abandonnés du théâtre de la rue de l'Ancienne-Comédie.

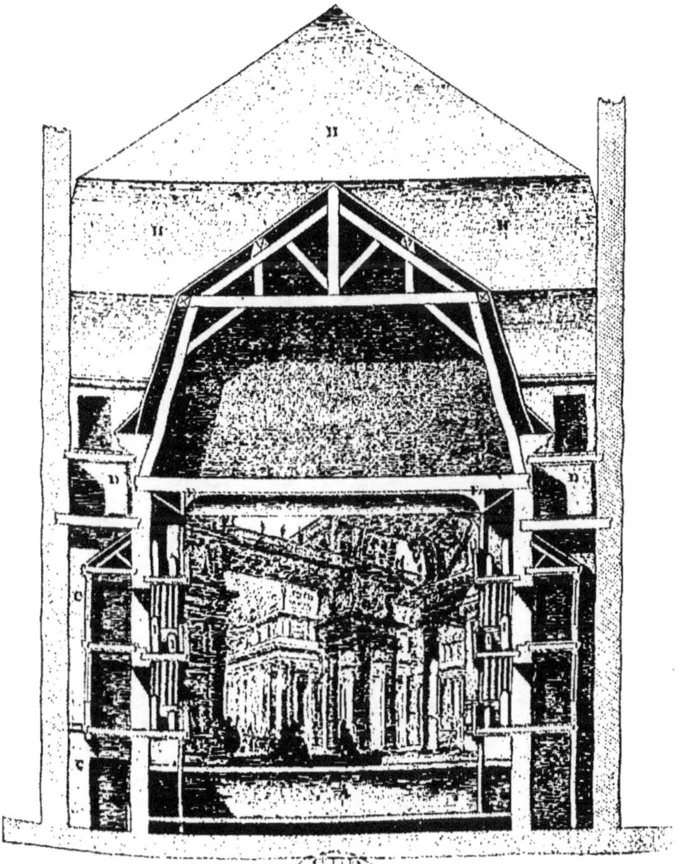

COUPE DE LA SALLE DE SPECTACLE DE LA COMÉDIE-FRANÇAISE,

Ribault, *del.* Vue du côté du théâtre.

fils du vieux Procopio y ouvrait le premier café fondé à Paris... Le café Procope fut vite à la mode : Voltaire,

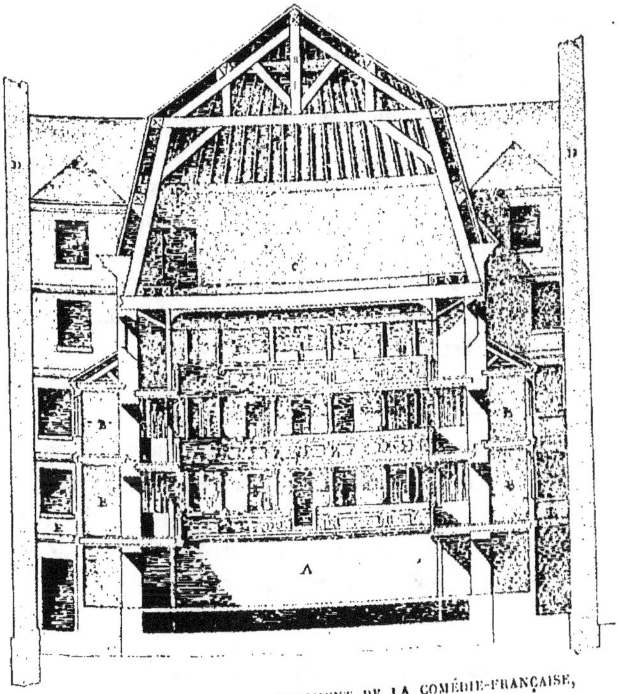

COUPE SUR LA LARGEUR DU BATIMENT DE LA COMÉDIE-FRANÇAISE,

Ribault, *del.* Vu du côté de l'amphithéâtre.

Piron, J.-B. Rousseau, Fontenelle, Crébillon, Diderot, Grimm, etc., etc., y fréquentèrent. Beaumarchais y allait aux nouvelles, J.-J. Rousseau y fit de rares apparitions.

Pendant la Révolution, la grande voix de Danton, « Président chéri du District des Cordeliers », y retentit ; on y rédigea des motions fulminantes, et c'est du Procope que partit le mot d'ordre lançant à l'assaut du palais des Tuileries les émeutiers envahisseurs.

Dès les premiers jours de 1789, en effet, le district des Cordeliers fut en quelque sorte « la citadelle des idées nouvelles ». On y respirait une atmosphère de révolte ; les têtes chaudes y abondaient : Danton, Camille Desmoulins, Fabre d'Eglantine ; le boucher Legendre y avait son étal ; Marat logeait tout contre le Théâtre-Français, à l'hôtel de la Fautrière, c'est là qu'il publiait sa feuille de sang : *l'Ami du Peuple* ou le « *Publiciste parisien, journal politique et impartial*, » portant cette épigraphe *vitam impendere vero*, « de l'imprimerie de M. Marat, rue de la Vieille-Comédie, n° 39 ». Aussi s'expliquera-t-on facilement l'effervescence générale lorsqu'au petit matin du 22 janvier 1790 le bruit se répandit que les « sicaires de la tyrannie » avaient résolu d'arrêter Marat, décrété de prise de corps, par le tribunal du Châtelet, sous prévention de « libelles et propos incendiaires et séditieux[1] ».

(1) Procès instruit contre Marat et Danton « prévenus de libelles et propos incendiaires et séditieux » (n°s 47, 52 et 83 de *l'Ami du Peuple*), où Marat, attaquant les Comités de l'Hôtel de Ville, blâmait leurs folles dépenses et déplorait leur gestion ruineuse).

Ordre aux patrouilles de saisir *l'Ami du Peuple* entre les mains des colporteurs. Ce numéro portant la date du 31 décembre 1789, insultait le maire de Paris « automate dans la main du ministre ».

Le district des Cordeliers demande à l'Assemblée nationale l'annu-

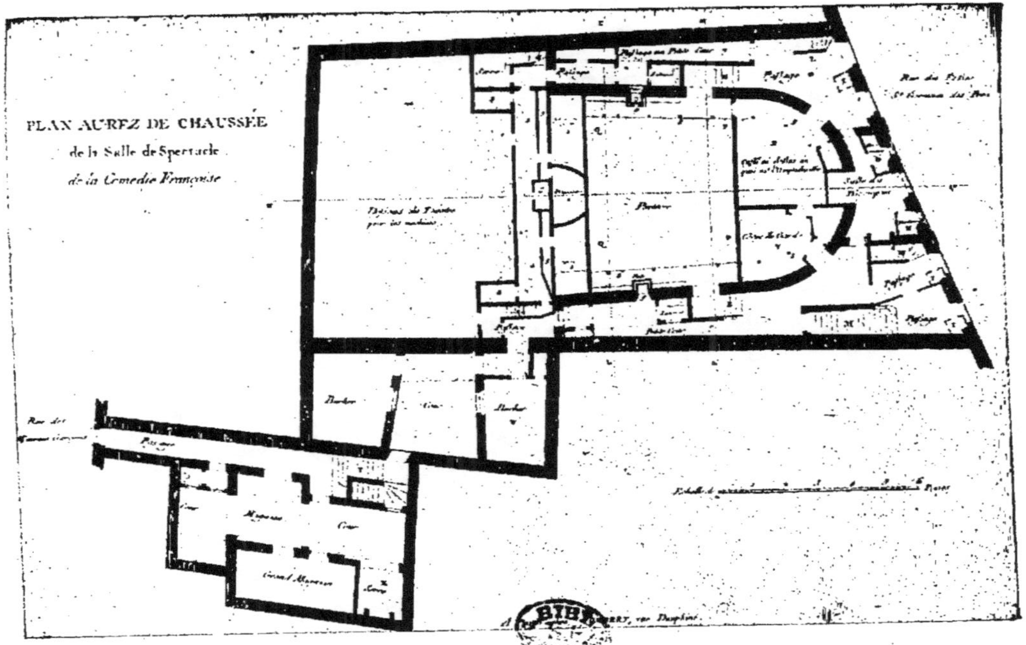

PLAN DU REZ-DE-CHAUSSÉE DE LA SALLE DE SPECTACLE.

Tout le quartier avait envahi la rue de l'Ancienne-Comédie. Les hommes, la trique au poing, juraient d'assommer les gens de justice, « les bouchers parlaient

COUPE ET PROFILS DE LA SALLE DE SPECTACLE DE LA COMÉDIE-FRANÇAISE

Ribault, *del.*

de fermer leurs boucheries », les femmes demandaient des armes et vociféraient; une mégère, levant en l'air un

lation des poursuites contre Danton qui, depuis le commencement de la Révolution s'est dévoué tout entier à la chose publique », proteste contre les vils calomniateurs qui imputent à Danton des propos séditieux (22 janvier 1790).

Le district des Cordeliers, protestant contre le décret de prise de

pistolet, glapissait : « Mon mari est grenadier, s'il arrête Marat, je lui brûle la cervelle !... » Vers neuf heures arrive en voiture une « personne vêtue de noir », suivie de deux huissiers et d'une escorte. Au milieu des insultes, des cris, des menaces, les infortunés représentants de l'autorité parviennent à la porte de l'hôtel de la Fautrière. La portière les arrête et appelle un officier de la garde nationale, qui déclare aux huissiers ahuris avoir reçu du district l'ordre de s'opposer à l'exécution de leur mandat. Pendant ce colloque, le peuple hurlait, et dans leurs rapports, les malheureux huissiers Ozanne et Damien précisent que « l'un des membres du Comité, que nous avons appris depuis se nommer M. Danton, a élevé la voix et a dit : « Si tout le monde pensait comme moi, « on ferait battre la générale et le tocsin, alors on aurait » le faubourg Saint-Antoine et plus de 20,000 hommes « devant lesquels les troupes blanchiraient ! » (1)

corps, par une délibération du 11 décembre 1789, avait rendu un solennel hommage à son président chéri, exaltant le courage, le talent et le civisme de Danton.

Invitation à la garde nationale de refuser main-forte à l'exécution contre Danton.

Perquisition par les commissaires de la section Henri IV, chez la dame Meunier, rue Gît-le-Cœur, à l'effet de saisir des écrits incendiaires qui alarment les bons citoyens, surtout celui ayant pour titre : « C'en est fait de nous », signé Marat, 29 juillet 1790 ; Marat y assurait « que 500 à 600 têtes abattues assureraient repos, liberté et bonheur ».

Tuetey, Répertoire général des sources manuscrites de *l'Histoire de Paris*, tome I, *passim*, pages 141, 142, 143, 147. — Archives nationales, Y, 10504, A. N., D xix, 84.

(1) Archives Nationales BB, 30, 162.

PORTRAIT DE J.-P. MARAT.

Menacés, débordés, les huissiers se replient sur le Châtelet « pour y demander de nouveaux ordres et par crainte d'être cause d'une révolution ». On les renvoie derechef rue de l'Ancienne-Comédie, solidement escortés, main-forte devant rester à la loi. Ils pénètrent enfin dans l'hôtel, perquisitionnent dans le logis de Marat au rez-de-chaussée (1); dans la cave, y saisissent « deux presses en activité » et montent enfin au sixième étage, « sur le devant, en un petit logement occupé par Mlle Victoire Nogait », femme de confiance de M. Marat dont elle cachait la correspondance sous ses jupons. Interrogée, Mlle Nogait déclare « que M. Marat ne couche plus dans la maison depuis huit jours » (2).

De fait, profitant de l'effervescence populaire et des hésitations des huissiers, Marat avait subrepticement quitté l'hôtel de la Fautrière, grâce à la complicité de la demoiselle Fleury, une actrice du Théâtre-Français, « bonne fille, complaisante à tous », qui l'avait fait filer par son appartement dont une issue donnait sur la rue des Mauvais-Garçons.

Tout penauds les huissiers regagnèrent au milieu des huées, le tribunal du Châtelet... ce terrible tribunal devant qui tous tremblaient la veille et qu'un journaliste venait de mettre en échec.

(1) L'appartement de Marat au rez-de-chaussée de l'hôtel de la Fautrière comportait « une antichambre, une chambre à coucher à droite, un salon au fond de l'antichambre; un retranchement derrière le salon rempli de feuilles de *l'Ami du Peuple*. (Archives Nationales BB, 30, 162.)

(2) Archives Nationales, BB, 30, 162.

Que reste-t-il de tant de souvenirs évocateurs ? Le café Procope a gardé son beau balcon de fer, mais la clientèle s'est totalement modifiée, le café, scindé en deux parties, abrite aujourd'hui deux bouillons. L'un offre à ses pensionnaires une série de plats dont le coût oscille entre 25, 30 et 40 centimes. L'autre a gardé le nom de « Café Procope » ; on y mange à la carte, et le public est prévenu que « les repas sans boisson » auront à supporter un supplément de 10 centimes. Un refuge protestant remplace au n° 16 l'hôtel de la Fautrière. L'ex-immeuble du Théâtre-Français, remanié, complètement modifié, s'ouvre au n° 14, entre la boutique d'un papetier fleurie de cartes postales et un dépôt de « l'Œuvre sociale du bon lait ». N'étaient la plaque commémorative et la *Minerve* de Le Hongre, encastrée — épave tragique — dans la façade, rien ne permettrait de reconnaître l'ancien hôtel des Comédiens français. Entrons : nous voici en une cour pavée, triste et grise... et c'est pourtant à la place de cette cour lugubre que, de 1696 à 1770, s'étalaient les rangs de chaises et de fauteuils, l'orchestre, les loges... Ici opérait le moucheur de chandelles, et tempêtait le tumultueux parterre. Une immense façade vitrée occupe aujourd'hui l'emplacement du rideau. Entrons : nous montons sur ce qui fut la scène ; cette partie est à peine modifiée. Voici le plancher incliné, le même peut-être où Adrienne Lecouvreur, la Clairon, Lekain, Dazincourt, promenèrent leurs cothurnes tragiques ou leurs mules à talons rouges.

Au fond, à gauche, à droite, partout, des poutres, des poutrelles, des trappes, des portants, des cintres... une carcasse de théâtre transformée en magasin. Hier c'était un dépôt de papier, aujourd'hui c'est une verrerie, demain une papeterie s'y installera de nouveau. Par terre, des tas de paille, des piles de bouteilles, de bocaux, des caisses d'emballage à moitié pleines... Cinq ouvriers travaillent en chantant sous ces voûtes sonores, dans cette forêt de charpentes antiques que sillonnent des fils conducteurs d'électricité. Quelques « fermes » ont survécu, un monte-charges évoque de très loin les contrepoids des machineries du XVIIIe siècle! Les communications sont coupées entre le magasin et les escaliers desservant jadis les loges. A gauche, dans la cour, un de ces escaliers existe encore... Que de beaux seigneurs poudrés et musqués ont dû fiévreusement le gravir pour monter aux loges de jolies actrices! Que de cœurs ont dû battre en escaladant ces marches aujourd'hui disloquées et branlantes!...

Nous montons : l'escalier est étroit, noir, sale, le carrelage danse sous le pied... Qui pourrait croire que ce fut une échelle pour paradis artificiel?... Nous montons toujours... soudain, tout là-haut, on entend une porte s'ouvrir... des voix de femmes... un frou-frou de jupes... le bruit sec de talons de bottines descendant au galop, et une douzaine de jeunes filles ébouriffées, rieuses, charmantes, passent rapides devant le visiteur qui s'efface contre le mur. O évocation! C'est dans ce bruit, dans ce désordre joyeux, que devaient — sous l'appel du régisseur — dégringoler l'escalier les « nymphes de 1760 » certainement en retard pour leur entrée du « quatre ».

L'explication est bien simple : au-dessus de la scène, dans les cintres, s'étend un vaste et clair atelier d'artiste qui, lui aussi, a sa légende. Le baron Gros, Horace Vernet, bien d'autres peintres y travaillèrent; il y a une trentaine d'années, le savant M. Marey y installa le « manège d'oiseaux », à l'aide duquel il put mener à bien son beau travail sur « la Machine animale ». Ces petits témoins emplumés, revêtus d'un harnachement communiquant avec un appareil inscripteur, guidaient M. Marey dans ses patientes études, lui permettant de dénombrer leurs mouvements, leurs battements d'ailes; ils l'aidaient à approfondir le mécanisme du vol des oiseaux, un des nombreux mystères qui stupéfient notre ignorance !... (1) Aujour-

(1) L'éminent M. Edmond Perrier, membre de l'Institut, Directeur du Museum d'histoire Naturelle, a bien voulu nous adresser la lettre suivante, qui conte de la plus spirituelle façon cet épisode de la vie de Marey.

« ... Marey a commencé à travailler en 1854, et c'est en 1864 qu'il institua rue de l'Ancienne-Comédie un laboratoire privé de physiologie. Il a publié ses observations sur le vol des oiseaux en 1874, dans un volume intitulé *La Machine animale* (Alcan, éditeur), mais il avait auparavant imaginé force appareils enregistreurs que l'on appelait alors des tourne-broches, parce que leur pièce maîtresse était un cylindre tournant enduit de noir de fumée; pour ceux qui ne perdent jamais une occasion de rire d'autrui, Marey était le physiologiste du tourne-broche. Je n'ai pas de documents précis sur l'aviation, mais les études sur le vol des oiseaux ont dû commencer vers 1870.

Comme il était en plein quartier latin, le laboratoire de la rue de

d'hui, ce bel atelier sert à un cours de dessin et peinture. Une quarantaine de chevalets se dressent autour de la table à modèle où pose une Italienne; à droite, à gauche, d'autres jeunes filles travaillent d'après le « Germanicus », la « Vénus de Milo », un chapiteau corinthien; dans les pièces voisines, on étudie la perspective, l'anatomie, et ce sont quelques-unes de ces charmantes écolières qui viennent de se sauver... Il est l'heure d'aller déjeuner.

l'Ancienne-Comédie était très fréquenté, et l'on y rencontrait un charmant accueil. Marey enregistrait toutes sortes de choses; les battements du cœur des dames, voire leurs frémissements. Il aimait à leur faire remarquer l'émotion de l'appareil posé sur la pointe de leur cœur; ses visiteuses s'accordaient à le trouver exquis.

Il était cependant petit et gros, mais il avait l'œil si malin...

Il a depuis transporté ses appareils au Parc des Princes où il a créé un véritable institut de cette physiologie du mouvement qu'il a renouvelée.

Marey est mort, il n'y a pas bien longtemps, en 1904; c'est Dastre qui l'a remplacé à l'Académie des Sciences, et d'Arsonval, au Collège de France où il avait lui-même suppléé Flourens.

Il travailla d'abord avec Chauveau. Il eut alors l'audace d'introduire dans le cœur vivant d'un cheval, de petits ballonnets de caoutchouc qui suivaient tous les battements du cœur et qui étaient reliés à des appareils chargés de les enregistrer...

AU JARDIN DES PLANTES

Dans les dernières semaines de décembre 1857, le facteur vint — selon les rites consacrés — offrir à Henri Murger l'almanach de l'année future. Le poète hésita longtemps avant de l'accepter...

AU JARDIN DES PLANTES.
Gavarni, *del.*

— Je ne devrais pas le prendre... conclut-il sévèrement, je n'ai pas été satisfait du dernier !...

Nous aurions pu faire pareil accueil à l'abominable printemps glacial et neigeux que nous avons subi ; mais depuis quelques jours il daigne enfin sourire entre deux averses, et tout aussitôt chacun est dehors, contemplant les feuilles vertes, respirant l'odeur de l'herbe, prêt à entreprendre de lointains pèlerinages pour saluer des arbres fruitiers poudrés à frimas.

Quant à nous, une habitude d'enfance nous entraîne invinciblement vers l'antique et délicieux Jardin des Plantes. Ici tout nous est familier, la cabane des chèvres du Thibet, les perchoirs des grands aras au plumage rouge et bleu, les abominables cages des lions et la volière des hérons. Mais ce ne sont pas les animaux que nous venons fêter aujourd'hui, c'est le divin printemps qui réserve au Jardin son plus délicieux sourire. Amis lecteurs, croyez-moi, embarquez-vous sur quelque bateau-mouche, remontez la Seine, — il n'est pas plus adorable promenade à Paris — abordez au pont d'Austerlitz et donnez-vous la joie de flâner deux heures dans le vieux Jardin des Plantes, si injustement délaissé de nos jours. C'est le plus merveilleux bouquet de fleurs que la nature ait pris la peine d'offrir aux ingrates Parisiennes.

AU JARDIN DES PLANTES.

Gavarni, *del.*

On connaît la modeste origine de ce beau parc fondé vers 1635 par Guy de La Brosse sur des terrains abandonnés servant de voirie; ce brave homme y établit le

LOUIS XIV, COLBERT ET LA COUR VISITANT UNE DES GRANDES SALLES DU JARDIN DU ROI (1671).

Duflos, *fecit 1730.* Sébast. Le Clerc, *del.*

Jardin des plantes médicinales (1), dont la vente et la cueillette n'intéressaient jusqu'alors que de pauvres idiots et quelques femmelettes. Dans son rapport à Louis XIII, Guy de La Brosse précise ses ambitions : « Le Jardin sera en pente douce, exposé au levant et au midy, ayant en son milieu une montagne artificielle d'un arpent de contenu... ès environs se verra une eau courante finissant en un marais pour les plantes palustres ». Depuis, les rois tinrent tous à honneur d'enrichir le Jardin cher aux Parisiens ; mais — chose étrange — ce fut la Révolution française qui, le plus efficacement, contribua à sa prospérité. Pendant que la fureur populaire éventrait les hôtels princiers, rasait les châteaux, vidait les églises, jetait bas les statues, le Muséum d'histoire naturelle (c'était le nom nouveau du Jardin du Roi augmenté d'une ménagerie) recueillait les collections éparses, les bêtes affamées et abandonnées... Au Muséum, les ménageries royales de Versailles, de Trianon, du Raincy, et aussi les ménageries d'amateurs exhibées un peu partout ; au Muséum, les herbiers et les collections minéralogiques saisies dans les biens nationaux ; au Muséum, les « curiosités » éparses dans les églises... En 1792, Bernardin de Saint-Pierre, alors directeur, reçoit, pro-

(1) La Butte Coypeau sur laquelle Guy de La Brosse allait, dix-huit ans plus tard, jeter son dévolu pour y établir le Jardin Royal des Plantes médicinales, apparaît ici (Plan de la Ville, cités, universités et faubourgs de Paris. — Merian, 1715.) très nettement dessinée avec ses buissons et ses arbres. (*Bibliographie du Jardin des Plantes*, par Louis Denise, page 21. (Daragon, édit., 1903.)

venant de Versailles, un « zèbre, un bubal (offert au Roi en 1785 par le dey d'Alger), un pigeon à aigrette, un rhinocéros de l'Inde et un lion du Sénégal escorté d'un chien braque, son habituel compagnon qui fait toute sa consolation », assure une estampe de l'an III ; il plaide et gagne devant la Convention la cause des pauvres animaux condamnés à mort (1), et entasse dans les réserves du Muséum les objets les plus hétéroclites; c'est ainsi que la dépouille mortelle du maréchal de Turenne figura « dans un local attenant à l'amphithéâtre, servant de laboratoire », près des momies égyptiennes et du squelette d'un rhinocéros unicorne (2). Les collections s'enrichissent rapidement : les triomphantes armées de la République et du Consulat n'ont garde d'oublier le Muséum (3). La précieuse collection du prince d'Orange,

(1) « ... L'animal mort, le mieux préparé, ne présente qu'une peau rembourrée, un squelette, une anatomie. La partie principale y manque, la vie, qui le classait dans le règne animal... La plante morte n'est plus végétale, puisqu'elle ne végète plus... » Et le bon Bernardin conclut ainsi : « Les tuerons-nous pour en faire des squelettes ? — Ce serait leur faire injure ». (Mémoire sur la nécessité de joindre une Ménagerie au Jardin National des Plantes de Paris. — Didot, 1792.)

(2) « Nous remarquâmes, au travers du vitrage qui couvrait ce cercueil, un corps étendu, enveloppé d'un linceul, lequel avait été déchiré et découvrait la tête jusqu'à l'estomac. » (Inventaire général des richesses d'art de la France. — *Archives du Musée des Monuments français*, tome II, p. 378-381, du 16 thermidor an IV (3 août 1796). « Demande de Lenoir au Directoire Exécutif pour faire retirer du cabinet du Jardin des Plantes le corps de Turenne, qui y était placé auprès des momies égyptiennes et des « gouanches » (*sic ?*).

(3) « Au quai d'Orsay, Albert ajoute à ses bains des bains médici-

les éléphants du Stathouder (Hans et Parkie, dont une brochure de l'an VI célèbre les « vertus morales (1), les

VUE DU JARDIN ROYAL DES PLANTES MÉDICINALES AU FAUBOURG SAINT-VICTOR.

ours de Berne, les momies et les animaux sacrés d'Égypte, toutes les reliques des temples et des tom-

naux » pour remédier à l'état d'égarement d'esprit dans lequel sont tombés une quantité d'individus des deux sexes depuis la Révolution. *Journal de Paris* (vendémiaire an VI.)

(1) « *Vertus morales des deux éléphants, mâle et femelle, nouvellement arrivés à la Ménagerie Nationale du Jardin des Plantes*, précédées d'un

beaux de Thèbes et de Memphis, les poissons fossiles de Vérone, etc., etc., sont expédiés à Paris. On échange contre des « pépites d'or, des pierres précieuses, des morceaux de lapis-lazuli » un important cabinet minéralogique, et de tous les coins de la terre les voyageurs rapportent des milliers d'échantillons d'animaux, grands ou petits. Tout Français exilé de France pense à son vieux Jardin. Les grognards de l'expédition d'Égypte déterraient les pharaons à son intention (1); M. Edmond Perrier, l'aimable directeur actuel, nous racontait hier, avec une reconnaissante émotion, qu'un petit caporal d'infanterie de marine venait de lui ramener du fin fond de l'Afrique, et au prix de mille dangers, tout un lot d'ani-

traité sur le genre de ces animaux..., tiré du célèbre Buffon..., rédigé par le citoyen V*** (Vignier). — Paris, Gueffier, an III. In-8°, 20 p., fig sur bois (E. p. 3978). Epigr. Le plus sot animal, à mon avis, c'est l'homme. — Despréaux, Sat. VIII. »

Fête de la Liberté et entrée triomphale des objets de sciences et d'arts recueillis en Italie. Programme. — Paris, Imp. de la République, thermidor an VI. (*Arch. nat.*, F. 17, 1065, n° 6.) :

« Le 9 thermidor, à neuf heures du matin, tous les citoyens invités à former le cortège, se réuniront sur la rive gauche de la Seine, près le Muséum d'Histoire Naturelle. — La première division du cortège était consacrée à l'histoire naturelle. Les chars, défilant entre deux rangs de professeurs et d'élèves, portaient des minéraux, des graines, des végétaux étrangers vivants..., le 5e un lion d'Afrique, le 6e une lionne..., le 8e un ours de Berne. Viendront ensuite deux chameaux et deux dromadaires, etc... »

(1) Une partie de la ménagerie de Tippoo-Sahib est achetée à Londres, et la brochure qui précise cet achat est ornée d'une gravure représentant « Constantine, lionne de la ménagerie et ses trois petits mâles, nommés Marengo, Jemmapes et Fleurus. » (An IX.)

LE LABYRINTHE.

D'après une eau-forte originale de l'époque.

maux et d'insectes rares qui manquaient à nos collections ! (1)

Mais aujourd'hui ce n'est pas ce pittoresque et amusant passé qui nous préoccupe. Longeons donc hâti-

CARTE D'ACCÈS AUX GALERIES DU MUSÉUM.
Époque Louis-Philippe.

vement les parcs à moutons, les fosses aux ours, les grilles des girafes... et admirons les fleurs ! — Tout le

(1) Pendant la Restauration, l'ingénieur Bralle eut l'idée de construire un appareil élévatoire qu'il appela « la machine camelhydraulique » que faisaient mouver les chameaux du Jardin des Plantes « jusque-là nourris inutilement ». — *Intermédiaire des Curieux et des Chercheurs*, t. XXII, p. 229.

beau Jardin semble une immense corbeille... Voici les roses tendres des pêchers et des pommiers de Chine, des cognassiers, des amandiers; voici toute la gamme délicate des blancs, aubépines, poiriers et pommiers... dans les parterres éclatent le pourpre, l'azur et l'or des tulipes, des pensées, des jacinthes, et sur les velours verts des cèdres, des marronniers et des frênes se détache la broderie sanglante des arbres de Judée ! Les acanthes, les joubarbes, les lierres poussent leurs euilles lancéolées autour de vieux arbres vénérables, chenus, corsetés de fer qui furent plantés par les Vespasien Robin, les Buffon, les Quatrefages... Nous voici à l'entrée des serres, près des cèdres du Liban... Sous la conduite du jardinier en chef, un érudit artiste qui chérit ses plantes, nous promenons à travers des forêts vierges en miniature notre curiosité charmée; quel défilé de végétaux étranges, aux odeurs troublantes, aux noms vaguement entrevus dans *le Robinson suisse* et le *Journal de Stanley à la recherche de Livingstone!...* Voici les arbres textiles et aussi « l'arbre à pain »; voici le manioc, l'arbre à gutta-percha, le bétel — ce dentifrice des Siamoises, — la coca — cher à Mariani, — le muscadier, le calebassier, le baobab — qu'illustra Tartarin, — l'antiaris qui empoisonne les flèches des sauvages, et le pied de vanille historique dont les boutures servirent à créer les plantations actuelles de l'île de la Réunion... Voici les plantes médicinales, le jujubier, le copayer, le strophantus, l'emetica, etc., etc. A côté les serres des orchidées, un étonnement : de tous ces pots reposant sur une couche profonde d'escarbilles noires, dans

UN COIN DU JARDIN DES PLANTES.
Un très vieil arbre planté par Vespasien Robin.
Photog. H. Stresser.

l'atmosphère humide et chaude, sortent des végétations folles, des fleurs bizarres, d'un violet de cicatrice ou d'un rouge d'apoplexie ; des clochettes mauves éclatent au bout de tiges longues et velues; des feuilles vernissées, comme découpées dans du zinc ou de la baudruche, les entourent... Par-ci, par-là, émergent des fers de lance ou des kriss malais entourant des crosses d'évêque ou des artichauts violacés. Ici les cattleyas montrent leurs peluches et leurs satins lilas, là les népenthès laissent pendre leurs pipes verdâtres tapissées de poils; au plafond, sur des racines coupées et desséchées, les orchidées du Brésil lancent dans l'air des fusées scintillantes. Plus loin, les plantes vénéneuses et aussi les plantes carnivores, celles qui engluent puis absorbent les insectes... Enfin le merveilleux spectacle des fougères, — les platycériums, ces torchères de verdure... et nous comprenons toute la grandeur de cette lettre de Taine à Paradol : « J'étais hier au Jardin des Plantes... Je voyais cette vie intérieure qui circule dans ces minces tissus et dresse les tiges drues et fortes... j'ai senti tout mon cœur trembler d'amour pour cet être si beau, si calme, si grand, si étrange qu'on appelle Nature ; je l'aimais, je l'aime; je le sentais et je le voyais partout, dans le ciel lumineux, dans l'air pur, dans cette forêt de plantes vivantes et animées, et surtout dans ce grand souffle vif et inégal du vent de printemps !... (1) »

(1) H. Taine. Lettre à Paradol (20 mars 1849). « Hier, mon ami, je l'ai senti en moi (l'amour de la Nature) avec une force que je n'ai jamais éprouvée. J'étais au Jardin des Plantes, et je regardais dans un coin isolé un monticule couvert d'herbes des champs, vertes, jeunes, non cultivées, fleuries; le soleil brillait au travers....., le vent

Dans la salle voisine s'étalait autrefois en un immense bassin la « Victoria Regia », la fleur géante des lacs africains. Nous ne la verrons plus... On manque d'argent

ENTRÉE DES GRANDES SERRES. Photog. H. Stresser

en France pour la culture des plantes rares et le trop maigre budget du Muséum ne permet pas d'acheter le

soufflait, agitait toute cette moisson de brins serrés, d'une transparence et d'une beauté merveilleuses..... Oh! que n'étais-je hors de ce sale Paris, dans la campagne libre et solitaire! » — Correspondance. (Hachette, 1902.)

charbon nécessaire... 28° de chaleur à entretenir de février à août, cela coûte 6.000 francs, et l'on a dû y renoncer... La « Victoria Regia » ne fleurira plus à Paris !

Quittant à regret ces pauvres serres qui menacent ruine, hélas! nous retraversons le grand Jardin ensoleillé où les bâtiments s'effritent, où les clôtures se disloquent... (1) Tout cela va-t-il disparaître et l'indifférence des pouvoirs publics laissera-t-elle périr — faute de ressources — cette superbe institution qui reste une de nos gloires françaises?

Un espoir s'offre aux fidèles du passé. Une société vient de se fonder : « les Amis du Muséum », sous la présidence de son très éminent directeur M. E. Perrier; tous les professeurs de l'admirable établissement, MM. Vaillant, Becquerel, Stanislas Meunier, Hamy, Van Tieghem, etc., ont tenu à honneur de s'y inscrire dès le premier jour, et au premier appel les souscriptions ont afflué; la cotisation n'est que de dix francs. Nous voulons croire que tous ceux qui aiment l'antique « Jardin du Roi » — où nos mères nous conduisirent enfants, comme elles-mêmes y avaient été conduites par nos grand'mères, — que tous les bons Parisiens encore attachés à leur Paris auront à cœur de payer leur dette de reconnaissance et d'amour au vieux Jardin des Plantes en péril.

(1) Dernièrement, la parfaite artiste, Mme Madeleine Lemaire, manquait des fleurs nécessaires pour les distribuer comme modèles aux élèves des cours qu'elle professe avec tant d'éclat au Muséum

Dans la nuit du 8 au 9 janvier 1871, pendant que les obus tombaient sur Paris assiégé et affamé, quelques professeurs du Muséum, réunis dans un bureau, causaient douloureusement des misères du temps et bénissaient les braves cœurs venant au secours de la France meurtrie. Tout naturellement, le nom de sir Richard Wallace, ce dévot de Paris, ce bienfaiteur du Muséum, cet ami des mauvais jours, fut prononcé... Presque au même moment, un bruit effroyable ébranla la maison : un obus venait d'éclater dans une serre voisine... Nos savants se précipitent : tout est brisé, émietté, anéanti ! Seules quelques fleurs ont échappé au désastre.

Alors, pieusement, respectueusement, ces professeurs ramassant les fleurs épargnées, en forment un bouquet et ont l'idée charmante de l'offrir, comme un témoignage de reconnaissance, à sir Richard Wallace, à l'homme de bien qui — comme eux — souffrait des malheurs de notre pays...

Une lettre rédigée par le vénérable et illustre Chevreul et signée par tous les professeurs accompagnait ce bouquet sacré... J'imagine qu'en ses précieuses collections Richard Wallace dut réserver une place d'honneur à ces éloquentes fleurs du siège !... Le Muséum avait reçu quatre-vingt-sept obus ! (1)

(1) *Lettre de Monsieur Chevreul à Monsieur Richard Wallace.*

Monsieur, Paris, le 15 de janvier 1871.

Dans la nuit du 8 au 9 de janvier 1871, quelques professeurs du Muséum d'Histoire Naturelle parlaient des misères du temps, du siège

Ce bouquet symbolique, c'est l'obole que le Jardin des Plantes offre encore aujourd'hui à ceux qui l'aiment.

Daubigny, *del.*

LE PALMARIUM VERS 1840.

de Paris, événement dont l'imprévu même augmentait la gravité. On s'étonnait du calme de l'Europe civilisée du XIXe siècle assistant à ce spectacle; mais plus accessibles aux sentiments généreux qu'aux passions haineuses, nous aimions à citer quelques noms étrangers

et veulent le secourir... Il se pare de ses plus belles fleurs et nous crie : « Allons, les amoureux de Paris... au

Louis Marvy, *del.*

LES GRANDES SERRES.

portés par des cœurs vraiment français : et voilà comme le nom de Richard Wallace sortit de plusieurs bouches !

Quelques minutes à peine écoulées, un bruit éclatant interrompt

secours! Donnez pour de vieux murs croulants, donnez pour de pauvres animaux, donnez pour des fleurs, donnez pour de la beauté!... — Les admirables et modestes savants qui sont l'honneur et la gloire de notre patrie vous montrent l'exemple à suivre... Acquittez votre dette de reconnaissance, aidez tous ces braves gens à faire du bien... A travers les grillages de leur rotonde les singes tendent leurs pattes ridées, les moutons tendent en bêlant leurs museaux roses, la girafe

la conversation ; un obus prussien venait d'éclater; une serre près de laquelle nous étions n'existait plus et bientôt après un second en détruisait une autre.

Arrivés sur les lieux, foudroyés par une rage ennemie, quelques fleurs échappées au désastre frappent nos yeux; et un sentiment de reconnaissance, rendu plus vif encore par le contraste de la destruction, nous suscite l'idée de vous les offrir comme un hommage des professeurs du Muséum rendu à Richard Wallace, dont le nom est désormais inscrit en tête des bienfaiteurs de la population de Paris.

Je suis heureux, Monsieur, après les marques de bienveillance dont la science anglaise m'a honoré, de vous écrire ces lignes au nom des Professeurs du Muséum d'Histoire Naturelle de Paris.

Veuillez donc, Monsieur, agréer l'expression des sentiments de ma plus haute considération.

Signé : E. CHEVREUL,
Directeur et doyen des associés étrangers
de la Société Royale de Londres.

Lettre de Richard Wallace à Chevreul.

18 janvier 1871.

Monsieur,

J'ai bien reçu hier la lettre que vous m'avez fait l'honneur de m'adresser en date du 15 de ce mois, ainsi que le charmant bouquet qui l'accompagnait.

Ces deux souvenirs me seront également précieux, croyez-le,

tend son long cou moucheté, l'éléphant tend sa trompe, et les petits oiseaux, perchés dans les acacias, guettent les miettes du festin... » (1)

Monsieur; la lettre parce qu'elle a été écrite par vous, et au nom de tant de savants distingués; les fleurs, parce qu'elles ont été élevées par vos soins et qu'elles sont victimes elles aussi de la barbare civilisation qui vous assiège.

J'ai été très heureux de pouvoir rendre quelques services à la population de Paris pendant ces cruels jours; mais, parmi les témoignages de sympathie dont j'ai été l'objet, permettez-moi de placer en première ligne l'expression des sentiments de bienveillance dont vous avez bien voulu vous faire l'interprète de la part des Professeurs du Muséum d'Histoire Naturelle.

Veuillez agréer, je vous prie, Monsieur, l'expression des sentiments de ma plus haute considération.

Richard WALLACE.

M. E. CHEVREUL,
Directeur du Muséum.

BOMBARDEMENT DU JARDIN DES PLANTES PAR LES PRUSSIENS
(20 janvier 1871.)

Extrait du Rapport au Muséum.

20 obus sont tombés sur les bâtiments,
67 — — dans les diverses parties du Jardin.
Total : 87 obus.

Ce 14 février 1871. *Signé :* PÉPIN.

(Bibliothèque administrative du Muséum d'histoire naturelle.)

(1) Je réponds à de multiples demandes en indiquant à mes aimables correspondants la façon dont ils peuvent... dont ils *doivent* se faire admettre parmi les « Amis du Muséum ». Adresser simplement la demande à M. Edmond Périer, membre de l'Institut, directeur du Jardin des Plantes, Paris... et ils auront fait une bonne action... Comme c'est simple! — G. C.

LA PLACE DAUPHINE

Le bruit courut dernièrement que les deux antiques maisonnettes faisant face, sur le Pont-Neuf, à la statue de Henri IV, étaient menacées de destruction, et ce bruit vague, imprécis, suffit cependant pour causer une réelle émotion. Malgré l'incroyable résignation avec laquelle les Parisiens voient saccager chaque jour leurs plus précieux souvenirs historiques, beaucoup s'apprêtaient à protester énergiquement. Nous croyons pouvoir les rassurer... au moins pour aujourd'hui : ni le Conseil municipal ni le Préfet de la Seine ni la Commission du Vieux-Paris ne laisseront pareil méfait s'accomplir, car, si le Pont-Neuf constitue l'une des plus précieuses reliques parisiennes, ces deux maisons font partie intégrale du vieux décor.

La place (baptisée Dauphine à cause du dauphin Louis XIII), les quais voisins et les maisons en bordure furent construits sous Henri IV.

Jusqu'alors ce terrain n'évoquait qu'affreux souvenirs d'autodafé : Jacques de Molay, grand maître des Templiers, et Guy, prieur de Normandie, y avaient été brûlés vifs par ordre de Philippe le Bel... Depuis, les vaches y paissaient moyennant redevance à l'abbaye de Saint-Germain, et les gamins de Paris s'y « baignaient tout nus » à la grande colère des blanchisseuses « tordant leurs linges » sur les bateaux voisins ; mais dès la construction du pont, l'endroit devient « le cœur de Paris », et tous les tableaux, toutes les estampes magnifient le Pont-Neuf et les constructions qui s'y trouvent. Processions, fêtes religieuses, réceptions d'ambassadeur, illuminations, joutes sur l'eau, duels, tabarinades, attaques nocturnes, rendez-vous galants se passent sur ou sous le Pont-Neuf.

Les occasions ne manquaient jamais d'y aller « faire tapage et charivari », mais la grande vogue date du dix-huitième siècle ; la place Dauphine fut alors le théâtre des événements les plus divers. On y joua d'abord une délicieuse féerie où l'art français triompha ; la comédie politique succéda, et enfin la tragédie révolutionnaire fit entendre sa grande voix soulignée par les trois coups du canon d'alarme installé contre le piédestal de la statue renversée du roi Henri. Si bien que ces deux maisons basses font un peu partie de l'histoire de France... et beaucoup de l'histoire de l'Art ! Le matin de la Fête-Dieu, en effet, la place Dauphine était en liesse : ce jour-là les « Jeunes Peintres », les « Indépendants », ceux qui, n'appartenant ni à l'Académie royale ni à l'Académie de Saint-Luc, n'avaient pas le droit d'exposer au Louvre ou dans des locaux privilégiés,

Perelle, *del.*

VUE DU PONT-NEUF ET DE LA PLACE DAUPHINE.

étaient autorisés à y « présenter au public leurs œuvre , de neuf heures du matin à midi », le long des boutiques

MAISONS DE LA PLACE DAUPHINE
Martial Potémont, aq.

côté nord (à cause du soleil). Lorsque les exposants étaient nombreux, cet éphémère « Salon » débordait sur le Pont-Neuf, vis-à-vis la statue... et quels noms glorieux portaient ces « Petits Exposants de la place Dauphine » ! Oudry, Restout, de Troy, Lancret, Boucher, Nattier, Fragonard, Greuze, etc. C'est ici qu'ont débuté ces maîtres, c'est sur ces auvents encore revêtus de leur ancienne armature de fer, fermant aujourd'hui la boutique de quelque mastroquet, de quelque coiffeur ou de quelque fruitier, qu'en 1728 le grand Chardin (il avait vingt-neuf ans) accrocha, le matin de la Fête-Dieu, *la Raie*, ce chef-d'œuvre, orgueil de notre musée du Louvre (1) !

Dès l'aube, les artistes fiévreux, aidés de leurs camarades et de leurs modèles, installaient eux-mêmes leurs

(1) La rue devait porter bonheur à Chardin ; à une autre exposition en plein vent, l'exposition de la place Dauphine, le jour de la Fête-Dieu, il se faisait remarquer par un tableau représentant un bas-relief en bronze où ses qualités apparaissaient déjà et se jouaient dans le trompe-l'œil. Jean-Baptiste Vauloo lui achetait ce tableau et le lui payait plus cher que Chardin n'osait l'estimer. Au milieu de cela, il restait modeste et ne songeait guère à l'Académie. Plié aux idées de son père, bon bourgeois qui s'honorait fort d'être membre et syndic de sa communauté et qui ne désirait à son fils d'autre avenir que la maîtrise dans son art de peinture, il se laissait faire, avec l'argent du menuisier, maître de l'Académie de Saint-Luc. Ce fut la dernière réception dont la petite Académie put s'enorgueillir.

En 1728, à une autre exposition de la place Dauphine, il exposait avec quelques autres toiles, ce tableau de *la Raie* qu'on voit aujourd'hui au Louvre. Devant ce chef-d'œuvre et le peintre qu'il annonçait, les académiciens, amenés là par la curiosité, cédaient au premier mouvement d'admiration : ils allaient trouver Chardin et l'engageaient à se présenter à l'Académie. (Ed. et Jules de Goncourt : *l'Art du dix-huitième siècle*, Chardin, p. 5.)

Phot. Marville (1869).

ANCIENNE PLACE DAUPHINE ET MONUMENT DE DESAIX.

Aspect de la partie démolie vers 1874 pour faire place aux escaliers d'accès du Palais de Justice.

tableaux sur les tapisseries que, par tradition, les boutiquiers mettaient à leur disposition. Rapidement, anxieusement, on cherchait la meilleure place, le jour le plus favorable pour faire valoir l'allégorie, le paysage, le portrait à l'huile, au pastel, voire même « le portrait en cheveux », destinés à soulever l'admiration publique. A neuf heures le défilé commençait et tout Paris se pressait dans le triangle de la place Dauphine que fermaient — jusqu'aux incendies de 1871 — les bâtiments de la Préfecture de police et l'arc de Nazareth, érigé aujourd'hui dans le jardin du musée Carnavalet. Les jolis modèles, Manon et ses petites amies, en leurs plus beaux atours, venaient se pavaner devant les toiles indiscrètes dévoilant leurs charmes, et les belles dames dont les souriantes effigies étaient accrochées à côté n'hésitaient pas à se montrer aux balcons sous lesquels la foule des curieux se massait, plus empressée parfois à regarder les originaux que les reproductions [1].

Les « grands patrons », les académiciens arrivés,

(1) « Nous passâmes sur la place Dauphine voir ce que les jeunes artistes pouvaient avoir exposé à l'examen du puplic ; mais il y avait peu de chose à cause du mauvais temps, cette petite Feste-Dieu étant pluvieuse. » Au mois de juin 1773, nouvelle promenade de Wille à la même exposition, même mention dans son journal, mais plus curieuse et plus accidentée : « Le 9, petite Feste-Dieu. Ce jour, les jeunes peintres exposent leurs ouvrages dans la place Dauphine. Un critiqueur imprudent exerça sa langue sur les ouvrages d'un peintre qu'il ne soupçonna pas près de lui, et reçut force coups au visage par l'offensé. Le tumulte fut grand et prompt. La plupart des spectateurs, et j'en fus, ne faisaient qu'en rire. » Enfin, le 29 mai 1778, Wille écrit encore :

trônaient à des croisées, surveillant les manifestations de « l'esprit public », et leur présence suscitait encore l'émulation des jeunes élèves.

Reines de la mode, grands seigneurs, badauds, amateurs d'art, critiques hargneux, marchands de tableaux et suiveurs de jolies filles, tous, ce matin-là, défilaient sur la place Dauphine en l'honneur des « Jeunes Peintres », qui, le reste du temps, y vendaient péniblement des « copies » ou des « compositions décoratives », si bien que le Pont-Neuf voyait « toute l'année leur misère et un seul matin leur gloire » !

Quand il pleuvait, la fête était remise au jeudi ou au dimanche suivants. Il y avait parfois quelques ombres au tableau : ainsi le bon Wille raconte que, le 9 juin 1773, un critique grincheux fut copieusement rossé par l'artiste dont il discutait trop âprement le talent ; des rixes

« La place Dauphine, où je me rendis, était bien garnie des ouvrages de nos jeunes artistes. » *Journal de Wille.*

« ...Les orfèvres surtout s'y distinguaient. Ils étaient les plus riches et comme c'était une occasion de le faire voir, ils ne la manquaient pas. Quelques-uns poussaient, pour l'ornement des reposoirs, le zèle de dévotion et d'ostentation jusqu'à commander exprès des tableaux aux meilleurs peintres. Non contents de prêter les richesses de leurs boutiques, ils faisaient, argent comptant, les frais des plus belles peintures... ». (Ed. Fournier : *Histoire du Pont-Neuf.* p. 297.)

« ...A l'exposition de la petite Fête-Dieu de 1786, selon les « Mémoires secrets », il n'y avait pas moins d'une demi-douzaine de balcons « chargés de jeunes personnes parées, les unes de leurs charmes naturels, les autres de tous les embellissements de la toilette, et c'étaient toutes les demoiselles dont les ouvrages étaient exposés et surtout les portraits... » (*Idem,* tome I, p. 304.)

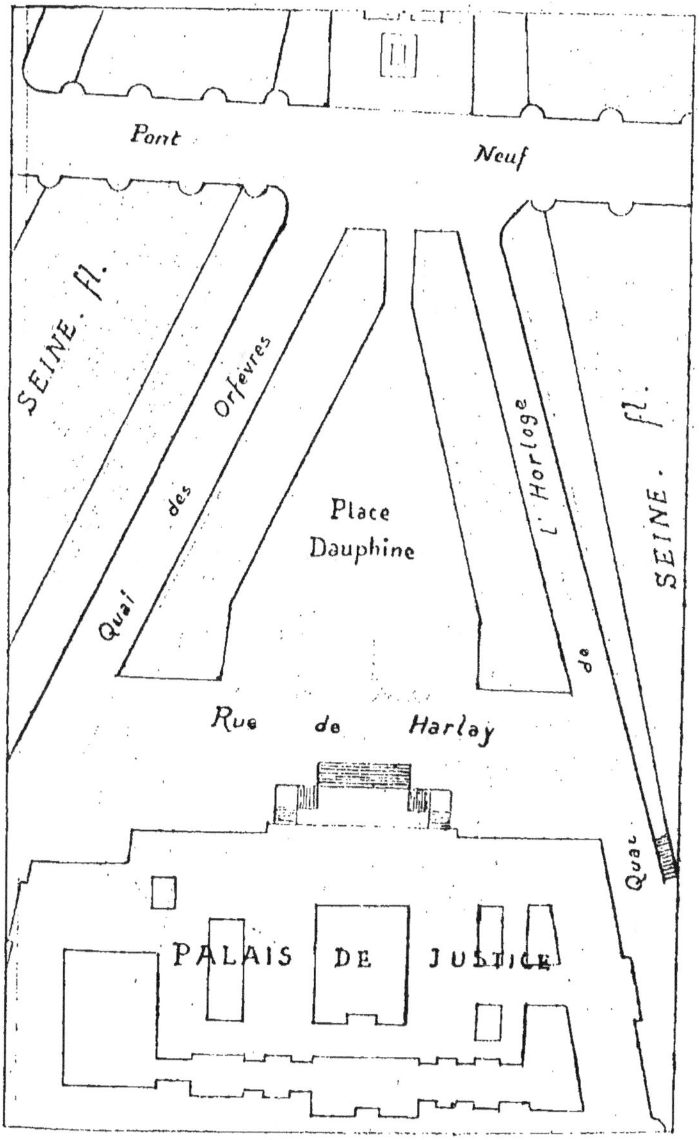
Pont
Neuf
SEINE. fl.
Quai des Orfèvres
Place
Dauphine
l'Horloge
de
SEINE. fl.
Quai
Rue de Harlay
PALAIS DE JUSTICE

État actuel.

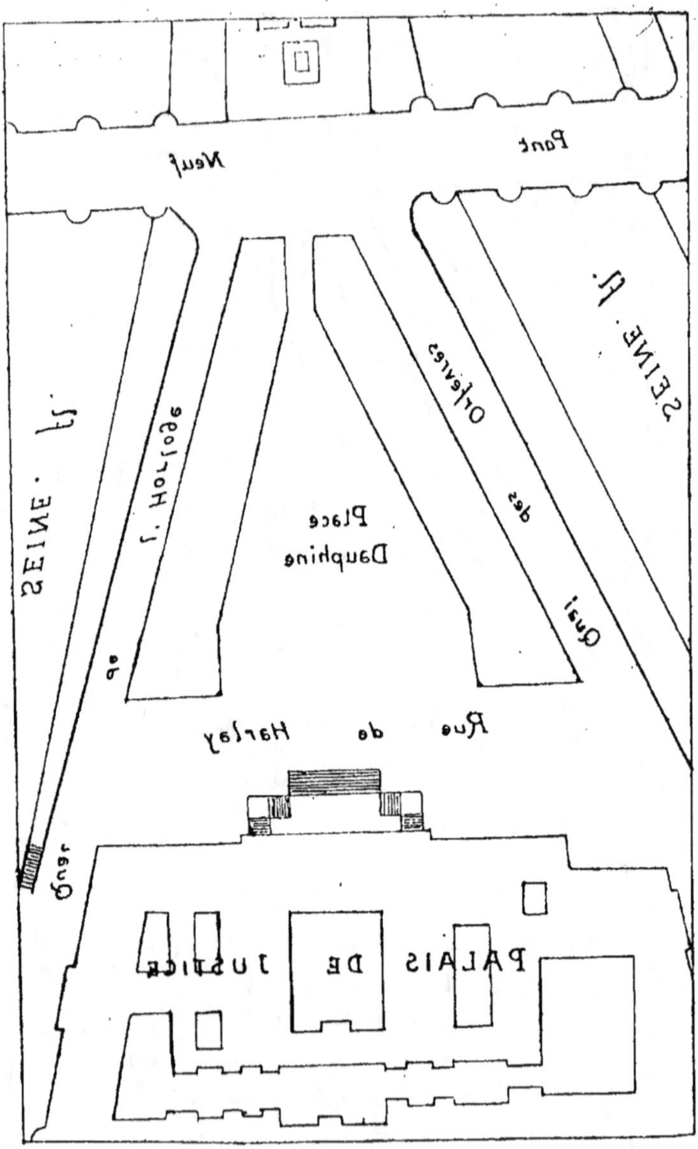
Pont Neuf
SEINE . fl.
Quai des Orfèvres
Place Dauphine
Quai de l'Horloge
SEINE . fl.
Rue de Harlay
PALAIS DE JUSTICE

État actuel.

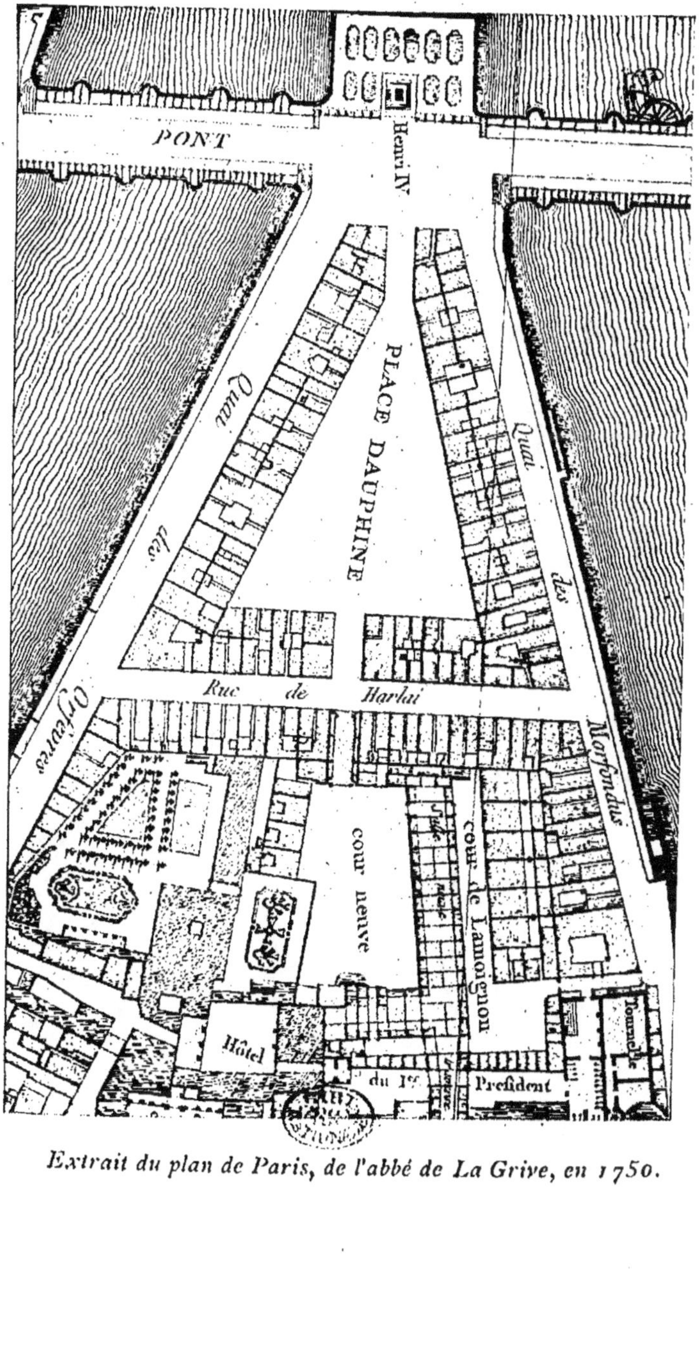

Extrait du plan de Paris, de l'abbé de La Grive, en 1750.

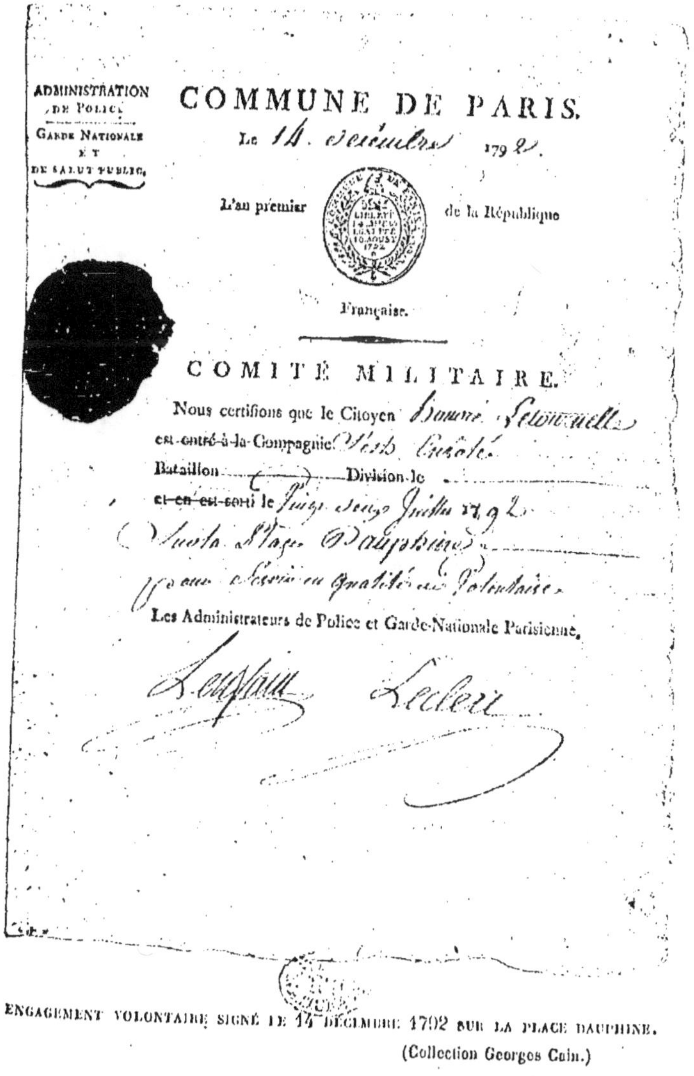

ADMINISTRATION DE POLICE,
GARDE NATIONALE ET DE SALUT PUBLIC.

COMMUNE DE PARIS.

Le 14. décembre 1792.

L'an premier de la République Française.

COMITÉ MILITAIRE.

Nous certifions que le Citoyen Honoré Letourneller
~~est entré à la Compagnie~~ [illegible]
Bataillon ... Division le ...
~~et en est~~ sorti le vingt-deux juillet 1792
Section Place Dauphine
pour servir en qualité de Volontaire.

Les Administrateurs de Police et Garde-Nationale Parisienne,

Lenfant Leclerc

ENGAGEMENT VOLONTAIRE SIGNÉ LE 14 DÉCEMBRE 1792 SUR LA PLACE DAUPHINE.

(Collection Georges Cain.)

étaient fréquentes, que la présence de tant de jolies personnes expliquait mieux que des discussions esthétiques ; mais cela était un attrait de plus, et Paris, chaque année, se pressait à « l'exposition de la Jeunesse », qui ne finit qu'avec l'ancien régime.

Jusqu'en 1871 la Préfecture de Police occupa, place Dauphine, l'espace couvert aujourd'hui par l'énorme escalier du Palais de Justice.

Le fond de la jolie place fut éventré vers 1874 et l'arcade de Nazareth — une des entrées de la Préfecture — élevée rue de Jérusalem, fut transportée dans le jardin du Musée Carnavalet où elle se trouve actuellement.

Un monument archaïque érigé par souscription nationale à la mémoire de Desaix occupa de 1803 à 1874 le centre de la place. Cette statue effritée par le temps disparut à son tour. Recueillie dans les magasins de la Ville de Paris, elle orne aujourd'hui quelque ville de province... Riom, croyons-nous.

* * *

La Révolution, sapant les privilèges, ouvrit à tous les exposants les portes du Louvre, et place Dauphine le somptueux reposoir que la munificence des orfèvres, logés sur le quai voisin, élevait le jour de la Fête-Dieu, fut remplacé par « l'Autel de la Patrie ».

C'était une large tente, ornée de banderolles tricolores et de couronnes de chêne entrelacées ; là sur une planche posée sur deux tambours, se signaient les enrôlements volontaires. Les enrôlés y affluaient de toutes parts, « le magistrat populaire, avec son écharpe, pouvait à peine suffire à l'enregistrement des noms qui se pressaient sous sa plume ». Ces braves jeunes gens, au bruit des fanfares, des chants guerriers et des salves d'artillerie, juraient de mourir aux frontières pour la patrie en danger, et « les vieux racoleurs du Pont-Neuf ne savaient que penser de ce spectacle aussi étrange que nouveau pour eux » !

La place Dauphine (qui s'appelait alors place de Thionville en souvenir de l'héroïque défense de cette ville) était toute désignée pour une telle manifestation. Les basochiens s'y trouvaient chez eux ; c'est là qu'ils avaient commencé la Révolution, bien avant 1789 : en 1774, ils y brûlaient « en brandon d'allégresse » le mannequin du chancelier de Maupeou ; plus tard, les effigies de Brienne et de Calonne y avaient subi le même traitement ; de temps en temps on faisait des feux de joie avec le corps de garde élevé sur le terre plein du Pont-Neuf. On y conspuait les ministres impopulaires et, dès 1788, on y arrêtait les carrosses dont les propriétaires devaient venir s'agenouiller devant la statue du bon roi Henri, « père du Peuple » !

Aussi Manon Phlipon — la future Mme Roland, — qui passa son enfance au second étage de la maison sise à l'angle du quai de l'Horloge, était-elle admirablement logée pour sourire au joyeux prologue du drame révolu-

Bacler d'Albe, *fecit.* FONTAINE DESAIX EN 1822. Litho. de Villain.

tionnaire où, au dernier acte, sa jolie tête brune devait rouler sous le couperet de la guillotine. Elle aussi pouvait écrire dans ses Mémoires ce que l'abbé Le Blanc disait en 1734 : « J'ai pour tout meuble en mon logement l'une des plus belles vues de Paris : celle du Pont-Neuf et de la rivière... »

Nous avons voulu revoir l'appartement où la pauvre Manon fit de si beaux rêves. L'obligeance de l'aimable M. Magdeleine, l'actuel locataire du logis — qui succède ici au peintre Pissarro, — nous en permit l'accès. La maison porte le numéro 28 ; nous en montons l'escalier étroit ; l'immeuble, fraîchement repeint et vernissé, sent la peinture ; la rampe ancienne a disparu, un « tapis modern style » se déroule sur les marches raides que Manon gravit si souvent. A droite, à gauche s'ouvrent sur l'escalier les « services » et les « débarras ». Comme tous les amusants logis du dix-huitième siècle, l'appartement de M. Magdeleine comporte des petites pièces, coupées de coins, de recoins, d'alcôves... tout cela modifié et remanié, mais toujours pittoresque. Par-ci, par-là, quelques lambris, un reste de trumeau, une ancienne cheminée permettent d'évoquer la jolie silhouette de Manon Phlipon reflétée dans une vieille glace aux teintes verdies ou s'accoudant rêveuse à l'angle de « sa fenêtre exposée au nord » pour contempler, « les larmes aux yeux, les vastes déserts du ciel, la voûte superbe, azurée, magnifiquement dessinée, depuis le levant bleuâtre, loin derrière le pont au Change, jusqu'au couchant doré d'une brillante couleur aurore derrière les arbres du Cours et les maisons de Chaillot » ! (1)

Comme elle l'aimait, ce cher logis dominant le plus vivant des « coins de Paris », où, dans un tohu-bohu incessant, les badauds, les robins, les filous, les gardes-françaises, les bourgeois, les ménagères, les rapins et les grisettes se pressaient devant les boutiques des oiseliers, des fleuristes, des ferrailleurs... autour des boniments des saltimbanques, des marchands de chansons et des crieurs de gazettes !... Une dernière fois, le 8 novembre 1793, par une pluvieuse matinée d'automne, Manon Roland revit — du quai de la Mégisserie — la silhouette endeuillée de tout ce joyeux décor d'antan ! Elle était sur la charrette du bourreau Sanson, on lui avait coupé les cheveux, on lui avait lié les mains ; sous les insultes et les huées on la traînait à l'échafaud...

C'est tout ce passé que nous évoquons, penché à ces fenêtres encadrant un des plus beaux paysages de Paris : derrière l'effigie équestre de Henri IV — fondue sous la Restauration avec le bronze de la statue de Napoléon Ier — un splendide bouquet d'arbres coupe l'horizon comme un feu d'artifice de feuillage ; à travers les branches apparaissent le Louvre, les Tuileries, les lointains de

(1) Enfant de la Seine, c'était toujours sur ses bords que je venais habiter ; la situation du logis paternel n'avait point le calme solitaire de la demeure de ma bonne maman ; les tableaux mouvants du Pont-Neuf variaient la scène à chaque minute, et je rentrais véritablement dans le monde au propre et au figuré, en revenant chez ma mère. — *Mémoires de Mme Roland* (2e partie), p. 91.

Chaillot, la Monnaie, l'Institut, les ponts; la Seine scintille, sillonnée de barques, de chalands, de remorqueurs. Dans le murmure qui de tous côtés monte berceur et confus il nous semble retrouver les échos lointains des

LA FLOTTILLE DE LA COMMUNE DE PARIS AMARRÉE LE LONG DU TERRE-PLEIN DU PONT-NEUF (MAI 1871).

(D'ap. une grav. du *Monde illustré*.)

voix du Passé... les rires des femmes, les acclamations des foules, les appels des marchands, les vivats des enrôlements volontaires, les salves du canon d'alarme, les appels de la Patrie en danger...

Ces maisonnettes-là... c'est une page de l'histoire de France.

LE CANAL SAINT-MARTIN

« Le Canal Saint-Martin » !... Ce fut, en 1845, le titre d'un noir mélodrame dû à l'imagination féconde de MM. Dupeuty et Cormon [1]; c'est aujourd'hui un but de promenade que nous nous permettons de recommander aux Parisiennes curieuses de retrouver un coin de Hollande en plein Paris!...

Nous allons fort loin chercher l'imprévu; or, à quelques centaines de mètres de la gare du Nord — au bout de la rue Lafayette, entre le rond-point de La Villette et la Seine, — le canal Saint-Martin présente à qui veut tenter un déplacement d'une heure, le plus pittoresque des spectacles. Toutefois, pour en goûter pleinement le charme étrange, il convient de choisir une de ces matinées printanières que trouent des échappées

(1) *Le Canal Saint-Martin*, drame en cinq actes et sept tableaux, par MM. Dupeuty et Cormon, représenté au théâtre de la Gaîté, le samedi 12 juillet 1845.

de soleil éclaboussant de lumière un paysage embrumé : nous croyons pouvoir alors assurer que pas un de ceux

A. Lepère.

PORT DE LA VILLETTE.
(Le Canal Saint-Martin.)

qui auront tenté l'expédition ne regrettera son minuscule voyage au pays des marins d'eau douce.

Et tout d'abord le rond-point de La Villette est par lui-même singulièrement pittoresque.

Prieur. *Inv. et del.* Baleverest, *sculp.*

RETOUR DE VARENNES. ARRIVÉE DE LOUIS XVI A PARIS, LE 25 JUIN 1791.

La vieille rotonde de pierre flanquée de colonnes se dresse au bout de la rue Lafayette, évoquant le souvenir du fameux mur d'octroi — édifié par l'architecte Ledoux en 1782, par ordre des fermiers généraux — qui déchaîna tant de colères; d'où ce quatrain :

Pour augmenter son numéraire
Et raccourcir notre horizon,
La Ferme a jugé nécessaire
De mettre Paris en prison !...

Et Paris — qui n'oublie pas — raccourcit de la tête en 1794 (28 floréal an II) vingt-huit des fermiers généraux, constructeurs du mur d'enceinte.

La Rotonde, que barre à la hauteur du premier étage la ligne aérienne du Métro, servit de « toile de fond » à de bien tragiques événements. C'est par ici que le samedi, 25 juin 1791, Louis XVI et la famille royale rentrèrent dans Paris après leur capture à Varennes... dans quel état, au milieu de quelles menaces, salis par quelles injures!... Ce jour-là, vers cinq heures du soir, la fameuse berline — si maladroitement construite sur les indications de M. de Fersen — franchissait la barrière de La Villette. L'immense voiture contenait huit personnes : le Roi, la reine Marie-Antoinette. Madame Elisabeth, sœur du Roi les deux enfants, leur gouvernante Mme de Tourzel, enfin, Barnave et Pétion, commissaires délégués par l'Assemblée, — et le petit Dauphin, placé, durant cet interminable voyage, entre les jambes de Pétion, avait pu épeler à loisir l'inscription « Vivre libre ou mourir » gravée sur chacun des boutons de l'habit du député-patriote.

Sous un ciel de feu, par une chaleur torride, la lourde voiture avançait lentement, « au pas d'enterrement », dans des tourbillons de poussière, entourée d'un cercle de piques, de baïonnettes, de sabres nus... Le toit était couvert de sectionnaires juchés sur les paquets, les trois gardes du corps se tassaient sur le siège, prisonniers entre deux grenadiers, baïonnette au canon, installés « aux côtés de l'avant-train, un peu plus bas que le siège, au moyen d'une planche attachée par dessous » (1).

Devant la Rotonde, la berline — ce « corbillard de la Monarchie » — s'arrêta un instant; le Roi suffoquant demanda un verre de vin, qu'il but d'un trait « pour se remettre le cœur », sous les yeux d'une foule haineuse, hurlant : « Restez couverts... C'est un traître... Il passe devant ses juges... La Loi... la Loi... » (2). Derrière la berline, en un char triomphal, ombragé de palmes, se pavanaient Drouet, le maître de poste, et son camarade Guillaume, dont « l'énergie avait provoqué l'arrestation du tyran et de la Louve autrichienne »... La barrière franchie, le lugubre cortège, « battu de vagues vivantes, furieuses, aboyantes », suivit, par le mur d'enceinte, les Champs-Elysées, les Tuileries, la *Via dolorosa* qui devait aboutir à l'échafaud... (3).

(1) L. Blanc, t. I, p. 539.
(2) « *La Bouche de Fer* (1791), n° 74. »
(3) L'entrée était effrayante de cris et de hurlements; la foule

LE MAI D'AMOUR.

Ronde parisienne pour l'anniversaire de la rentrée de S. M. Louis XVIII dans sa capitale.

Le 25 novembre 1807, la foule s'entassait de nouveau aux abords de la Barrière. Le bon peuple de Paris venait acclamer le retour de la Garde Impériale rejoignant la capitale après la glorieuse campagne d'Allemagne. Paris suspendait des couronnes d'or aux aigles surmontant les drapeaux qui avaient flotté victorieusement à Iéna, à Auerstædt, à Eylau et à Friedland (1).

Le 31 mars 1814, autre tableau dans le même décor... Après une héroïque et inutile défense, Paris avait dû, la

couvrait tout jusqu'aux toits. On jugea avec raison qu'il y aurait le plus grand danger à s'engager dans le faubourg et la rue Saint-Martin, célèbres depuis l'horrible histoire de Berthier. On tourna Paris par le dehors... (MICHELET, *Hist. de la Révolution*, t. III, p. 110.) Lafayette s'était avancé jusqu'à la rotonde de la Barrière de Pantin. Là, les voitures s'arrêtèrent un instant. Là aussi, soit qu'il se sentît défaillir, soit qu'il voulût se prémunir contre le danger d'une émotion trop vive, Louis XVI demanda un verre de vin qu'il avala d'un trait... (L. BLANC, *Hist. de la Révolution*. t. I, p. 539.)

(1) *Retour de la Garde Impériale* (25 novembre 1807). — « La fête donnée aujourd'hui par la Ville de Paris à la Garde Impériale a présenté tous les caractères d'une véritable fête de famille...

Le Corps municipal a reçu ces braves militaires sous un arc de triomphe élevé en dehors de la barrière de la Villette et dédié à la Grande-Armée. C'est sous ce monument qu'a été faite la distribution des couronnes d'or votées par la Ville à la Grande-Armée.

M. le Préfet de la Seine portant la parole au nom de la Ville de Paris a orné d'une de ces couronnes les aigles des différents corps de la Garde, la distribution finie, la Garde a défilé devant le corps municipal placé sous des gradins disposés pour le recevoir.

Une foule immense courait les rues, les boulevards et admirait la tenue de ces troupes. Les dragons de l'Impératrice et les grenadiers de la Garde, montés sur de très beaux chevaux, attiraient surtout les regards. Le cortège a défilé dans l'ordre suivant : les fusiliers de

veille au soir, capituler devant l'invasion des armées russes, autrichiennes, prussiennes, victorieuses de Napoléon. Après une nuit sans canonnade « dont le repos ressemblait au silence des tombes », on apprit que les alliés allaient entrer dans Paris. En effet, à onze heures du matin, « les cosaques rouges de la garde franchirent la barrière; puis défilèrent les cuirassiers, les hussards, les escadrons de volontaires de la garde prussienne, les dragons et les hussards de la garde impériale russe... Venait ensuite le Tsar ayant à sa droite le prince de Schwarzenberg, représentant l'empereur d'Autriche, à sa gauche le roi de Prusse, à sa suite un état-major de plus de mille officiers de toute nation et de toute arme... » (1).

la Garde, les grenadiers à pied, les guides à cheval, les dragons de l'Impératrice, les grenadiers à cheval, les gendarmes à cheval et quelques voitures de bagages. Tous les officiers étaient en grande tenue et décorés de leurs ordres. » (*Journal de l'Empire*, 26 novembre 1807).

Et le théâtre du Vaudeville en un sensationnel « à propos » fêtait, par ce couplet pittoresque, le retour des héros d'Iéna.

« Paris, demain, va voir sans doute
L'Élite des héros français ;
La Victoire a tracé leur route ;
Ils n'ont connu que des succès !
Quand le Vaudeville s'empresse
D'honorer ces guerriers chéris
N'allez pas traiter notre pièce
Comme ils traitaient les ennemis. »

(*Journal des Débats*, appelé « Journal de l'Empire »,
n° du 27 novembre 1807).

(1) H. Houssaye, 1814, p. 558.

Le 3 mai de la même année, par le même chemin et sous l'égide des mêmes vainqueurs, Louis XVIII rentrait à Paris. Le Roi, ventripotent, en perruque poudrée, sanglé dans un habit bleu, avec de grosses épaulettes

LE RETOUR DU ROI.
(Estampe satirique de l'époque.)

d'or, occupait une calèche découverte traînée par huit chevaux blancs. La fille de Marie-Antoinette, Madame Royale, « l'orpheline du Temple », était assise près de lui, coiffée d'une toque à plumes et habillée d'une robe lamée d'argent « confectionnées à Paris, mais auxquelles la princesse avait trouvé moyen de donner un aspect étranger » (1). Sur le devant de la calèche, le prince de Condé, presque en enfance, et son fils, le duc de Bourbon, « comme hébété ».

Le Roi, « d'un geste théâtral et affecté », montrait sa nièce au peuple indifférent ! (2).

***

Immédiatement derrière la Rotonde — un peu après la rue d'Allemagne — s'ouvre le quai de la Loire, bordant l'important et pittoresque bassin de La Villette, relié au canal Saint-Martin par des écluses et le tunnel passant sous le rond-point. Rien de plus imprévu pour des Parisiens que cette immense nappe d'eau sillonnée de lourds chalands remorqués par des équipes de haleurs marchant à pas rythmés. Sous le premier Empire, le bassin de La Villette, qui venait d'être ouvert par les soins de Napoléon, comptait parmi les rendez-vous élus de la fashion. En été on y organisait des joutes sur l'eau, des parties de natation, des « courses de nacelles »; en hiver on y patinait et on y « traînait », et le *Courrier des modes* de 1811 nous apprend de quelle élégante façon se vêtaient les patineurs à la mode, tel le peintre Isabey, — « petite veste écarlate bordée

(1) Lenôtre, *La Fille de Louis XVI*, p. 297.

(2) « ... Elle ne se mêlait en rien à ces manifestations et restait impassible; toutefois ses yeux rouges donnaient l'idée qu'elle pleurait. » (Lenôtre, *La Fille de Louis XVI*, p. 297.)

ENTRÉE DE SA MAJESTÉ LOUIS XVIII A PARIS, LE 3 MAI 1814.

ENTRÉE DE S. A. R. MONSIEUR, CHARLES-PHILIPPE COMTE D'ARTOIS, LE 12 AVRIL 1814.

(Il est facile de retrouver en ce bouquet symbolique les traits de Louis XVI, de Marie-Antoinette, du petit Dauphin et de Madame Royale.) Canut, *fecit.*

d'astrakan au cou et aux revers, avec trois ganses croisées sur la poitrine; culotte collante de tricot avec broderies sur les cuisses; bottes et toque à la polonaise ». Les dames en vitchoura fourrée d'hermine, schapska en tête, étaient poussées en des traînaux à col de cygne (15 sous le tour du bassin). On « walse sur la glace », il s'y produit même des catastrophes et une gravure en couleurs nous offre le pénible spectacle de « l'événement malheureux arrivé le 24 novembre 1815 au canal de l'Ourcq » : on y sort de l'eau trois soldats anglais que d'aimables Parisiennes s'évertuent à dégeler.

ÉVÉNEMENT MALHEUREUX ARRIVÉ AU CANAL DE L'OURQ,
Le 24 novembre 1815.

Pendant des années, les mêmes divertissements alternent avec les saisons. Les costumes se modifient à peine. « En février 1827, au dire du *Journal des Dames*, la toilette d'une patineuse comportait une robe noire gros de Naples, très courte, garnie de trois rangées de hauts volants, et un chapeau rose... Si cette dame portait un pantalon, il devait être fort court, car, bien que le vent agitât le bord de sa robe, nous n'avons vu, au-dessus du brodequin, qu'une jambe fort bien tournée... »

Le bassin de La Villette resta longtemps à la mode et

Deroy, *del.* BASSIN DE LA VILLETTE VERS 1840.

les estampes du règne de Louis-Philippe nous montrent des messieurs à favoris en côtelettes, la tête ombragée d'un chapeau gris de très haute forme, culottés de nankin et revêtus d'habits à la française, ramant vigoureusement devant la Rotonde pour l'agrément de belles dames en manches pagode, ombrageant d'ombrelles pliantes leurs chapeaux cabriolet à bavolet vert. Pourquoi faut-il qu'une note intempestive vienne, vers 1835, gâter ces élégantes mondanités; le *Courrier des Dames* est contraint d'avouer que « la place n'est pas toujours tenable et que trop souvent le vent d'est apporte les parfums de la voirie de Montfaucon qui en chassent la bonne compagnie »...

En effet, la voirie de Montfaucon, distante de quelques centaines de mètres (sur l'emplacement de l'ancien gibet), constituait un véritable dépôt d'immondices, qui ne disparut qu'en 1845.

*
* *

Traversant le rond-point de la Villette et accotés à la balustrade du quai surplombant le tunnel, nous voyons devant nous, luisante sous le ciel gris, une ligne d'argent filer droit à l'horizon... c'est le canal Saint-Martin. A nos pieds, quatorze gros bateaux plats, chargés de ciment, de mortier, de plâtre, de bois, de sable, s'enfoncent dans une eau sans ride. Tassés dans le goulet, ils attendent leur tour d'accès dans l'étroit corridor d'eau qui les amènera à la Seine par des tunnels et des écluses.

Sur ces chalands aux mâts couchés s'agite un monde tout spécial : vieux mariniers tannés par les pluies, les vents, le soleil, qui silencieusement fument leurs courtes pipes assis sur des paquets de cordages ou appuyés au gouvernail ; solides ménagères en camisole rose, faisant la

V. Adam, *del.*

JOUTES SUR L'EAU A LA VILLETTE VERS 1840.

lessive, étendant le linge, peignant des bébés joufflus, vaquant aux soins du ménage, près des cabines basses

A. Lepère. L'ÉCLUSE DU CANAL SAINT-MARTIN.

trouées de tuyaux fumants et égayées de volets peints en vert-épinard ou en bleu-perruquier. Hargneux, des roquets jappent furieusement ; des chats dorment près d'une caisse de fusain, sous une cage à serins.

Le miroir d'eau verte reflète les coques sombres striées de lignes de flottaison colorées ; les hautes grues noires d'où pendent des chaînes se découpent dure-

Ten Cate, *pinxit.* Musée Carnavalet

LE CANAL SAINT-MARTIN, QUAI VALMY.

ment sur l'horizon bleu ouaté de brouillards, coupé de fumées jaunes crachées par les usines voisines. Au premier plan, en des bateaux-lavoirs amarrés au quai, des blanchisseuses frappent leur linge à tour de bras. Qu'il est facile de se croire très loin de Paris !... et machinalement notre pensée évoque les délicieux et lents voyages sur les canaux hollandais avec les vieux péageurs de Dordrecht, d'Alkmar et de Zaardam tendant aux mariniers, du haut de leurs perchoirs, la ligne

A. Lepère, *del.* LE CANAL SAINT-MARTIN

terminée par un sabot cassé où se déposent les quelques centimes constituant les droits de passage.

Un à un les chalands s'engagent dans le canal : suivons la même route par les quais parallèles. Sur l'eau morte, les lourds bateaux avancent lentement, majestueusement, halés par de robustes gaillards penchés en avant, tirant dur sur la sangle qui barre leur poitrine velue. Ils peinent, triment, tirent sur les cordes, évoquant la douloureuse silhouette de Samson poussant la meule, pendant que le pilote, immobile, appuyé du rein au gouvernail, semble perdu en un rêve infini.

LA MAISON DE L'ÉCLUSIER AU CONFLUENT DU CANAL ET DE LA SEINE EN 1900.
Saffroy, *del.*

De loin en loin, un pont aérien, une passerelle mobile, une écluse coupent le canal Saint-Martin, et pendant que les bateaux passent, la foule des badauds massés sur les deux berges forme les plus amusants tableaux parisiens.

A la hauteur du faubourg du Temple nous rencontrons un petit square poussiéreux que décore le buste du populaire acteur Frédérick-Lemaître... Là le canal disparaît dans un tunnel pour ne réapparaître qu'après la place de la Bastille. Les digues sont construites ici avec les débris de la vieille prison parisienne... et c'est peut-être sur les pierres du cachot de Latude qu'est assis le brave pêcheur qui, si anxieusement, surveille le flotteur rouge de sa ligne... Nous arrivons au pont Morland; devant nous s'étale à l'horizon un admirable panorama : au premier plan la Seine et la petite maison de l'éclusier — qui, il y a peu de mois encore, se glorifiait de posséder un petit vignoble que supprima le passage du chemin de fer métropolitain — le bouquet vert des arbres du Jardin des Plantes, à gauche Bercy, à droite Notre-Dame, au fond la noble silhouette du vieux Paris, couronnée par la masse auguste du Panthéon... Croyez-moi, Parisiennes curieuses de beauté, tentez ce petit voyage!

UN VIEUX QUARTIER

La rue de Bondy; la maison de Gouthière.

Jusqu'au 8 juin 1781, jour où brûla l'Opéra — alors situé au Palais-Royal, — la rue de Bondy fut charmante. Tirant sa dénomination de quelque remisage de coches desservant le village de Bondy, ou du nom de M. de Bondy, propriétaire d'une partie de ces terrains, elle commençait au boulevard du Temple, aboutissait à la haute porte de pierres vermiculées dressée par les échevins parisiens en l'honneur de Louis XIV et bordait le boulevard, promenade bucolique et verdoyante, plantée de beaux arbres, mais un peu trop déserte et vaguement dangereuse. De grands jardins fleurissaient rue de Bondy, encadrant une caserne de gardes françaises, la fabrique de porcelaine du duc d'Angoulême, l'hôtel d'Aligre, l'hôtel Rosambo et deux théâtres, les Variétés-Amusantes et le Vauxhall d'été, sorte d'immense salle de bal où, sous des treillages enguirlandés, on venait boire, danser, entendre de la musique et applaudir des danseurs de corde, des équilibristes et des animaux savants.

Mgr de Polignac, évêque de Meaux, logeait au numéro 35 et S. Exc. M. de Capello, ambassadeur de Venise, habitait au numéro 75, — ce numéro 75 est aujourd'hui le théâtre de la Renaissance. Près de la porte Saint-Martin, la rue de Bondy abritait un cimetière discret, le « cimetière des protestants étrangers », ouvert en 1724 et géré de père en fils par la famille Coroy, aux appointements annuels de mille livres (1).

L'Opéra brûle, on décide sa reconstruction immédiate boulevard Saint-Martin, sur l'emplacement du cimetière désaffecté depuis 1762, et en soixante-quinze jours l'architecte Lenoir peut livrer le théâtre au public, qui l'inaugure le 25 octobre 1781 par une représentation

(1) *Le cimetière protestant de la Porte Saint-Martin.* — Grâce à l'influence de l'ambassade hollandaise, un arrêt du 20 juillet 1720 accorde pour les inhumations des protestants étrangers un terrain d'une superficie de 250 toises, joignant la porte Saint-Martin.

Par suite des travaux d'embellissement du boulevard, le cimetière protestant de la Porte Saint-Martin fut transféré, en 1762, près de l'hôpital Saint-Louis et son emplacement, qui appartenait à la Ville, servit de magasin pour remiser les décors de l'Opéra. A la suite de l'incendie de son théâtre au Palais-Royal, l'Opéra s'établit du 5 octobre 1771 au 9 avril 1782, dans une salle provisoire, bâtie sur le terrain de la Ville et par conséquent à l'endroit où avait été le cimetière. A l'Académie royale de musique et sur le même sol fut édifié le théâtre de la Porte-Saint-Martin, de telle sorte que, de nos jours encore, l'ancienne nécropole protestante est remplacée par une salle de spectacle! Curieuse coïncidence; ce n'est pas un fait isolé, et si l'on jette un coup d'œil sur un des plans gravés au XVIIIe siècle, celui de Jaillot entre autres, on verra que le théâtre du Gymnase s'élève, lui aussi, où était autrefois le cimetière de la paroisse Bonne-Nouvelle. (Ch. Sellier. — *Note sur les Anciens Cimetières de Paris.*)

Bouton et Jaime, *lith.*

VUE DU BOULEVARD SAINT-MARTIN VERS 1830.

gratuite d'*Adèle de Ponthieu*, suivie d'un grand bal populaire dont les quadrilles étaient dansés par les dames de la Halle, les forts, les charbonniers, etc., tous gens de poids. Cette belle fête célébrait la naissance du Dauphin de France et éprouvait la solidité de la nouvelle salle... L'Opéra est à la mode, des restaurants, des cafés l'entourent bien vite, et une moitié de la rue de Bondy est complètement isolée du boulevard lorsqu'en 1827 on construit l'Ambigu sur l'espèce de promontoire qui s'élève vis-à-vis de la rue de Lancry, — rue nouvelle ouverte en 1776 sur l'emplacement du Vauxhall (1). Une cité ouvrière remplace la caserne des gardes françaises, la Révolution supprime la manufacture du duc d'Angoulême, l'orfèvrerie Christofle installe ses usines et ses magasins dans une partie de l'hôtel d'Aligre, et la rue Taylor — du nom du fondateur de tant de charitables associations artistiques, — passe sur l'hôtel Rosambo éventré. Béranger reçoit Lisette au sixième étage de l'immeuble portant le numéro 50, voisin du 52, qui fut Théâtre des Variétés-Amusantes en 1779, puis théâtre des Jeunes Artistes en 1795 (2) (un fronton, épave mélancolique de son joyeux passé, subsiste encore du côté de le rue de Lancry !)

(1) L'Ambigu comique fut édifié de 1727 à 1828 par les architectes Hittorff et Lecomte sur l'emplacement de l'hôtel Murinais, ci-devant de Jambonne. Il remplaçait le premier Ambigu d'Audinot (1769), incendié dans la nuit du 13 au 14 juillet 1827.

(2) Désaugiers fit représenter ses premières pièces à ce théâtre qui fut supprimé par le décret impérial du 9 août 1806.

Le numéro 54 étale sur sa façade quatre bas-reliefs en terre cuite... Ce ne sont, hélas ! que de vulgaires reproductions, les originaux, chefs-d'œuvre de Clodion, ayant été vendus, assure notre aimable et érudit confrère M. de Rochegude, *vingt francs en vente publique !!* (1)

C'est enfin de la triste maison portant le numéro 5, que partit pour sa dernière demeure le convoi de Frédérick Lemaître. Victor Hugo salua magnifiquement son plus merveilleux interprète ; puis Jean Richepin, après avoir lu, comme il sait lire, un poétique adieu à l'acteur disparu, déchira d'un grand geste les feuilles de son manuscrit et les laissa tomber comme des pétales de fleurs sur le cercueil du sublime artiste (2).

(1) *Guide pratique à travers le vieux Paris*, page 182 (Marquis de Rochegude).

(2) État des locataires de la rue de Bondy. (Watin, 1789.)

Rue de Bondy, 326 toises, 75 portes.

1. — Du fauxbourg Saint-Martin.
52. — Du fauxbourg du Temple.
17. — Caserne des Gardes-Françoises.
18. — Encan de chevaux, par le sieur Fabert.
22. — Manufacture de porcelaine de Monseigneur le duc d'Angoulême.
23. — M. de Rœttiers de Montalau, Maître des Comptes.
24. — Bureau de M. Duchestret, receveur des tailles de la Généralité de Paris.
25. — Bureaux de la Régie des Etapes et Convois militaires, M. Petit des Roziers, l'un des régisseurs.
26. — M. Chaillon de Joinville, maître des requêtes.
Ibid. — M. de Giambonne.
27. — Petit hôtel du Nord, meublé.

Sombre, étroite, encombrée du matin au soir par les chariots de décors desservant trois théâtres, la Porte-Saint-Martin, l'Ambigu et la Renaissance — car la charmante scène ou triomphe Lucien Guitry fut construite en 1872 sur les ruines du restaurant Deffieux, brûlé par la Commune aux derniers jours de mai 1871, — la rue de Bondy, à certaines heures du jour et surtout de la nuit, devient l'un des coins les plus amusants de Paris.

C'est une sorte de prolongement pittoresque des coulisses de tous ces théâtres. Sur les trottoirs passent, encapuchonnées, de belles et élégantes actrices — dont plusieurs ont beaucoup de talent, — elles sautent en auto, en coupé, ou attendent impatientes les taximètres que d'épileptiques aboyeurs courent quérir au galop

28. — M. Lepelletier de Rosambo, président de Tournelle, et demoiselle Lamoignon de Malesherbes.

29. — Robe antisphilitique (*sic*) du sieur Laffecteur, approuvé par la Société royale de médecine ; composition sans mercure.

30. — M. Patu, payeur de Rentes.

32. — Eau anticimique pour la destruction des punaises, du sieur Marchand.

35. — M. de Polignac, évêque de Meaux.

36. — Cabinet de tableaux de M. le comte de Baudouin.

45. — Cabinet d'histoire naturelle, de physique et de tableaux de M. le duc de Chaulnes.

46. — M. le marquis d'Embrun et demoiselle... son épouse.

65. — M. Jolivet de Vannes, procureur du roi, honoraire de la Ville.

Ibid. — M. le marquis de Kemadeuc, et demoiselle Jolivet de Vannes, son épouse.

71. — Entrée de l'Opéra pour les acteurs, mansardes et loges louées à l'année.

75. — S. Ex. M. de Capello, ambassadeur de Venise.

pour ces jolies femmes dont le nom leur est familier ; les acteurs, retroussant le col de leur paletot, sortent en allumant un cigare.

Des groupes émerveillés de trottins, d'apprenties en mal de Conservatoire, de flâneurs, de badauds et de naïfs amoureux guettent la sortie sensationnelle de Mmes Le Bargy, Jane Hading, Gilda Darthy, Lender ou Cassive ; on acclame le grand Coquelin, son fils Jean, Huguenet, Léon Noël et notre brave ami Péricaud... cependant que le flot des figurants, des utilités, des machinistes, des comparses et des « petites femmes » se répand dans les crèmeries, restaurants, bibines, mastroquets, frituriers, etc., etc., qui ont installé leurs alambics, leurs tonneaux, leurs moules marinières, leurs plâtrées de gigots ou leurs assiettes de « viandes assorties » dans la plupart des boutiques de la rue Albouy.

Là, du matin au soir, ces braves artistes, joyeux, hâbleurs, vivant d'espoir et insouciants de l'avenir, mangent, boivent, rient, fument et chantent en attendant « l'heure pour le quart » où ils incarneront, indifféremment, d'élégants seigneurs Louis XV, d'abominables apaches réalisant les sinistres machinations de M. Pierre Decourcelle, de braves femmes du peuple acclamant Labussière, des princesses... ou des pierreuses. Dans le fracas des verres et la fumée des cigarettes les conversations les plus imprévues éclatent comme des fusées : sans exception, les hommes parlent théâtre ; les femmes causent toilettes, beaux rôles et « amis » chics... « Moi, mon vieux, quand je jouais Ruy Blas à Cahors... — On l'appelle le Michelin, ce type-là parce qu'il ne veut pas

Martial, 1876, *aqu.* LA RUE DE BONDY.

crever... — A ta place, je prendrais Henri Robert... — Quand mon amant est trop triste, j'pense à Pougaud...

— Tu parles si qu'elle a un chapeau, Roxane, dans *Cyrano*... c'est ce Gainsborough bleu à plumes que j'ai tant envie... — M. Zamacoïs était dans la salle... aussi j'avais un trac... — Comment, animal, tu coupes mon sixième trèfle qui est maître !... » Puis on joue la consommation au zanzibar et ceux qui ne sont pas du « deux » entament une manille.

A la porte, un groupe de miséreux attendent qu'un entrepreneur vienne les embaucher — figurants occasionnels — pour représenter, au taux de 50 centimes, la Cour de Louis XIV ou les agioteurs de Law...

***

Sans même nous arrêter aux troublantes séductions de la « brasserie des Camélias », où le service est fait par des dames et dont la façade est ornée — si j'ose dire — d'almées sérieusement décolletées, descendons la triste rue Bouchardon, bordée de marchands de vin, de roulages, d'hôtels borgnes, de vagues crèmeries, car cette vilaine voie conduit à un délicieux bijou du dix-huitième siècle, caché, perdu derrière l'immense et prétentieuse mairie du dixième arrondissement. C'est la maison de Pierre Gouthière, doreur et ciseleur du Roi, « inventeur de la dorure au mat » ; elle s'élève — pas bien haut — n° 6, rue Pierre-Bullet.

Ce charmant hôtel, type achevé des « petites maisons » de l'avant-dernier siècle, prend, au milieu des hideuses constructions qui l'écrasent, des allures de

Dabadie, *pinxit.* L'HÔTEL DE GOUTHIÈRE. Musée Carnavalet.

temple grec. Il apparaît, élégant, au fond d'une sorte de cul-de-sac, encombré de voitures à bras, de caisses, de paniers d'emballage. Au-dessus d'un large escalier flanqué de deux sphinx, s'ouvre la porte cintrée, surmontée de deux jolies figures entourant un buste d'Apollon et couronnée d'un grand bas-relief décoratif : *le Triomphe de Bacchus*, dans le genre de Clodion. Cette

FRONTON DE LA PORTE D'ENTRÉE DE L'HÔTEL GOUTHIÈRE.

maisonnette aux proportions délicates, ce bijou architectural faisait partie d'un ensemble de constructions édifiées par Gouthière. La manie de la bâtisse ruina le pauvre artiste qui, le 24 novembre 1781, vit ses immeubles et sa jolie demeure, si amoureusement aménagée, saisis par d'impitoyables créanciers. Il lutta vainement contre la mauvaise fortune : le 12 avril 1788, son domaine du faubourg Saint-Martin était définitivement adjugé à « un ancien notaire », et une fois de plus la Fourmi dut stigmatiser le désordre de la Cigale... dont elle bénéficiait d'ailleurs.

UN DESSUS DE PORTE DE L'HÔTEL GOUTHIÈRE.

La Révolution, en guillotinant, emprisonnant ou exilant les meilleurs clients de l'infortuné « doreur au mat », le Roi, Marie-Antoinette, M. de Richelieu, Mme de

UN PANNEAU DÉCORATIF D'UN DES SALONS
DE L'HÔTEL GOUTHIÈRE.

Mazarin, le duc d'Aumont, Mme du Barry, etc., etc., ruina définitivement le malheureux Gouthière. Il avait le crédit trop facile... La Du Barry, seule, lui était redevable de 756.000 livres ! Gouthière dut réclamer à la « Commission chargée de la liquidation » le montant de ses mémoires; on devine l'accueil fait à ses plaintes, et en 1813, ce très grand artiste, réduit, dit-on, à solliciter une place dans quelque hospice, mourut dans la plus profonde misère !

La longue avenue encadrant l'entrée de l'hôtel a depuis longtemps disparu ; l'immense mairie précitée sépare aujourd'hui du faubourg Saint-Martin la maison de Gouthière occupée actuellement par une fabrique de « passementerie de style pour ameublement ». En cette exquise épave du dix-huitième siècle on reconstitue les effilés, les ganses, les galons chers aux jolies femmes de la Cour de Louis XV et de Louis XVI. Dès l'entrée on croit vivre en d'anciennes estampes; les frises, les bas-reliefs, les encadrements des portes, les espagnolettes des fenêtres, les tympans, les panneaux évoquent les délicieux intérieurs dessinés par Gravelot, Marillier, Eisen, Moreau le Jeune... Dieu merci, ce précieux décor est en pâte et non en boiserie, l'affreuse spéculation ne saurait l'arracher du mur où Gouthière le fit placer; sans ce bienheureux hasard, ces décorations si parisiennes orneraient peut-être la fastueuse demeure de quelque opulent marchand de porcs à Chicago.

Dans ces salons, ornés encore de quelques fines cheminées ciselées, l'actuel locataire a installé ses canetilles dorées, ses piles de carton, ses dévidoirs, ses métiers et les bobines de soies rouges, bleues, vertes et jaunes s'enlèvent comme des bouquets de fleurs sur les panneaux sculptés.

Trois vastes ateliers auxquels on descend par un escalier d'une dizaine de marches couvrent l'emplacement de ce qui fut autrefois le jardin. On voit encore sur le mur les agrafes où s'accrochait la rampe de fer forgé ! Dans le ronflement des métiers, tissant les bordures, les rubans, les franges, des femmes empilent les écheveaux de soies multicolores, les galons encartés, les « agréments pour passementerie » qui dans la pénombre forment comme une immense tapisserie aux dessins effacés, mais dont la vibrante coloration rappelle l'inoubliable « fond » que peignit Vélasquez en ce chef-d'œuvre : *les Fileuses*, du musée de Madrid. Une fois de plus, les amoureux de Paris doivent bénir le hasard qui sauva ce précieux témoin du passé dont la grâce élégante proteste contre le « panmuflisme » triomphant !

LA BUTTE MONTMARTRE

La place Saint-Pierre. — La rue de La Barre.

PLACE Saint-Pierre, au pied de la basilique du Sacré-Cœur, s'étend un square bourgeois et propret ; les arbres bien tondus s'y alignent méthodiquement, les massifs de lilas et d'hortensias s'y arrondissent, l'Harmonie de M. Dufayel y joue le dimanche de brillantes fantaisies sur *Si j'étais roi* et *les Cloches de Corneville ;* un kiosque fournit de gâteaux de Nanterre et de joujoux les bébés qui viennent faire des pâtés de sable sous l'œil attendri de leurs mamans ; à gauche, un funiculaire et un long escalier de pierre amènent au Sacré-Cœur visiteurs et pèlerins. L'endroit semble patriarcal, aimable, souriant... et surtout bien différent de ce qu'il fut il y a trente-neuf ans pendant le siège de Paris.

C'était alors un grand terrain dénudé continuant les talus pelés de la Butte, où des palissades disjointes délimitaient l'atelier de ballons installé sous la direction du bon Nadar, capitaine des aérostiers. Place Saint-Pierre, le 7 octobre 1870, à onze heures du matin, par un temps pluvieux et lugubre, Gambetta et Spuller montèrent dans le ballon *Armand-Barbès*. Ils emportaient des sacs de dépêches, la correspondance — sur papier pelure — des assiégés et un panier de pigeons voyageurs, les seuls

OBSERVATOIRE DE MONTMARTRE.
(Décembre 1870.) Martial, *aqua*

courriers capables de franchir le cercle de mort qui nous enserrait. Enfant curieux et fureteur, nous ne manquions pas d'aller souvent flâner dans un endroit où se rencontraient des choses si passionnantes : en bas, le parc aérostatique ; en haut, blottie dans un bouquet d'arbres, la tour Malakoff, bariolée de rose, un ancien vide-bou

UN DÉPART DE BALLON PENDANT LE SIÈGE DE PARIS.

Aquarelle anonyme. (2 novembre 1870.) Musée Carnavalet.

teille dont les nécessités du siège avaient fait un observatoire et un sémaphore dirigés par des officiers de marine... et puis, les cerfs-volants s'enlevaient admirablement sur les plateaux des buttes !

On y accédait par des sentiers en lacet zigzaguant jusqu'au sommet ; ces sentiers existent encore et ceux qui veulent avoir l'exacte impression de ce que furent les buttes Montmartre pendant le siège et la Commune, n'ont qu'à observer le terrain compris entre le square actuel et la rue Azaïs qui contourne la base du Sacré-Cœur. C'est la même petite herbe courte et drue, encadrant des espaces dénudés où apparaît la terre argileuse; on retrouve encore très facilement les sentes vertes par lesquelles le peuple et la garde nationale, en février 1871, hissèrent les canons enlevés des parcs d'artillerie de la place Wagram et de Neuilly, croyant ainsi les soustraire aux dures lois de la défaite ! On sait le drame... Après la capitulation de Paris, vaincus par la famine et la maladie, les défenseurs de la pauvre cité meurtrie s'étaient juré de ravir aux vainqueurs les canons dont beaucoup avaient été fondus à l'aide de souscriptions patriotiques. Tous, hommes, femmes, enfants s'étaient attelés aux roues pour les traîner au sommet de la Butte, et des postes de gardes nationaux les veillaient jalousement.

Potaches en rupture de collège, nous n'avions pas manqué, mes camarades et moi, d'aller bien vite contempler les beaux canons tout neufs ; on en comptait plus de cent et aussi des mitrailleuses, étagés sur trois rangs; les uns à la hauteur de l'actuelle station du funiculaire, les autres sur le plateau central (aujourd'hui terre-plein du Sacré-Cœur) dominant Paris comme une terrasse de château féodal. Nous nous glissions entre les sentinelles qui d'ailleurs se plaisaient à faire les

LES « CANONS » DE MONTMARTRE.

Tiré du *Harper's Magazine*.

honneurs de « leurs pièces »; tout Paris montait voir les batteries de Montmartre, et la petite fête dura jusqu'au jour où M. Thiers, chef du Pouvoir Exécutif, élu par l'Assemblée de Versailles, résolut de reconquérir ces canons révolutionnaires dont les gueules devenaient menaçantes.

DÉPART DE LA PLACE SAINT-PIERRE A MONTMARTRE, LE 11 OCTOBRE 1870, DU BALLON L'« ARMAND-BARBÈS », MONTÉ PAR GAMBETTA.

(D'après un tableau de l'époque.)

Le samedi 18 mars, vers dix heures du matin, le bruit courut que le gouvernement avait échoué dans sa tentative... Bientôt des nouvelles les plus sinistres circulèrent : « Des régiments entiers fraternisent avec l'insurrection... Le général Leconte et son état-major ont été faits prisonniers... La situation devient grave ! »

Externes au lycée Louis-le-Grand, nous n'avions mon frère et moi qu'une pensée, profiter de ces premiers jours de soleil et de liberté pour faire l'école buissonnière et courir Paris dans tous les sens.

Aussi le 18 au matin, voyant les troupes se diriger sur Montmartre, les groupes s'agiter, les officiers d'ordonnance passer affolés, avions-nous suivi la foule du côté des buttes... Mais là, on ne pouvait plus passer : toutes les petites rues montantes étaient remplies d'une foule hurlante et affolée ; partout reluisaient des baïonnettes, on dansait, on criait, on buvait ferme, et quelques compagnies de la garde nationale essayaient vainement de mettre un peu d'ordre dans cette cohue ! On racontait les épisodes de la matinée... Vers cinq heures, des soldats d'infanterie en capote grisâtre, des gendarmes, des gardes de Paris avaient occupé le plateau et les ruelles adjacentes : les canons avaient été reconquis ; puis, vers huit heures, comme les attelages qui devaient les remporter n'arrivaient pas, on avait harangué, enjôlé les malheureux soldats démoralisés, énervés par cinq mois d'insuccès et de relâchement de discipline ; les femmes d'abord, les femmes surtout, puis les enfants s'étaient glissés dans les rangs de la troupe... on avait fraternisé, ou avait bu surtout... A quatre heures, le général Clément Thomas, en civil, reconnu et dénoncé par un ancien insurgé de Juin et une cantinière, était

BATTERIE DE MONTMARTRE.
Eau-forte de Martial.

allé rejoindre le général Lecomte, prisonnier depuis le matin, et tous les deux avaient été fusillés par quelques misérables...

— C'est un sergent en uniforme qui a tiré le pre-

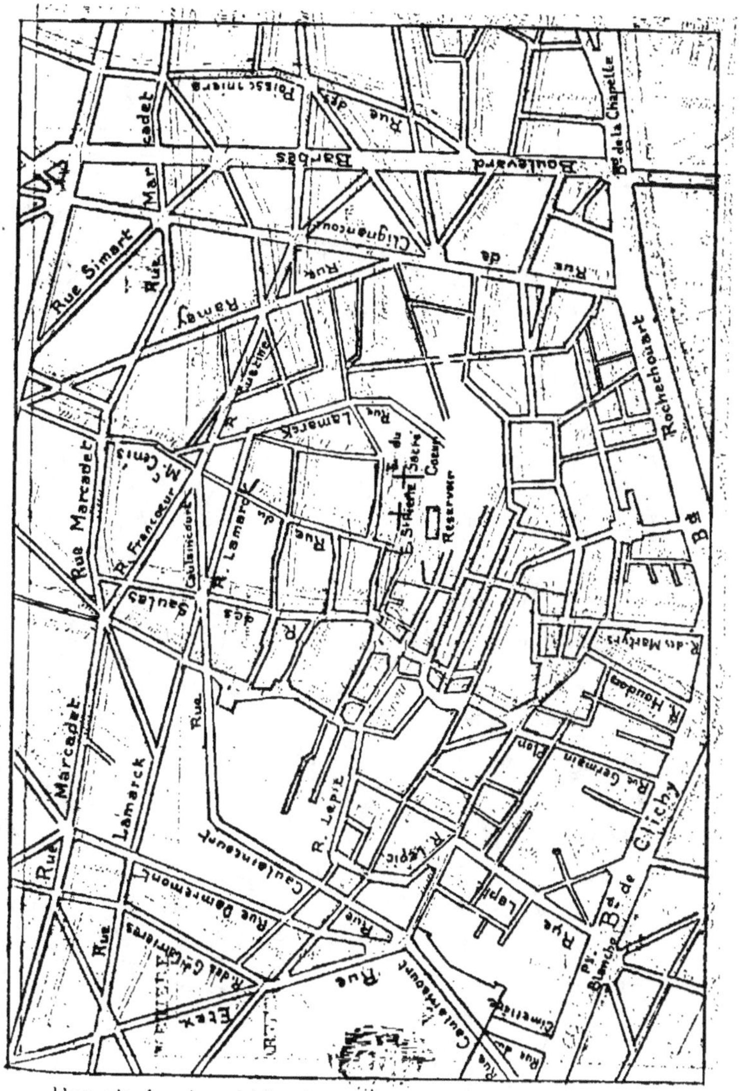

Extrait du plan ... en 1861.
Montmartre (Etat actuel)

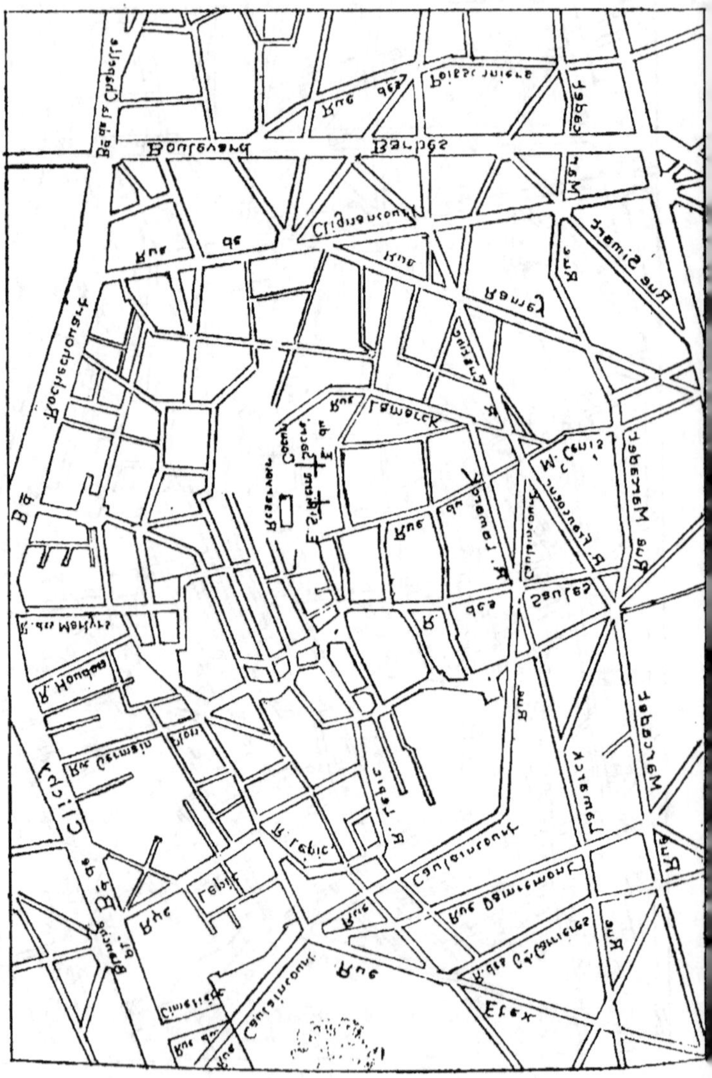

Montmartre (État actuel).

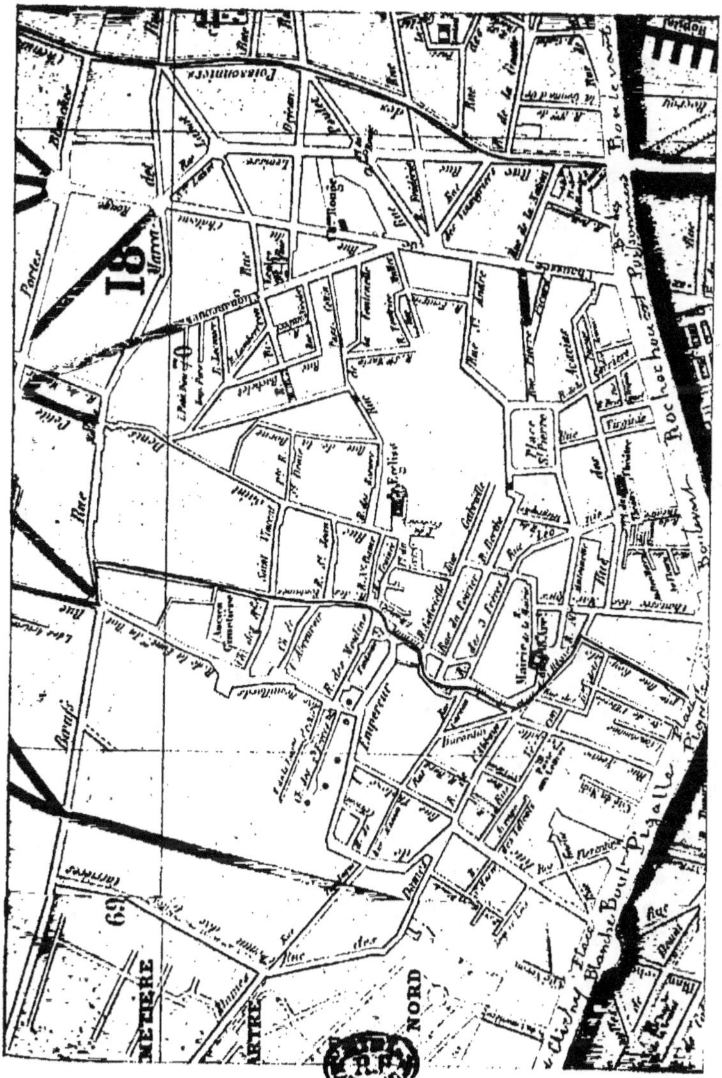

Extrait du plan de Paris, d'Andriveau Goujon, en 1861.

Aquarelle de Pils.

PLACE PIGALLE (MARS 1871).

Musée Carnavalet.

mier, disait-on, et les deux cadavres, troués comme des écumoires, sont maintenant couchés dans un jardin de la rue des Rosiers, tout en haut de la Butte !...

... Place Pigalle, deux coups de fusil avaient descendu un officier de chasseurs, et son cheval, instan-

CADAVRES DES GÉNÉRAUX CLÉMENT THOMAS ET LECONTE.
(*Le Monde illustré.*)

tanément dépecé sur place, avait été emporté par les commères du quartier qui manquaient de viande fraîche!... Paris est au pouvoir du Comité central, une réunion d'inconnus commandant à 215 bataillons de la garde nationale.....

Tous ces racontars étaient vrais. Les deux généraux,

emportés par une trombe humaine, escortés par toutes les furies et tous les enragés des clubs, tous les déserteurs, tous les francs-tireurs extravagants, tous les souteneurs des fortifications, avaient été traînés dans une maisonnette bourgeoise de la rue des Rosiers, collés au mur et fusillés... Crânement ils avaient fait face à la mort, la tête haute, l'œil fier... en soldats.

***

A trente-huit ans de distance, nous avons voulu revoir cette rue des Rosiers visitée par nous quelques heures après le crime, alors que traînaient encore sur le sol piétiné des débris de cartouches de chassepots et de fusils à tabatière, parmi les brindilles de vignes hachées par les balles!

Au sortir du funiculaire qui de la place Saint-Pierre monte au Sacré-Cœur, suivons la rue Azaïs et, par la rue du Mont-Cenis, gagnons la rue du Chevalier-de-La-Barre, — ainsi s'appelle aujourd'hui la rue des Rosiers. C'est une ruelle tapie dans l'ombre immense de la Basilique ; elle est d'aspect provincial, édifiant et monacal! Les boutiques qui la bordent sont vouées à de dévots commerces : on y trouve des images de sainteté et des cartes postales pieuses, d'étroites couronnes d'épines qui semblent des nids de roitelet, des chapelets, des « Cœurs de Marie »; on y vend des « Objets de Jérusalem », des chocolats des Pères trappistes, des « Roses de Jéricho », des signets d'aube, des scapulaires, des sucres d'orge préparés par les religieuses de Moret. Les cimes noires des cyprès du vieux cimetière montmartrois y dépassent un mur sombre. A côté du « Restaurant de l'Abri-Saint-Joseph », exactement derrière la Basilique, au numéro 36, une porte en planches, que décèle une sonnette en fil de fer, s'ouvre au milieu de palissades vermoulues, noires d'inscriptions usées par les vents et les pluies... C'est là!

La petite maison n'existe plus, le jardin a disparu, les ceps de vigne dévalant vers Saint-Ouen ont été arrachés, les arbres abattus; pas une fleur, pas une pierre, rien que des baraquements abandonnés, des tas d'ordures où picorent les poules... et dissimulé derrière un ignoble réduit, le MUR, le mur sinistre, le mur galeux, effrité, croulant, encore troué des balles du 18 mars 1871! La lèpre qui l'envahit depuis tant d'années n'a pas rongé les hideux stigmates.

Et ce tragique souvenir s'encadre dans un des plus beaux sites qu'il soit possible de rencontrer. D'un côté, s'étale l'immense et majestueux Paris; le soleil dore les dômes et les flèches de ses églises, les campaniles de ses palais; la lumière éclate et se brise sur les monuments, les tours, les toits sculptés, les cimes d'arbres... — de l'autre, les horizons bleus et mauves d'Aubervilliers, de Saint-Denis, toute l'exquise banlieue parisienne s'estompe dans sa grâce, son charme délicat. Plus que partout triomphe l'éternelle splendeur de la Nature, apaisant les haines et recouvrant les misères humaines de ses grands voiles mystérieux (1).

(1) *La spirituelle lettre ci-jointe de notre ami Robida — l'excellent artiste que chacun sait, — nous a paru tellement typique, que nous nous donnons le plaisir de la mettre sous les yeux de nos lecteurs. C'est un croquis littéraire exécuté par un maître qui a un joli « brin de plume à son crayon » :*

« Le 18 mars, réveillé vers 5 heures par le coup de canon annonçant la prise des canons des Buttes-Chaumont, — car, outre les canons de Montmartre, il y avait ceux des Buttes-Chaumont, rangés sur les vieilles buttes pelées à gauche du Parc, tout neuf alors.

« Parti bien vite pour Montmartre, à 7 heures, sur le boulevard extérieur, sur la Chaussée Clignancourt, se tenait le 88e de marche, les pauvres petits lignards avec des officiers aussi jeunes qu'eux, déjà entourés par les femmes, pendant qu'à côté les compagnies de garde nationale se réunissaient Rappel et générale de tous les côtés.

« Sur la place Saint-Pierre, je vois en haut de la Butte gendarmes et lignards se détachant en silhouette près des canons conquis. (C'est le moment où l'on attend les attelages pour enlever l'immense quantité de pièces.)

« Après quelques minutes, je retourne au boulevard. Tout est changé, les compagnies de ligne disloquées, les crosses en l'air, les officiers la tête basse.

« Des gardes nationaux arrivent, crosse en l'air, on fraternise, les rangs se confondent. Tout à coup, il y a une bousculade : lignards et gardes se lancent et, en moins d'une minute, il y a sur les pentes de la butte une cohue mélangée, lignards, gardes, francs-tireurs, grimpant, escaladant, toutes les crosses en l'air.

« Je m'attendais à une fusillade, mais rien. Au bout d'un instant, on voit les gendarmes ou gardes de Paris et les soldats d'en haut lever les crosses à leur tour.

« Sur la Chaussée Clignancourt, des artilleurs descendent au grand galop, essayant de s'échapper avec quelques pièces. Rattrapés en bas, les canons remontent, avec des gardes nationaux, des femmes et des enfants dessus.

« Sur le boulevard, lignards et gardes mélangés marchent dans la direction de la place Pigalle ; les gardes chantent et crient, les soldats ont l'air ahuri. Quelques coups de fusil et galopade place Pigalle. Alerte et éparpillement, puis la colonne se reforme. Un officier de l'armée (état-major, je crois), vient d'être tué. Des gens sont occupés à dépecer son cheval.

« *11 heures du matin.* — Bruit et foule devant la mairie. Au milieu des cris une colonne de gendarmes et municipaux prisonniers descend la Chaussée des Martyrs, encadrée de gardes nationaux couverture en bandoulière. Ce sont ceux-là qui s'en iront rue Haxo le 26 mai.

UNE BATTERIE A MONTMARTRE (DÉCEMBRE 1870).

« Bien pittoresques les grandes barricades des boulevards extérieurs. Canons aux embrasures en pavés, les tambours entassés au milieu, les fusils en faisceaux avec pains embrochés aux baïonnettes. »

« Voilà pour le 18 mars. Le lendemain ou surlendemain, je suis retourné à Montmartre. Je n'ai pu entrer dans la maison de la rue des Rosiers. J'ai pénétré dans la cour pleine de gardes nationaux, mais on m'a fait circuler plus que vivement, et de la rue aussi, quand j'ai bâclé mon croquis.

« Il y avait des canons dans cette rue, d'ailleurs comme partout où se rencontrait un peu de place sur ce plateau de Montmartre, ayant gardé l'aspect ancien d'un village. (Sur un croquis de la batterie, au bout de la rue des Rosiers, il y a un réverbère pendant entre deux potences.)

« Sur toute la butte, on travaillait ferme à élever des barricades ou de véritables redoutes en terre, avec embrasures régulières. J'ai un croquis des pentes de la Butte avec trois étages de travaux Le dernier sous la tour Solférino, très important, et comportant un abri casematé pour les munitions, était antérieur au 18 mars.

« Je regrette bien de n'avoir rien sur l'intérieur de la maison de l'assassinat occupée par le Comité central. Outre mes dessins pour *Le Monde Illustré* et *La Chronique Illustrée*, j'en préparais d'autres pour un journal que devait lancer un camarade. Quand j'ai apporté mes croquis sur papier autographique, mon brave ami, séduit par les revers rouges, les bottes et le grand sabre que la Commune lui avait octroyés pour occuper très paisiblement un bureau à Saint-Thomas-d'Aquin, avait changé d'opinion, — j'ai repris mes dessins. Le journal a fini par paraître (*La Fronde Illustrée*), avec une image représentant Thiers et Jules Favre, les mains dans le sang jusqu'au coude, ce qui força plus tard mon ami à s'en aller faire fortune — en Angleterre ».

UN VIEUX QUARTIER

L'hôtel Pontchartrain. — La place Ventadour. Le théâtre de la Renaissance.

En 1744, J.-J. Rousseau vint, en compagnie de Thérèse Le Vasseur, loger rue Neuve-des-Petits-Champs, à l'étage supérieur d'une maison formant l'angle gauche de la rue Ventadour, vis-à-vis de l'hôtel Pontchartrain. Des fenêtres de sa mansarde il distinguait le cadran d'horloge sur lequel pendant plus d'un mois — avoue-t-il dans ses *Confessions* — il s'efforça vainement d'initier son ignorante compagne à la compréhension des heures! (1).

(1) Je voulais d'abord former son esprit, j'y perdis ma peine. Son esprit est ce que l'a fait la nature, la culture et les soins n'y prennent pas. Je ne rougis pas d'avouer qu'elle n'a jamais su bien lire, quoiqu'elle écrive passablement. Quand j'allai loger dans la rue Neuve-des-Petits-Champs, j'avais à l'hôtel de Pontchartrain, vis-à-vis de mes fenêtres, un cadran sur lequel je m'efforçai durant plus d'un mois à lui faire connaître les heures. A peine les connaît-elle à présent... (J.-J. Rousseau, *les Confessions*, partie II, livre VII, p 278.)

L'hôtel Pontchartrain occupait, place Ventadour, l'emplacement où se trouve aujourd'hui l'annexe de la Banque de France, et la rue Méhul s'ouvre exactement à l'endroit où s'élevait le porche monumental, qu'une vaste cour en hémicycle séparait du perron de l'hôtel ; de l'autre côté, un immense jardin s'étendait presque jusqu'aux boulevards.

Cet hôtel Pontchartrain était une des merveilles de Paris. Bâti vers 1660 sur les dessins de Levau pour Hugues de Lyonne, secrétaire d'État aux affaires étrangères, il fut acquis en 1703 par L. Phélippeaux de Pontchartrain, chancelier de France. Louis XV en avait fait plus tard l'hôtel des ambassadeurs extraordinaires, puis la demeure du ministre présidant aux finances (1).

Quand éclata la Révolution, l'hôtel était habité par le fastueux Calonne, ministre d'État, qui y avait magnifiquement installé le « Contrôle général des finances ».

(1) L'hôtel de Lyonne occupait presque tout l'espace compris entre la rue Gaillon et la rue Sainte-Anne ; cette dernière, sur laquelle donnait une des entrées de l'hôtel, en avait même pris, pour la partie qui va de la rue des Petits-Champs jusqu'à la rue Neuve-Saint-Augustin, le nom de rue de Lyonne qui lui resta longtemps. Il était devenu l'hôtel de Pontchartrain, lorsque, par sa magnificence, il fut trouvé digne d'être la demeure des ambassadeurs extraordinaires en passage à Paris.

Sa principale entrée s'ouvrait à peu près à la hauteur de notre rue Méhul, et ses bâtiments ainsi que ses jardins s'étendaient sur les terrains envahis depuis par le théâtre Ventadour, le passage Choiseul, les rues Monsigny, Marsolier, etc. (E. Fournier, *Paris démoli*, p. 198-200.)

On y comptait deux chapelles, des appartements de réceptions d'hiver et d'été, dix remises, des salons dorés et vernissés, des écuries pour plus de cinquante chevaux.

Devant le solennel perron de cette cour majestueuse, le 24 mars 1792, s'arrêta, cahin-caha, un fiacre de médiocre élégance... Une jolie femme aux yeux vifs ouvrit la portière, descendit gracieusement : c'était Mme Roland, l'Égérie des Girondins alors triomphants; un vieil homme l'accompagnait, de mine sévère, l'air d'un quaker endimanché, le « vertueux » Roland, son époux, que Dumouriez venait de faire nommer ministre de l'Intérieur (1). Prévenus de « leur » nomination la veille à onze heures du soir — à l'hôtel Britannique, rue Guénégaud, où ils logeaient — Roland et sa femme venaient visiter le ministère où ils ne devaient s'installer que quinze jours plus tard (2). Pendant quelques semaines tout alla bien; les souliers à cordons et le chapeau rond du ministre avaient tout d'abord scandalisé MM. les huissiers du Conseil royal, mais on s'y fit rapidement. Mme Roland, en fine Parisienne que rien ne saurait étonner longtemps, jouait à merveille son rôle officiel. Tout en surveillant la lessive, elle recevait au ministère;

(1) C'est le vendredi 23 mars, à 11 heures du soir, que Brissot et Dumouriez vinrent annoncer à Roland l'acceptation définitive du roi. (*Mémoires de Madame Roland*. Édition Cl. Perroud, p. 476.)

(2) Le dernier Ministre de l'Intérieur n'ayant pas habité l'hôtel, il fallut prendre des dispositions qui ne permirent à Roland de s'y installer que quinze jours après sa nomination. (*Id.*, p. 478.)

les députés patriotes y venaient fêter « l'aube de la Liberté » en des banquets « sans profusion » que dénonçait l'ignoble Hébert. Artistes, politiciens, philosophes « se mettaient à table à cinq heures, et à neuf heures les convives étaient partis » (1). Mais bientôt les choses se gâtèrent; le vertueux Roland cessait de plaire, et dans les derniers jours de son second ministère, les colères populaires grondèrent jusqu'en la cour d'honneur. En janvier 1793, leurs amis pressaient Roland et sa femme de quitter l'hôtel... Mme Roland s'y refusa, mais elle prit soin de ne s'endormir qu' « avec un pistolet sous son chevet, non pour tuer ceux qui viendraient les assassiner, mais pour se soustraire à leurs indignités, s'ils voulaient mettre la main sur elle 2 »... On sait la triste fin de ces rêves de gloire, Manon Roland est guillotinée, Roland se suicide.

Mme ROLAND
D'après le physionotrace Quenedey.

Les locataires se succèdent à l'hôtel Pontchartrain.

(1) *Mémoires de Madame Roland*, t. II, p. 11 et 12.
(2) *Idem.*

L'Empire y installe le ministère des Finances; à côté, dans l'immeuble voisin, fonctionne la Loterie de France, supprimée comme immorale par la Convention en 1794, rétablie en 1797 comme lucrative par le Directoire, et les gravures de l'époque nous montrent la rue des Petits-Champs envahie les jours de tirage par une foule affairée, modistes, cuisinières, bourgeoises, porteurs d'eau, commis et grisettes, anxieuse de déchiffrer les tableaux portant les numéros gagnants que de jeunes enfants, les yeux bandés, extrayaient publiquement d'une sorte de roue spéciale à ces oracles de la Fortune.

***

Les bâtiments de la Loterie, comme l'hôtel Pontchartrain, furent démolis — par ordonnance royale — en 1826, et sur l'emplacement des constructions, des cours des jardins on ouvre la rue Méhul, la rue Monsigny, la rue Dalayrac, la rue Marsollier (1). Sur les ruines de l'hôtel Pontchartrain on construit l'Opéra-Comique et le passage Choiseul, où le physicien Comte installe un petit

(1) Une ordonnance royale du 8 octobre 1826 porte :

Article 1er. — La nouvelle salle du théâtre royal de l'Opéra-Comique sera placée dans l'axe de la rue Ventadour, à 40 mètres environ de la rue Neuve-des-Petits-Champs, et sera isolée au-devant par une place d'environ 18 mètres de largeur; à droite, derrière et à gauche, par des rues larges environ, les deux premières de 12 mètres et la dernière de 11 mètres.

Article 2. — La délibération prise par le Conseil municipal de

théâtre, qui plus tard deviendra les Bouffes-Parisiens, dont nous conterons quelque jour la plaisante histoire.

L'Opéra-Comique inaugure le 6 Septembre 1828 sa nouvelle salle de spectacle et s'y maintient péniblement pendant quatre ans. Il émigre en 1832 et vient s'installer place de la Bourse; la salle Ventadour abrite alors un « Théâtre nautique » qui sombre rapidement, et l'immeuble reste inoccupé jusqu'au jour où le bon Alexandre Dumas s'avisa d'aller rendre visite à Victor Hugo.

Les deux amis tombèrent d'accord sur ce point que la littérature romantique était sans asile, par le fait des entrepreneurs de spectacles, tenanciers éhontés de maisons suspectes, dépourvus de toute culture intellectuelle... Deux scènes auraient pu *et surtout* auraient dû accueillir la nouvelle école; mais l'une, « le Théâtre-Français, était vouée aux morts; l'autre, la Porte-Saint-Martin, était vouée aux bêtes... » (on y jouait alors quelque féerie exhibant des animaux). Il convenait de se défendre et d'édifier un temple nouveau. Or, Hugo avait déniché le directeur idéal, un nommé Anténor Joly, présentement rédacteur en chef du *Vert-Vert*, organe des théâtres. « Mais, il n'a pas le sou ! », objecta timi-

notre bonne ville de Paris, à l'effet de contribuer pour une somme de 500.000 francs aux abords de la nouvelle salle, est approuvée, etc., etc.

La nouvelle salle fut construite sur les dessins de MM. Huvé et Guerchy, architectes. (F. et L. Lazard, *Dictionnaire des rues et monuments de Paris.*)

Eugène Lami, del.

INTÉRIEUR DU THÉATRE VENTADOUR.

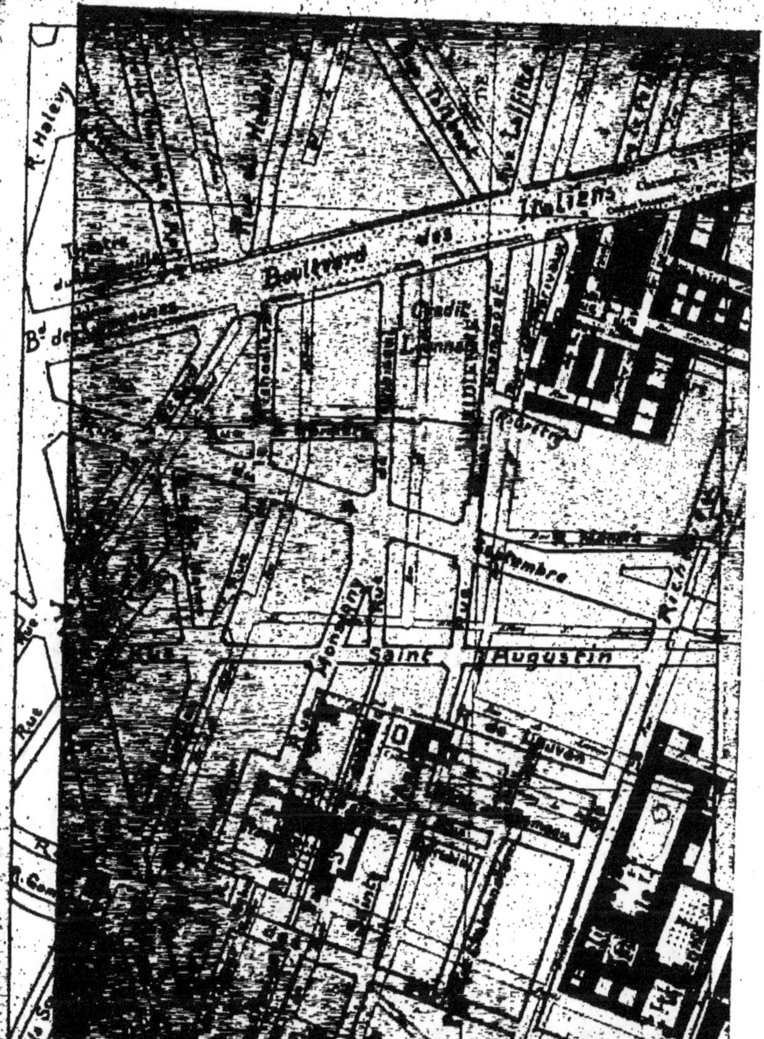

Extrait du plan de Paris, de Verniquet, en 1789.
État actuel.

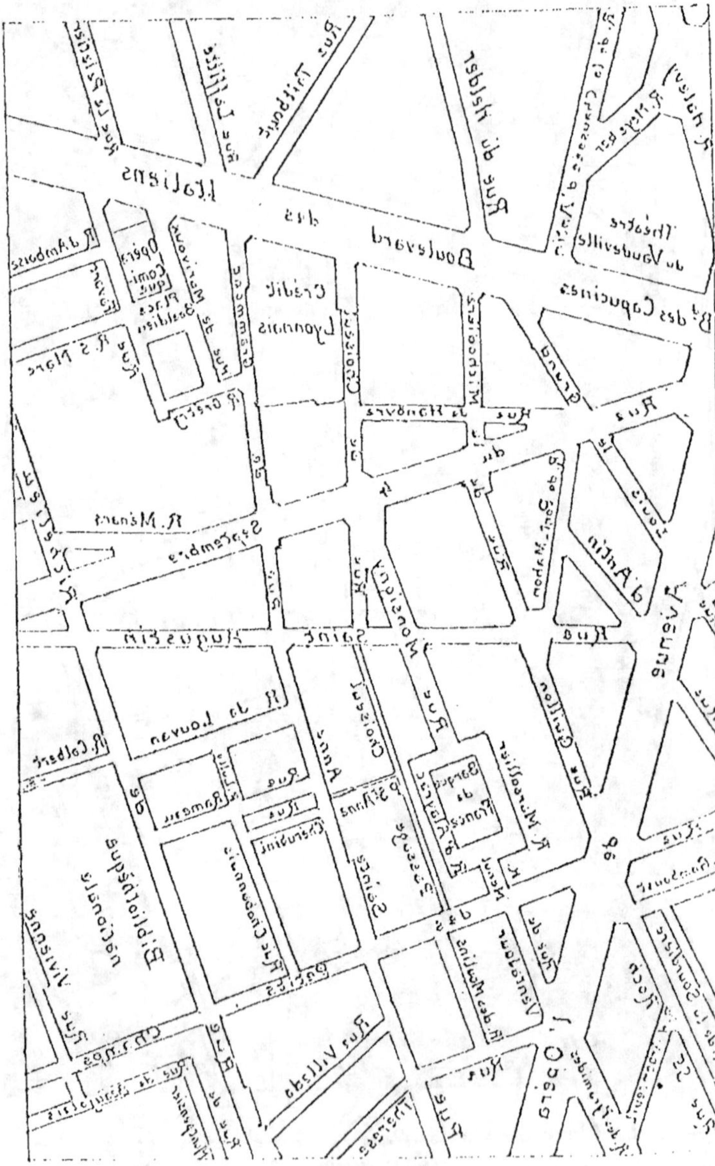

Boulevard des Italiens
Bd des Capucines
Théâtre du Vaudeville
Rue du Helder
Rue Taitbout
Rue Laffitte
Opéra Comique
Place Boïeldieu
R. d'Amboise
R. Grétry
R. Ménars
Crédit Lyonnais
Rue de Hanovre
Rue du Quatre Septembre
Rue Saint Augustin
Rue de Richelieu
R. de Louvois
R. Colbert
Rue Rameau
Rue Chérubini
Rue Sainte Anne
Rue Monsigny
Rue Gaillon
Banque de France
Bibliothèque nationale
Rue Vivienne
Rue Villedo
Rue des Petits Champs
Avenue de l'Opéra
R. de la Sourdière

État actuel.

Extrait du plan de Paris, de Verniquet, en 1789.

dement Dumas, dont l'observation est faite pour surprendre (1). « Avec un privilège, il saura trouver l'argent, riposta Hugo, et je crois en lui, sans pourtant le connaître ! ». Dumas, convaincu par de si péremptoires arguments, ne pouvait qu'approuver.

Tout aussitôt Hugo, mandant le rédacteur en chef du *Vert-Vert*, lui apprit du même coup qu'un nouveau théâtre allait s'ouvrir et qu'il en était le directeur; la bienveillance du duc d'Orléans assurait l'obtention du privilège; il ne restait plus qu'à marcher de l'avant.

L'ébahissement d'Anténor Joly n'eut d'égal que sa reconnaissance. Quand il sortit de chez Victor Hugo qui avait promis la pièce d'ouverture, il ne manquait plus au nouveau directeur que trois choses : de l'argent, un terrain où édifier son théâtre, des acteurs pour y jouer. L'argent se trouva rapidement; un capitaliste, féru d'opéra-comique et vaguement vaudevilliste, apporta une commandite gagnée dans « les pompes funèbres ». Tout aussitôt on loua la salle Ventadour, délaissée de tous, « mal située en une cour où il ne passe personne »,

(1) ... M. Alexandre Dumas n'avait personne dont il pût répondre.
— Connaissez-vous quelqu'un, vous? demanda-t-il à M. Victor Hugo.
— Oui et non. Je reçois un journal de théâtre qui est entièrement dans nos idées, et qui nous défend tous les deux, évidemment avec conviction et sans arrière-pensée, car le brave garçon qui fait ce journal ne vient pas même chercher de remerciement, et je ne l'ai pas vu quatre fois. Je crois donc en lui précisément parce que je ne le connais pas. On m'a dit que son rêve serait d'être directeur de théâtre. C'est le directeur du *Vert-Vert*. » (*Victor Hugo raconté par un témoin de sa vie*, tome II, p. 453-454.)

au milieu de démolitions, de terrains effondrés, de plâtras, d'échafaudages, de constructions. « Tout ce qu'on put faire, gémit Hugo, fut de changer son nom et d'appeler ce tombeau « théâtre de la Renaissance ».

C'est pourtant dans ce « tombeau » que fut donnée, le 8 novembre 1838, la première représentation de *Ruy Blas* (1), en une salle inachevée, mal éclairée, empoisonnant la peinture et surtout insuffisamment chauffée. Les femmes durent s'envelopper dans leurs fourrures, les hommes gardèrent leurs paletots. Victor Hugo constate avec reconnaissance que « le duc d'Orléans eut la politesse de rester en habit ». Malgré ces contretemps, la pièce triompha, Frédérick Lemaître y fut acclamé... les lendemains de *Ruy Blas* étaient voués à l'Opéra-Comique. La Renaissance étant un théâtre mi-partie, les tirades de don Salluste, les plaintes de la reine d'Espagne, les déclamations de *Mathilde* d'Eugène Sue, les coups d'épée de *Paul Jones* et les avatars de l'*Alchi-*

(1) « M. Victor Hugo, auquel M. Anténor Joly présenta son associé le lendemain, promit une pièce, et se mit à écrire *Ruy Blas*, dont le sujet le préoccupait depuis longtemps. Sa première idée avait été que la pièce commençât par le troisième acte : Ruy Blas, premier ministre, duc d'Olmédo, tout-puissant, aimé de la reine; un laquais entre, donne des ordres à ce tout-puissant, lui fait fermer une fenêtre et ramasser son mouchoir. Tout se serait expliqué après. L'auteur, en y réfléchissant, aima mieux commencer par le commencement, faire un effet de gradation plutôt qu'un effet d'étonnement et montrer d'abord le ministre en ministre et le laquais en laquais. Il écrivit la première scène le 4 juillet et la dernière le 11 août... » (*Victor Hugo raconté par un témoin de sa vie*, tome II, p. 458-459.)

BIBL. NAT.

Deveria, *del.*

JULIETTE ET JUDITH GRISI

Du Théâtre Royal-Italien (1833).

miste d'Alexandre Dumas alternaient avec *l'Eau merveilleuse* de Grisar, *le Naufrage de la Méduse*, de Flotow, *la Chaste Suzanne*, de Monpou (1).

Le 23 mai 1841, Anténor Joly fermait les portes de la Renaissance qui ne devait « renaître » que trente-deux ans plus tard sur la coquette scène du boulevard Saint-Martin.

Au mois d'octobre 1841, la troupe italienne vint à son tour tenter fortune en la vaste salle Ventadour et le succès couronna bien vite cette noble tentative artistique. Nos mères et surtout nos grand'mères nous ont dit de quel éclat brillèrent « les Italiens ». — Ce fut, à les en croire, le dernier salon où l'on chanta.

Dans cette jolie salle Ventadour, « la bonne compagnie » se donnait rendez-vous à l' « Opera-Buffa ». D'épais tapis amortissaient le bruit, on parlait à voix basse; comme à la Scala de Milan — chère à Stendhal — l'on se rendait discrètement visite de loge à loge. Le public était d'une suprême élégance, et d'admirables artistes, Tamberlick, Rubini, Lablache, Mario (qui fut duc de Candia), interprétaient Rossini, Bellini, Donizetti, Verdi. Les femmes s'appelaient la Malibran, Henriette

(1) Une galanterie toute nouvelle a été faite ce soir par le Théâtre de la Renaissance, qui après vingt jours de vie, sent déjà le besoin d'ajouter à ses grâces. Pendant un entr'acte de *Ruy Blas*, on a distribué des albums dans toutes les loges. C'est aimable sans doute; mais de part et d'autre il y aurait des inconvénients, si l'on en contractait l'habitude (29 novembre 1838). (Ch. Maurice, *Histoire du Théâtre*, II, p. 186.)

Sontag, la Pasta, la Grisi, la Cruvelli, la Frezzolini, l'Alboni et enfin la Patti... un firmament d'étoiles!

Trois fois par semaine — les mardi, jeudi et samedi — les Italiens « faisaient florès »; mais la Révolution de 1848 éloignant de Paris une partie de leur aristocratique clientèle, on dut baisser les tarifs... Le second Empire y vécut encore quelques belles soirées d'art; mais la guerre de 1870 et le Siège fermèrent le théâtre, transformé en ambulance. Après l'incendie de la rue Le Peletier (8 octobre 1873), l'Opéra, trouvant asile place Ventadour, y donna, en attendant l'achèvement de la salle actuelle, une longue série de représentations... Plus tard, des troupes de passage s'y exhibèrent, mais la vogue n'y était plus. En 1879, l'immeuble désaffecté et transformé devint « Banque d'Escompte »; en 1893, la Banque de France en faisait une de ses annexes.

Depuis, dans le grand hall vitré construit sur l'emplacement de la scène et du parterre, on touche des coupons, on échange des titres, on établit des bordereaux...; des garçons de caisse, en habit gris-bleu, circulent affairés et solennels, et le tintement continu des pièces d'or comptées et recomptées succède aux tirades de *Ruy Blas*, aux cavatines du *Barbier de Séville*, aux roucoulades de la Patti...

Sic transit gloria...

UN VIEUX QUARTIER

La Rue Montorgueil. — Le Rocher de Cancale. L'Auberge du Compas d'Or.

SANS les chercher bien loin, il est encore facile de retrouver en plein cœur de Paris d'anciennes rues, d'antiques maisons nous permettant de reconstituer la physionomie d'un quartier aussi complètement que le ferait une estampe du temps. La rue Montorgueil, par exemple, et les ruelles avoisinantes, la rue Mauconseil, — construite sur l'emplacement de l'ancienne halle aux cuirs, vis-à-vis le « passage de la Reine-de-Hongrie » — la rue Marie-Stuart, la rue Saint-Sauveur, la rue Mandar et la rue Tiquetonne, n'ont guère changé depuis deux cents ans. On a supprimé leurs vieux noms, on a remplacé quelques maisonnettes à pignon pointu par de coruscants immeubles tout battants neufs, dont les dorures et l'architecture « modern-style » étonnent et détonnent au milieu des vieilles pierres cuites, recuites, saumurées depuis des années par tous les soleils, tous les vents, toutes les averses, toutes les poussières... mais les pittoresques silhouettes de jadis sont intactes. Raguenel, Saint-Aubin, Debucourt, Duplessis-Bertaux, Norblin, Bacler d'Albe, Canella, tous les illustrateurs des

LE CUL-DE-SAC BOUTEILLE VERS 1850.
(Aujourd'hui disparu.)

coins de Paris, pourraient — sans avoir à les modifier beaucoup — continuer des études commencées aux siècles derniers. Ils retrouveraient même les cabarets de leur jeunesse, et si le Parc aux Huîtres n'existe plus, si l'impasse de la Cuillère (où s'élevait en 1533 le mur de

Bourdon, photog.

LA RUE MONTORGUEIL.

(État actuel.)

Philippe-Auguste), si le cul-de-sac Bouteille — où Béranger venait à l'école, — si le « Rocher d'Etretat » ont disparu, si le passage du Saumon a été démoli, la rue Montorgueil n'en continue pas moins à émoustiller la gourmandise de Paris et ses enseignes se déroulent comme un gigantesque menu. Les mastroquets — ils sont légion — y encadrent comme autrefois de cloyères d'huîtres coiffées d'un pavé, les portes de leurs boutiques; poulets, dindons, chevreuils, faisans, lièvres pendent aux devantures multiples des marchands de volaille et de gibier, flanqués de bataillons de bouteilles de toutes provenances et de toutes dimensions ; Jouanne y débite ses « tripes à la mode de Caen », Stohrer y vend ses onctueux babas « bien rhumés », Lesage y confectionne ses célèbres pâtés « veau et jambon »... Gargantua logerait par ici !

Aujourd'hui comme autrefois, la rue Montorgueil est une sorte de prolongement des Halles centrales. Chacune de ses portes cochères abrite deux ou trois industries de plein vent : un marchand de marrons roule en sa poêle des « gros de Lyon » à côté d'une mareyeuse en sabots, vidant, d'un coup de pouce, un merlan qu'elle place sous le nez d'une grosse femme en camisole rose : « Sentez-moi ça, la petite mère, frais comme vous, il embaume ! » Plus loin, deux ménagères, leurs filets aux bras, discutent âprement le poids d'un « paquet de pieds de mouton » et débattent le prix d'un cent d'escargots beurrés et persillés. Les voitures à bras remplies de fleurs, de fruits, de légumes, de tortues, emplissent la moitié de la chaussée ; les trottoirs sont envahis par les camelots vendeurs de lacets, de plans de Paris, de cartes postales ; des fillettes ébouriffées s'insinuent à travers la foule, offrant des asters violets ou de jaunes soucis. Les cochers, en panne dans cette rue encombrée, hurlent, font claquer leurs fouets, et les friturières mêlent aux relents des rôtisseries voisines l'odeur des saucisses et des pommes de terre dorées qu'elles retournent dans la graisse bouillante.

C'est un bien amusant tableau parisien, et nous ne saurions trop engager nos lecteurs curieux de pittoresque à se donner la joie de flâner, l'appareil photographique à la main, par une claire matinée, vers dix heures du matin, rue Montorgueil (1).

(1) « A l'entrée de la rue Montmartre et vis-à-vis la rue Traînée (à la jonction de la rue Montorgueil et de la rue Montmartre) on a vu pendant fort longtemps une pierre élevée d'environ deux pieds et qui traversait le ruisseau, servir de pont aux gens de pied. On nommait cette pierre le Pont-Alais ; et la tradition populaire débite à ce sujet que Jean ou Jeanin du Pont-Alais fut si repentant d'avoir donné lieu à l'imposition d'un denier sur chaque panier de poisson qui entrait dans Paris, qu'il en voulut faire une espèce de pénitence publique, en ordonnant qu'à sa mort on enterrât son corps sous cette pierre et en cet endroit qui est l'égout des halles... »

Tous les historiens de Paris, Corrozet, Bonfons, Dubreul, Sauval, Jaillot, Saint-Foix, etc., ont rapporté la légende du Pont-Alais ; mais aucun n'en a précisé la date et tous ces auteurs en ont parlé comme d'un conte.

Le Pont-Alais figure sur le plan de Du Quesnel (1609) à la pointe formée par les rues Montmartre et Montorgueil, vis-à-vis la rue

LA RUE MAUCONSEIL VERS 1869

(Vue de la rue Montorgueil.)

Cliché Marville.

La double ligne de maisons ventrues, noires, zigzagantes, commence à la hauteur de la pointe Saint-Eustache — où un marchand d'oranges et de citrons déshonore par sa boutique neuve, dorée et clinquante, la majesté de l'église. Dès l'entrée de la rue Montorgueil (je n'ai pu découvrir l'étymologie du nom de cette rue, mais je vois qu'elle le portait dès le XIIe siècle, *Vicus Montis Superbi*, rue du Mont-Orgueilleux) (1), nous rencontrons deux curieuses maisons du XVIIIe siècle, les numéros 15 et 17, fleuries d'adorables sculptures. Ces demeures sont, bien entendu, envahies par le négoce; les guirlandes de pierre sculptée s'y croisent avec les guirlandes de gigot de mouton et les chapelets de saucisses; un boucher et un marchand de salaisons occupent les boutiques flanquant la porte cochère, au fronton masqué par une affreuse enseigne.

En face, sur l'emplacement de l'ancien « Parc aux Huîtres », à l'entrée de la rue Mauconseil, un marchand d'escargots fait ramper sur sa façade les effigies dorées de ces gluants mollusques; plus loin, voisinant avec la réclame peinte d'un cuisinier en costume de travail, une poupée costumée en caennaise sert d'enseigne aux « Tripes de la Maison Jouanne ».

Traînée. On ne le retrouve plus sur les plans postérieurs à 1763. C'était un cloaque où se perdaient les eaux et les immondices des halles. (PIGANIOL DE LA FORCE. *Description de la ville de Paris* (1765), t. III, pp. 210-212.

(1) JAILLOT. *Recherches sur la ville de Paris* (quartier Saint-Denis), t. II, p. 79

A droite, à gauche, dans cette rue vouée à la gourmandise, éclatent l'or des potirons et des citrouilles, les rouges vernissés des tomates, les blancs mats des paniers d'œufs, les verts tendres des céleris, des choux, des salades; partout des enseignes raccrocheuses prônent l'excellence des terrines truffées, des pâtés de Remiremont, des truites des Vosges, des madeleines de Commercy, des fromages de Camembert, des saumons du Rhin!

Un peu plus bas — à la hauteur du numéro 60 — s'ouvrait la rue « Tire-Boudin » qui, en 1809, a troqué ce nom peu reluisant contre celui plus glorieux de Marie-Stuart ». En face, au numéro 47, se tenait jadis le « bureau central des chaises à porteurs »; le prix de la course ou de la première heure était de trente sols; les heures suivantes se payaient vingt-quatre sols « tant de jour que de nuit ». Paris comptait vingt places de chaises à porteurs (1).

*
* *

Le passage du Saumon — démoli en 1899 — s'élevait au numéro 65, sur l'emplacement actuel de la rue Bachaumont. Ce passage eut longtemps une haute répu-

(1) Béranger, le chansonnier populaire, naquit rue Montorgueil, en 1780, dans une maison jetée bas par l'établissement du Parc aux Huîtres. Il allait à l'école 31, cul-de-sac Bouteille, ruelle de la Cuillère... C'est là qu'en 1533 passait le mur d'enceinte de Paris, dit mur de Philippe-Auguste.

tation de galanterie. Alfred Delvau écrivait, vers 1860, « que c'était l'endroit de Paris ayant entendu le plus de propos fripons ». Vers 1875, quand nous le traversions, le passage du Saumon n'avait rien de particulièrement folâtre ; sa longue galerie, peu fréquentée, abritait de vagues couturières et quelques modistes sans ouvrage... pour le moment !

DÉMOLITIONS RUE MONTORGUEIL.
Dessin de A. Lepère.

Au numéro 78, une enseigne : « Au Rocher de Cancale ». Que d'évocations en ces trois mots ! les romans de Frédéric Soulié, d'Eugène Sue, de Charles de Bernard ; les admirables lithographies de Gavarni... les « lions », les « dandys », les « partageuses », les « débardeurs »... C'est ici qu'à la petite pointe de 1828, les héros du grand Balzac faisaient la fête... Lucien de

Rubempré perdait le pari d'un « souper au Rocher de Cancale » contre Eugène de Rastignac, Bixiou, le colonel Bridau et le beau de Marsay qui venaient « vider la cave à Philippe » en compagnie de Florine, de Tullie, de Mme du Val-Noble et d'Esther la Torpille, vêtue pour la circonstance « d'une redingote de reps noir garnie en passementerie de soie rose, ouverte sur une robe de satin gris... un fichu de point d'Angleterre retombait sur ses épaules en badinant... les manches de sa jupe étaient pincées par des lisérés, pour diviser les bouffants que, depuis quelque temps, les femmes comme il faut substituaient aux manches à gigot, devenues monstrueuses... » (1) Telle était la toilette d'une jolie fille à la mode sous la Restauration.

Vers 1830, d'autres seigneurs, bien vivants ceux-là, se substituant à leurs héros, se réunissaient « en joyeuses agapes » au « Rocher de Cancale » : Balzac, Théophile Gautier, Eugène Sue, Alexandre Dumas. Le « Caveau » y tint ses assises avec Béranger et le bon G. Nadaud ; on y chanta Lisette et Frétillon, le Dieu des bonnes gens, l'Epopée impériale, les reines de Mabille et les Vins de France... et l'actuel propriétaire affirme que les peintures décorant encore aujourd'hui les murs bas de ses salons du premier étage sont dues au pinceau de

(1) ...Sur ses magnifiques cheveux un bonnet de Malines, dit « à la Folle », près de tomber et qui ne tombait pas, mais qui lui donnait l'air d'être en désordre et mal peignée. » (H. de Balzac, *Splendeurs et Misères des Courtisanes*, Esther heureuse, tome II, p. 286.)

DEUX TOILETTES TIRÉES DU « PETIT COURRIER DES DAMES » (1829).

Gavarni ! Sans partager cette conviction, nous admirons surtout les spirituels trophées entourant ces lorettes sifflant le champagne, ces dandys en habit bleu, en pantalon gris-perle, ces garçons de café dont la face glabre s'adorne d'un collier de barbe et d'un toupet à la Galipaux... Un artiste de 1830 a su encadrer ces bonshommes de chapelets de grives, de bourriches d'huîtres éventrées, de faisans, de pieds de céleri, de langoustes, de bottes d'asperges, d'une touche infiniment spirituelle... et l'on ignore le nom de ce parfait décorateur ! Nous comprenons mal aujourd'hui le succès de ce restaurant démodé. Il n'en allait pas de même autrefois... Un des premiers soins de Mgr le duc d'Aumale à son retour d'exil — en 1871 — ne fut-il pas de venir, en compagnie du prince de Joinville, dîner au « Rocher de Cancale » si fort à la mode en 1848 ?

Nous déjeunions, l'autre matin — fort bien, ma foi, — dans cette petite salle vieillotte dont l'aspect n'a certainement pas changé depuis près de quatre-vingts ans. Par la fenêtre ouverte, les pittoresques « cris de Paris », oubliés ou inemployés ailleurs, montaient jusqu'à nous ; les marchandes de mouron, de salade, de violettes clamaient, en chantant, leurs marchandises, comme aux siècles derniers... Notre grand-père, notre père avaient déjeuné bien des fois en ce même restaurant, dans le même décor, peut-être à cette même place où nous déjeunions ce matin, ils entendaient les mêmes bruits... O souvenirs !

Mais ce n'est pas aux seuls gourmets que la rue Montorgueil réserve des surprises; les poétiques amoureux du vieux Paris peuvent, eux aussi, y trouver largement leur compte. Tout près du « Rocher de Cancale », au numéro 64, s'ouvre une vaste porte cochère, donnant sur une cour antique, encadrée sur trois faces par des bicoques à pans coupés ; au fond, un impressionnant hangar dont le toit énorme découpe son triangle sur le ciel. C'est la vieille « Auberge du Compas d'or » ; elle date du dix-septième siècle ; d'ici partait le « coche de Dreux » ! — C'est aujourd'hui le relai où, depuis des générations, les maraîchers qui chaque soir déballent aux Halles les légumes, les fleurs et les fruits viennent remiser leurs voitures. Dans la cour, encombrée de charrettes aux bâches déteintes, d'entassements de paniers, de sacs, de colliers de chevaux, de harnachements surveillés par des chiens de berger, des chèvres bêlent, des poules picorent, sous l'œil étonné d'une soixantaine de chevaux passant leurs têtes par les portes des écuries. Sous l'immense et sombre hangar ou s'entre-croisent les poutres brunes, des pigeons roucoulent, des chats s'étirent ; on accède aux greniers à fourrage par un escalier disloqué dont la rampe, vernie par l'usage, doit dater de Henri IV. Cela sent le foin, l'étable, la campagne ; en cette cour provinciale, on peut se croire bien loin, bien loin... et nous sommes cependant en plein Paris.

Une foule bruyante, nerveuse, affairée nous presse, nous bouscule ; il faut nous garer des autos sur la

L'AUBERGE DU COMPAS D'OR (ÉTAT ACTUEL). P. Vouillemont, phot.

chaussée et sur les trottoirs des camelots hurlant en galopant : « Le *Sport !* demandez le *Sport !...* »

C'est une bien amusante surprise offerte aux dévots du merveilleux Paris que cette cour de « l'Auberge du Compas d'or » — épave charmante du dix-septième siècle, oubliée rue Montorgueil.

LA RUE D'HAUTEVILLE

Peu de rues sont d'aspect plus rébarbatif que la rue d'Hauteville. Triste, sombre, bordée de maisons aux allures de casernes, elle commence boulevard Bonne-Nouvelle — près du théâtre du Gymnase — et aboutit place Lafayette. D'affairés commissionnaires en marchandises, de bruyants emballeurs, des « transports pour exportation » y sont installés. Vers midi, quelques brasseries suisses, hongroises ou flamandes versent des flots de bière et offrent d'affriolantes salades de museau de bœuf à la foule joyeuse des employés. Pendant quelques heures la rue d'Hauteville s'anime, semble vivre, puis retombe dans le silence... Le soir, c'est absolument lugubre !

Vers la fin du XVIIIe siècle, le tableau était différent et, dans ces terrains appartenant aux religieuses relevant du couvent des Filles-Dieu, les « Jeux et les Ris » semblaient s'être donné rendez-vous. Sur les hauteurs de Bonne-Nouvelle, à l'abri des voitures, près le cimetière avoisinant l'église, on avait ouvert des guinguettes, où l'on dansait en sablant le clos-Suresnes; les amateurs de cochonnet s'y livraient en paix à leur innocente passion; de galants financiers et des bourgeois bambocheurs, trouvant l'endroit plaisant et bucolique, y avaient caché, dans la verdure, quelques vide-bouteilles et aussi quelques « folies » où ils fêtaient leurs « déités ».

De fait ce quartier Bonne-Nouvelle devait être charmant; à gauche les champs et les marais de la Grange-Batelière, tout près de la porte Saint-Denis, ses cabarets, ses bateleurs, ses coucous, à côté la promenade des remparts... c'était la ville et c'était la campagne. Mais Paris s'agrandit, les boulevards, désertés jusqu'alors, commencent à se peupler; dès la Restauration, la rue d'Hauteville se hérisse de maçonneries. Coupés les beaux lilas roses dont on faisait de si gros bouquets parfumés, rasés les bosquets ombreux sous lesquels il était si plaisant de dîner, saccagés les jardins, émiettés les folies et les vide-bouteilles. Aujourd'hui d'imposants immeubles se tassent les uns contre les autres, et seul un aéronaute saurait apercevoir, par-ci par-là, un maigre jardinet tapi entre quatre maisons noires en ce quartier exclusivement commerçant où les claquements de fouet de charretiers dirigeant des camions encombrés de caisses et de colis remplacent les trilles perlés des rossignols d'antan!

Cette rue inesthétique réveille en nous deux souvenirs. Vers 1875, notre grand-père nous y conduisait, mon frère et moi, chez un grand vieillard accueillant et aimable, passionné d'art, M. E. Marcille, le célèbre collectionneur. Aux murs, sur les portes, dans les corridors, aux plafonds, des tableaux et des dessins... et quels tableaux et quels dessins! Des merveilles signées Fragonard, Watteau, Boucher, Prud'hon. Puis, quand on avait admiré les chefs-d'œuvre accrochés, M. Marcille, penchant sa haute taille, feuilletait, le long du mur, des piles de toiles appuyées les unes sur les autres, et c'étaient des Chardin, des Greuze...

L'autre souvenir, par contraste, est odieux. Nous sommes venus voir, en 1878, la maison sise au numéro 61 de cette rue d'Hauteville, et visiter le petit appartement du troisième étage dont les deux fenêtres donnaient sur la rue de Paradis. C'est là que deux étudiants en médecine, Barré et Lebiez, égorgèrent pour la voler une humble laitière. Après l'avoir assassinée, ces deux bandits disséquèrent leur victime pour en faire disparaître plus aisément les morceaux, qu'ils semèrent un peu partout.

Le crime atroce, et aussi le cynisme des criminels en Cour d'assises, stupéfièrent Paris. Barré et Lebiez furent condamnés à mort et exécutés. Une complainte survit, racontant leurs forfaits, sur l'air de *Fualdès* (1) :

Cette aimable cantilène sortait d'une imprimerie de la rue de la Fidélité. Cette rue doit son nom vertueux à l'âme sensible d'un propriétaire, homme marié, lequel fit don, vers 1790, à la municipalité parisienne du terrain nécessaire, sous l'expresse réserve que la voie nouvelle s'appellerait « rue de la Fidélité », seul nom qui lui puisse convenir, puisqu'elle devait aboutir « au temple

(1) COMPLAINTE DE LA LAITIÈRE ASSASSINÉE (*Air de Fualdès*) :

Rue Paradis-Poissonnière,
La brave femme Gilet
Aux passants vendait du lait
Sous une porte cochère,
Même elle vendait beaucoup,
Car elle avait des gros sous.

. . . .

Brave dame très civile,
Vinrent-ils lui dire un jour,
Apportez-nous du lait pour
Quatre sous rue d'Hauteville,
Ne mettez aucun retard,
Il est neuf heures et quart.

. . . .

MORALITÉ

Ceci, bonnes gens, vous prouve
Qu'il n'est pas intelligent
D'assassiner pour de l'argent.
Quand on n'en a pas, on en trouve
Et quand on n'a pas l'moyen,
Il faut savoir vivr' de rien !

(Imprimé par Bernard, 9, rue de la Fidélité.)

de l'Hymen! » — c'était l'appellation révolutionnaire de l'actuelle église Saint-Laurent!

***

Qui le croirait? en l'inesthétique rue d'Hauteville, les amoureux du passé peuvent retrouver un délicieux souvenir parisien. Au numéro 58, derrière un immeuble moderne, une cour; au fond de cette cour une maisonnette haute seulement d'un étage, sur un rez-de-chaussée auquel on accède par un perron de quelques marches. Nous sommes devant l'hôtel qu'habita Louis-Antoine Fauvelet de Bourrienne, conseiller d'État, secrétaire du premier consul Napoléon Bonaparte (1).

(1) Louis-Antoine Fauvelet de Bourrienne, né à Sens en 1769, mort à Caen en 1834. Condisciple de Bonaparte à l'École de Brienne, il le suivit plus tard en Italie, devint son secrétaire intime, rédigea de concert avec Clarke le traité de Campo Formio, accompagna également Bonaparte en Égypte et resta attaché à sa personne jusqu'en 1802. Compromis dans une faillite, il encourut une disgrâce qui peut-être le sauva des conséquences judiciaires de sa participation à des spéculations fort suspectes. Il fut alors envoyé à Hambourg et y demeura jusqu'en 1813, chargé de différentes missions dans l'accomplissement desquelles il commit encore de nombreuses exactions. Lors de la chute de Napoléon, il était sans emploi, il occupa un moment la direction des postes et la préfecture de police, à la première Restauration, suivit Louis XVIII à Gand et fut au retour du Roi nommé ministre d'État, puis député de l'Yonne. L'impression que lui causa la Révolution de Juillet le frappa d'aliénation mentale. Il mourut dans cet état dans une maison de santé. (*Ancien Larousse*, Paris 1830.)

Dès le vestibule, décoré de frises en stuc, représentant un sacrifice antique, courant sur des murs rehaussés d'ornements et d'allégories, on peut se croire transporté en plein Directoire. Ici tout est « à la grecque », — une Grèce spéciale, interprétée par les décorateurs exquis, dont les Caffieri, les Gouthière, les Clodion avaient été les inspirateurs et les maîtres.

L'hôtel s'élève entre cour et jardin. Sur la cour on construisit la maison qui s'ouvre rue d'Hauteville; sur le jardin, l'actuel propriétaire, M. Deberny, un aimable et intelligent travailleur, fit élever les ateliers nécessaires à son industrie : M. Deberny est fondeur en caractères typographiques. Les trois larges baies du salon donnent sur le jardin. Au-dessus des portes peintes, des trophées, des bas-reliefs; aux murs, de gracieuses décorations; partout le charme rare des choses anciennes, les glaces semblent avoir retenu le reflet des figures qui s'y mirèrent autrefois...

Cette demeure historique, respectée par un homme de goût, est singulièrement évocatrice... Quelles furent les robes à traîne fleuries, les chlamydes brodées qui balayèrent ce parquet en losange, aux bois de couleurs différentes? quelles bottes éperonnées les égratignèrent, et quelles durent être les conversations échangées sur ces « canapés-tombeaux » entre les merveilleuses de l'an IX et les compagnons d'Achille, ces héros auxquels l'Empereur allait attribuer des noms de victoires?

Le vaste salon est délicieux avec ses fenêtres, ses

LE CABINET DE BOURRIENNE.

Dabadie, *pinxit.* Musée Carnavalet.

portes, ses glaces encadrées de boiseries, ses murs peints, son plafond, ses lustres. Tout y est charme et harmonie, comme aussi la salle à manger voisine et les boudoirs — pratiqués dans les ailes de l'hôtel — décorés de frises légères, de portiques, de colonnes.

M. de Bourrienne eut vraiment une excellente idée lorsque, le 2 germinal an IX, il acheta par-devant « Me Doulcet, moyennant la somme de 100,000 francs (numéraire argent)... », cette maison comprenant entre autres agréments « un appartement complet orné de bas-reliefs, peintures et arabesques sur les murs (1) ».

(1) *Acte de vente de l'hôtel Bourrienne, 46, rue d'Hauteville, le 2 germinal an IX (23 mars 1801), par le ministère de Me Doulcet, notaire.* — « Par-devant les notaires publics du département de la Seine à la résidence de Paris, soussignés : Fut présent, Louis Prévost, demeurant à Paris, rue Neuve-Eustache, no 25, division de Brutus, lequel a, par les présentes, vendu, cédé et délaissé, promis et s'est obligé de garantir toutes dettes et hypothèques généralement quelconques à Louis-Antoine Fauvelet de Bourrienne, demeurant à Paris, rue Martel, no 12, division Poissonnière..... Une maison située à Paris, rue d'Hauteville, no 46, consistant en un corps de logis sur la rue contenant logement ordinaire et du portier. Entre le jardin et les bâtiments est un pavillon carré ayant un rez-de-chaussée et premier étage, caves et cuisine. Au-dessus du rez-de-chaussée est un appartement complet orné de bas-reliefs, peintures et arabesques sur les murs, cabinet de toilette, baignoire..... Au premier étage, appartement complet, le tout couvert..... Un jardin de deux demi-hectares ou environ, à l'anglaise. Il y a deux portes d'entrée, l'une sur la rue et l'autre sur le jardin. Cour en avant, écuries, remises et grenier à fourrages..... Cette vente est faite moyennant la somme de cent mille francs, numéraire argent... »

Acte de vente de l'hôtel Bourrienne, 44, rue d'Hauteville, le 17 avril 1824. — L'hôtel fut revendu par Bourrienne à M. Pierre-

L'hôtel datait de 1790; il avait été édifié sur les terrains des Filles-Dieu, par Anne Segond de Rozier de Dampierre, et, après maintes péripéties, était tombé aux mains du « secrétaire du premier consul conseiller d'État en service extraordinaire ».

Étrange histoire que celle de ce Bourrienne. Si la maxime : « L'ingratitude est l'indépendance du cœur » reste exacte, Bourrienne fut un beau type d'indépendant! (1) — Jusqu'en 1802, il demeure intimement attaché à la personne de Bonaparte, qui le tutoyait. En 1804, nommé ministre plénipotentiaire, il passe à Hambourg; en 1813, nous le retrouvons ministre des Postes, et préfet de police des Bourbons en 1814, puis ministre d'État,

Frédéric-Ferdinand Tattet, ancien agent de change, suivant contrat de Me Maine Glatigny, notaire, pour la somme de cinq cent mille francs et payée en dix versements, le 17 avril 1824 (la maison portait alors le n° 44 rue d'Hauteville).

L'hôtel comprenait : « Trente-six vases en marbre blanc sur leurs piédestaux, un vase de prix, une statuette en marbre, table de même nature placée dans le jardin; escalier en bois d'acajou; toutes les glaces, placards, boiseries et autres objets ayant nature d'immeubles par destination, à l'exception d'un corps de bibliothèque faisant pourtour de la pièce formant cabinet de M. de Bourrienne. »

(1) *Lettre de Bonaparte à Bourrienne* : « Cherche un petit bien dans ta belle vallée de l'Yonne, je l'achèterai dès que j'aurai de l'argent, je veux m'y retirer, mais n'oublie pas que je ne veux pas de bien national. » (*Mémoires de Bourrienne*, livre I, chap. IX, pages 102 et 103.)

Joséphine avait eu l'attentive obligeance de faire arranger à la Malmaison un très joli appartement pour moi et pour ma famille : elle me pressa vivement, et avec toute la grâce qu'on lui a connue, de l'accepter; mais presque aussi capti. à Paris qu'un prisonnier d'État, député ultra, etc., etc. La Révolution de 1830 et la perte de sa fortune déterminèrent chez Bourrienne un accès de folie, et, le 7 février 1834, il mourait à Caen, dans une maison de santé, « d'une attaque d'apoplexie », assurent les gazettes d'alors (1). Le 7 avril 1824, Bourrienne avait cédé — pour la somme rondelette de 500,000 francs — son hôtel « avec boiseries, glaces, vases de marbre, statues ornant le jardin ».

Qui songerait à Bourrienne aujourd'hui, à ses multiples avatars, à ses mémoires truqués, si la demeure charmante qu'il habita jadis ne le rappelait aux amoureux du passé? L'honneur d'avoir été un moment le collaborateur de l'Empereur sauvera, d'autre part, son nom de l'oubli. Bonaparte fut devin, le jour où il lui dit :

— Bourrienne, vous serez aussi immortel.

— Comment cela, général ?

je voulais me conserver à la campagne les seuls instants de liberté dont il m'était permis de jouir, encore quelle était cette liberté ! J'avais acheté à Ruel une petite maison que j'ai gardée deux ans et demi. Quand j'y donnais des rendez-vous, c'était à minuit ou à cinq heures du matin; ce qui était, comme on peut en juger, un agrément de plus de ma place, et souvent encore le premier Consul m'envoyait réveiller pendant la nuit quand il arrivait des courriers. Voilà la liberté pour laquelle je n'acceptai point l'offre aimable de Joséphine. Bonaparte vint une seule fois me voir dans ma retraite de Ruel, mais Joséphine et Hortense y venaient souvent; c'était pour ces dames un but de promenade. (*Mémoires de Bourrienne*, livre IV, chap. II, p. 35.)

(1) M Fauvelet de Bourrienne, ex-secrétaire du général Bonaparte, etc....., est mort à Caen, le 7 de ce mois, d'une attaque d'apoplexie. (*Gazette de France*, nº du 11 février 1834.)

— N'êtes-vous pas mon secrétaire !... Ce à quoi Bourrienne aurait répondu : « Dites-moi celui d'Alexandre? — Pas mal, répliqua Napoléon (1) ».

Nous songions à tout cela en parcourant cet hôtel historique dans la pénombre d'un jour finissant. Les lustres enveloppés de gaze, les flambeaux, la pendule recouverts d'étoffes; ces pièces vides et sonores, aux décors anciens, paraissaient attendre le retour du maître... Il nous semblait alors que la large porte, peinte de griffons et d'attributs mythologiques, allait s'ouvrir devant Bourrienne revenant de la Malmaison, roulé dans son manteau bleu d'ordonnance, les bottes crottées, le bicorne en tête, engoncé dans un grand col noir... Sur la table de travail, décorée de têtes de sphinx, souvenir de la campagne d'Égypte, il jetait brusquement le lourd portefeuille consulaire, bourré de papiers d'Etat tout zébrés des annotations rageuses, illisibles presque toutes, coups de griffes léonins du grand Bonaparte... Et, dans ce décor évocateur, la chose nous semblait toute simple.

(1) *Mémoires de Bourrienne*, livre IV, ch. XXI, p. 328.

LE BOULEVARD DE STRASBOURG

Le boulevard de Strasbourg est d'aspect joyeux, chacun peut en témoigner; aussi bien les mondains venus pour y souper chez Maire ou applaudir le bon Dranem à l'Eldorado que les infortunés passants condamnés à longuement stationner aux intersections des boulevards Saint-Denis et Saint-Martin, grâce à l'inévitable embarras de voitures qui ne manque jamais de s'y produire.

Avec ses affiches multicolores, les badigeons audacieux de ses immeubles, le bariolage de ses boutiques et de ses enseignes, les grouillantes terrasses de ses cafés qu'encadrent des cordons de lumière électrique, le boulevard de Strasbourg semble une avenue de fête dont Chéret, Sem, Albert Guillaume et Cappiello seraient les spirituels et fastueux décorateurs. Ombragés par de beaux arbres, les trottoirs regorgent d'une foule affairée guettant l'instant propice pour tenter la traversée périlleuse des chaussées sillonnées de tramways, d'omnibus, de fiacres, d'autos et de cyclistes. Tout cela produit un vacarme effroyable fait d'appels de trompes, de sonneries de timbres, de coups de sifflets, de gémissements de cornes ; en même temps les camelots clament « les résultats complets des courses »... « l'*Intransigeant*... la *Presse* .. demandez la *Presse !*... » les contrôleurs réclament les correspondances des « voyageurs de l'impériale » et les cochers s'invectivent. Bien entendu des barricades de planches enclosant d'interminables travaux d'édilité restreignent et gênent la circulation déjà presque impossible, et le bâton blanc du gardien de la paix s'efforçant de mettre un peu d'ordre dans cet effarant désordre évoque l'archet d'un chef d'orchestre infernal déchainant les tempêtes.

De tout temps — sa percée date de 1852 (1) — le boulevard de Strasbourg fut ainsi mouvementé, pittoresque, joyeux ; et cela pour deux raisons : l'agglomération de nombreux cafés-concerts, tavernes, brasseries massées

(1) « Je passai par Paris et je descendis à l'hôtel des Bains, boulevard de Strasbourg ; c'est là que le lendemain même de mon arrivée, à table d'hôte, je fis connaissance d'Ernest Reyer. Cette pension était tenue par le père Ceuriot, ancien ténor de l'Odéon, qui avait chanté le rôle du chevalier danois dans *Armide*, de Gluck. La cuisine était faite par Mme Lestage, coryphée-soprano à l'Opéra-Comique, et quand cet aimable cordon-bleu d'âge mûr chantait la *Dame blanche*, où elle tenait un petit rôle, le dîner était avancé d'une demi-heure. Heureux temps ! » (André Sardou, « Notes sur Gevaert, » *Le Figaro*, 2 janvier 1909.)

LA PORTE SAINT-DENIS,

Dessinée et gravée par
A. Lepère.

LE BOULEVARD PRÈS LA PORTE SAINT-DENIS.

L'obligeante amitié du maître A. Lepère nous a permis de reproduire quelques-unes de ses belles œuvres. Nous tenons à lui offrir une fois de plus le témoignage de notre admiration et de notre reconnaissance. — G. C.

au même point, et le manque de dégagements latéraux. Tracé au milieu des terrains du marché Saint-Laurent et des faubourgs Saint-Denis et Saint-Martin, le boulevard de Strasbourg désencombrait ces faubourgs populeux et desservait la gare de l'Est, ouverte en 1849. Cette gare, d'ailleurs, occupe en partie l'emplacement de l'antique foire Saint-Laurent — si célèbre du XVIe au XVIIIe siècle — et le théâtre du fameux Nicolet s'élevait sur le côté gauche de la cour, contre la grille d'accès (1).

(1) *La Foire Saint-Laurent.* — Elle commençait le 10 août, jour de la fête patronale, et se prolongeait jusqu'à la Saint-Michel, le 29 septembre.

Dès la fin du XVIe siècle, s'étaient organisées, à la foire Saint-Germain, des troupes de comédiens que le lieutenant civil avait autorisées par sentence du 5 avril 1595, à la charge de payer une redevance de 2 écus par an aux confrères de la Passion. Les règlements de police les obligeaient à ne pas recevoir plus de 12 sous aux premières places, et 5 sous au parterre : à ne rien jouer ni chanter sans le visa du procureur du roi, à terminer le spectacle à 4 heures et demie du soir. Les entrepreneurs exploitèrent tour à tour la rive gauche et la rive droite, et bientôt Saint-Laurent n'eut rien à envier à Saint-Germain.

En 1852, le percement du boulevard de Strasbourg a amené la suppression du marché Saint-Laurent, établi sur le terrain de l'ancienne foire Saint-Laurent.

Église Saint-Laurent. — Existait à l'époque mérovingienne, comme église abbatiale, mentionnée par Grégoire de Tours.

Probablement détruite pendant les invasions des Normands.

Rebâtie au XIIe siècle, sous le règne de Philippe-Auguste.

Restaurée au XVe siècle.

Augmentée en 1548.

Reconstruite en grande partie en 1595.

Temple de l'Hymen et de la Fidélité en 1793.

La façade et sa travée ont été construites, avec leur flèche en plomb, de 1865 à 1867, dans le style du XVe siècle, sur les dessins de Constant Dufeux.

Une seule rue — la rue du Château-d'Eau — coupe le boulevard de Strasbourg, mais dix passages, impasses ou traverses — passages du Désir, de l'Industrie, du Commerce, cité Jarry, passage Brady — le relient aux faubourgs. Tous sont pittoresques, quelques-uns sont

L'ÉGLISE SAINT-LAURENT. Musée Carnavalet

étranges et imprévus, telle la cité Jarry qui offrait l'autre matin cet édifiant spectacle : de grosses dames maquillées et sans façon, en camisole rose, contemplant, chavirées d'émotion, du haut de leurs fenêtres, deux petites communiantes frisées comme des bichons... Touchant spectacle qui leur rappelait probablement leur lointaine enfance. Le passage Brady, poussiéreux, minable, prétentieux, est tout à fait curieux à parcourir. Que d'industries hétéroclites abrite son dôme vitré ! Bou-

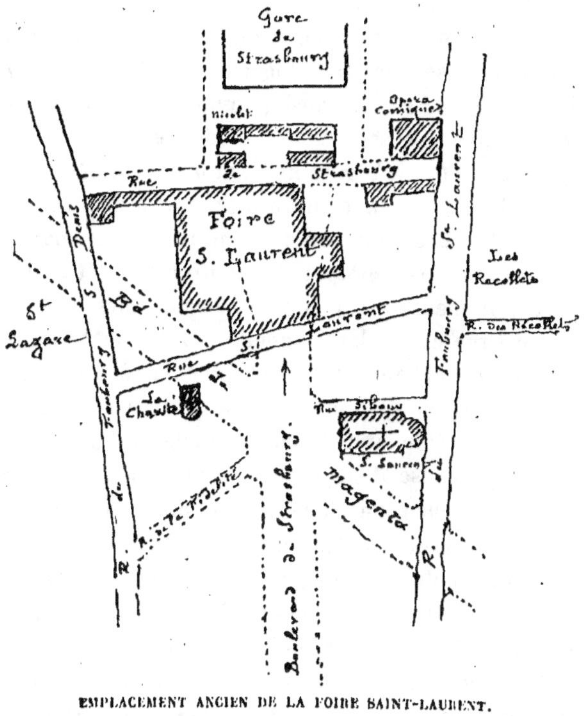

EMPLACEMENT ANCIEN DE LA FOIRE SAINT-LAURENT.

(Croquis de M. Ch. Sellier.)

quinistes, marchands de soldes en tous genres, toilettes défraichies de théâtre et huiles d'olive « extra-vierge », marchands de parapluies, négociants en guitares et mandolines, acheteurs de reconnaissances du Mont-de-Piété, tenancières de brasseries aimables et de « five o'clock tea » frivoles, éditeurs de chansonnettes et couturières pour « gommeuses de café-concert », cent négoces y fleurissent. Les passants extasiés se massent à la devanture de l'Étoile parisienne (robes courtes de scène) », pour y contempler de fulgurants costumes pailletés, brodés et surbrodés, à la cambrure hardie, à l'audacieux décolleté... Des bas à jour, un stick enrubanné, un monumental chapeau complètent l'accoutrement, et cette « grande gommeuse » ira faire les beaux soirs de Trépagny-sur-Orge et de Barcelonnette... L'effigie peinturlurée du maréchal Canrobert, la poitrine barrée du ruban rouge de la Légion d'honneur, met à l'entrée du passage une note d'héroïsme imprévue. A l'angle du boulevard, dans une apothéose d'électricité, s'ouvre le restaurant Maire, — un ancien marchand de vin dont le « zinc » fut célèbre et que ses entrecôtes et ses matelotes Bercy rendirent bientôt notoire et élégant. Plus loin, la Scala, où Yvette Guilbert fit courir tout Paris. Ensuite, un beuglant en sous-sol abrite aujourd'hui le « Pilori » (apéritif-concert), dirigé par le chansonnier Montéhus, « candidat des mécontents »... En face, dévisageant les passants d'un œil inquisitorial, le facies du policier Sherlock Holmes évoque le dernier succès de M. Pierre Decourcelle et le nom du théâtre Antoine. Ce petit théâtre, dont chacun se rappelle la brillante épopée, connut autrefois

CLOS SAINT-LAZARE (1846). D'après un dessin de l'époque.

les heures mauvaises. De loin en loin on voyait bien apparaître sur l'affiche des « Menus-Plaisirs » (c'était le titre ancien du théâtre Antoine) les noms glorieux des Frédérick Lemaître, des R. Rousseil, des Saint-Germain, des Thérésa, et aussi du fier poète Richepin... mais ils ne faisaient que passer... Les directions les plus bizarres se succédaient rapidement et des exhibitions d'ombres scientifiques alternaient avec des féeries, interprétées naturellement par « les plus jolies filles de Paris ». Céleste Mogador elle-même, qui fut la comtesse Lionel de Chabrillan, y tenta fortune, et l'on put admirer, trônant au contrôle, la célèbre danseuse de la Closerie des Lilas (1).

(1) L'excellent écrivain Péricaud qui, comme chacun sait, est non seulement un dramaturge de grand talent et un remarquable acteur, mais encore un guide sûr et précieux pour tout ce qui touche l'histoire du théâtre à Paris, a bien voulu nous adresser la lettre suivante qui résume les avatars du Théâtre Antoine :

« ... Le Théâtre Antoine s'est appelé tout d'abord Théâtre des Menus-Plaisirs. Il a été ouvert sur l'emplacement d'un petit concert où débuta notre grand baryton Lassalle. Celui qui le premier donna du renom à ce théâtre fut Dormeuil fils, qui venait de se séparer de Plunkett, à la direction du Palais-Royal. Il s'est également appelé Théâtre des Arts. J'y ai vu jouer en 1872 *la Cocotte aux Œufs d'Or*, féerie en 16 tableaux de Clairville et Grangé ; en 1873, *la Mariée de la rue Saint-Denis*, de Clairville et Koning, avec Thérésa et Eudoxie Laurent.

« En 1874, j'y ai vu Mlle Rousseil, admirable dans *l'Idole*, 4 actes de Crisafulli et Stapleaux ; en 1876, il passa à l'opérette et joua *la Perle de l'Arche-Marion*, 4 actes de Georges Rose ; puis *Estelle et Némorin*, une des plus jolies partitions d'Hervé ; en 1877, *les Menus Plaisirs de l'Année*, une grande revue de Clairville et Blum.

« En 1878, devenu Théâtre des Arts, on y joua *le Petit Ludovic*,

Vers 1862, le boulevard de Strasbourg vit éclore l'Eldorado. Ce grand café-concert parisien devint vite à la mode, et après la guerre l'Eldorado triompha grâce à de remarquables artistes : Mmes Chrétienne, Suzanne Lagier, Amiati, « chanteuse patriotique », dont les refrains devenaient rapidement populaires, Bonnaire, l'irrésistible comique ; Anna Judic, dont le rare talent et les grands yeux ensorcelèrent Paris; la jolie Mme Théo, F. Duparc..., et aussi les chanteurs Plessis (l'homme aux 500 têtes) qui successivement incarnait un porteur d'eau auvergnat et Napoléon Ier; Pacra; Libert, qui fut « l'Amant d'Amanda »; Paulus, l'épique « Père la Victoire » ; Bourgès, qui éleva le « genre pochard » à la hauteur d'une institution... combien d'autres encore! Aujourd'hui on y applaudit l'admirable Polin!

Tout en parcourant ces amusants passages et en

un gros succès de Crisafulli et Victor Bernard. En 1882, redevenu Menus-Plaisirs, on y joua *le Crime du Pecq*, drame en 5 actes de Valabrègue et Graiville. En 1883, il s'appela Comédie-Parisienne et joua *les Pommes d'Or*, opérette d'Audran. En 1884, il redevint Menus-Plaisirs avec *Au Clair de la Lune*, revue de Blondeau et Monréal; en 1886 *Volapük*, revue de Busnach et Vanloo ; en 1887, *la Fiancée des Verts-Poteaux*, opérette d'Audran. En 1888, la première grande opérette de Bernicat : *les Premières Armes de Louis XV;* en 1889, *l'Étudiant pauvre*, musique de Millœcker, *le Chien de Garde*, de Richepin. J'y ai vu Frédérick Lemaître dans *le Crime de Faverne*; Thérésa dans *Madame Gringoire*; Saint-Germain et Céline Chaumont, Aline Duval et Mme Thiéret, Dailly et Paulus.

« Antoine en fit le Théâtre Antoine, dont le succès dure encore...

« L. PÉRICAUD. »

évoquant les « beuglants » de jadis, nous ne pouvions nous empêcher de nous remémorer les pittoresques débuts que firent vers 1865 — en ce même boulevard de Strasbourg — deux excellents artistes ; l'histoire est si amusante qu'elle vaut, croyons-nous, d'être contée.

Ils étaient quatre Toulousains qu'un « train de plai-

EMBARCADÈRE DU CHEMIN DE FER DE STRASBOURG (1865).

J. Arnout, *del.*

sir » avait amenés de Toulouse en quarante-deux heures !... Ces quatre mousquetaires décidés à conquérir Paris s'appelaient Idrac, le maître statuaire mort trop jeune, Debat-Ponsan, le peintre, Salvayre, le musicien, et enfin le bon Pedro Gailhard, hier encore directeur de l'Opéra. Tout d'abord ce grand Paris sombre et triste consterna ces Méridionaux ivres de soleil. Mais, la jeunesse aidant, ils envahirent gaiement et bruyamment un horrible hôtel de la rue des Petites-Écuries — près du boulevard de Strasbourg — que leur avait recommandé un facétieux compatriote.

Le lendemain, dès l'aube, ils mettent le nez à la fenêtre... Quel spectacle! Deux corbillards, dix corbillards, vingt corbillards... Ils s'informent, épouvantés... Paris traversait une crise de choléra, on mourait beaucoup, et la rue des Petites-Écuries se trouvait sur le chemin du cimetière Montmartre. Ce lugubre défilé rendit momentanément rêveurs nos braves Toulousains, mais on se fait à tout : trois jours plus tard, Gailhard chantait au piano la complainte du « choléra », composée par Salvayre, et Idrac accaparait toute la mie de pain de la table d'hôte pour modeler d'étonnants cholériques... En fort peu de temps, ils ont mangé les quelques écus apportés du pays et le tenancier de l'hôtel, estimant qu'ils faisaient trop de bruit et pas assez de dépense, met à la porte nos quatre artistes. Les voilà traversant Paris avec leurs malles — des malles en peau de porc hérissées de soies — pour aller gîter au quartier Latin, où ils mangent — pas à leur faim encore! — de la vache enragée. Debat-Ponsan se réfugie chez un camarade, les trois autres s'en vont contempler, en pleurant, les trains en partance pour Toulouse...

Comment faire pour vivre?... Idrac entre comme

praticien chez un ornemaniste ; Salvayre et Gailhard regagnent le boulevard de Strasbourg et se présentent

PEDRO GAILHARD VERS 1865.

au concert de l'Eldorado où Hervé, le « compositeur toqué », était chef d'orchestre.

Hervé toise Gailhard, l'écoute... et se tort de rire... Le « creux » célèbre de notre excellente basse chantante sonnait en la poitrine d'un tout jeune homme imberbe, mince comme un fil, ayant l'apparence d'un enfant de chœur; et, toujours riant, Hervé refuse Gailhard à l'Eldorado... C'était le pain quotidien qui s'envolait... Hervé, bon enfant, lit une vraie douleur dans les yeux désolés de ces deux gamins : il s'émeut et voudrait leur venir en aide, mais comment? « Mon ami est excellent pianiste, insinue doucement Gailhard. — Je n'ai pas besoin d'un pianiste... ah ! s'il était violoncelliste ! — Mais il est violoncelliste », affirme Gailhard, pendant que Salvayre esquisse une légère dénégation... Alors Gailhard se porte avec une telle assurance garant du rare talent de son compatriote qu'Hervé convaincu, enjôlé, engage Salvayre. Il remplacera le soir même le violoncelliste malade.

L'heure du spectacle arrive. Salvayre, pâle, inquiet, nerveux, est à son poste, derrière son instrument. Idrac et Gailhard, les yeux fixés sur leur ami, sont blottis contre l'orchestre des musiciens. O terreur ! c'est « l'Ouverture de *Guillaume Tell* » que l'on dépose sur le pupitre du débutant... et l' « Ouverture de *Guillaume Tell* » s'ouvre par un solo de violoncelle !... un solo !! — Salvayre, éperdu, jette sur Hervé des regards affolés. On commence : Salvayre attaque, bravement... Mais bientôt un « trait » l'arrête, un trait hérissé de difficultés ! Son voisin, un clarinettiste compatissant, voit l'embarras du « nouveau », vient à son secours et c'est la clarinette qui remplace le violoncelle, chaque fois que reparaît le « trait » redoutable.

Du haut de son pupitre, Hervé surpris manifeste le plus profond étonnement... Tout finit bien ; Hervé se montre indulgent et bientôt Salvayre est engagé à l'Eldorado en qualité de pianiste accompagnateur.

Quelques jours plus tard, Gailhard débutait à son tour, sur ce même boulevard de Strasbourg, au « concert du Cheval-Blanc ». Ce concert du Cheval-Blanc s'ouvrait près du théâtre des Funambules (un essai éphémère de reconstitution de l'ancien théâtre de Debureau), à la place même où la Scala resplendit aujourd'hui de mille feux. C'était une vaste salle, modestement tapissée de papier blanc-crème parsemé d'étoiles d'or. Les habitués du Cheval-Blanc furent tout d'abord ahuris d'entendre sortir de ce corps mince d'enfant timide cette superbe voix de basse chantante... De plus, le régisseur avait eu l'heureuse idée de louer à l'usage de notre ami, chez un fripier du passage voisin, un habit noir beaucoup trop large, où flottait sa minceur, et tout cela ne laissait pas d'étonner. Mais, après avoir ri, on écouta : alors le charme opéra.

L'admirable voix de Gailhard conquit bien vite les dilettantes du Cheval-Blanc, et le bon Pedro connut pour la première fois les ivresses du succès ! C'est ainsi que débutèrent à Paris deux excellents artistes, auxquels porta bonheur le joyeux boulevard de Strasbourg.

LE PASSAGE DE L'OPÉRA

Le 14 janvier 1858 la rue Le Peletier, où s'élevait alors le théâtre de l'Opéra, était en fête ; les trottoirs regorgeaient de monde ; les sergents de ville en caban noir et bicorne en tête avaient dégagé la chaussée ; on attendait l'empereur Napoléon III et l'impératrice Eugénie qui devaient assister à la représentation extraordinaire donnée au bénéfice du ténor Massol : un acte de *Guillaume Tell*, le ballet de *Gustave III* et *Maria Stuarda* avec la Ristori. Entre les deux pavillons débordant la rue Le Peletier, au haut des marches d'accès, les directeurs de l'Opéra et quelques dignitaires de la Cour attendaient l'arrivée du cortège. Il était huit heures et demie ; l'escorte composée de lanciers de la garde remplissait la rue Le Peletier, déjà deux voitures de la Cour avaient dépassé le péristyle, l'équipage impérial ralentissait pour s'arrêter devant l'escalier accédant à la loge officielle, lorsque coup sur coup, à quelques secondes d'intervalle, retentirent trois effroyables détonations (1).

(1) « ...Un projectile éclata en gerbe de feu sur le pavé, en avant de la voiture impériale et au dernier rang de l'avant-garde de l'escorte.

De tous côtés les carreaux volent en éclats, la rue s'emplit d'une âcre fumée, la marquise vitrée du théâtre crépite comme sous une grêle ; en même temps, les deux chevaux de la voiture s'abattent le ventre ouvert, brisant la flèche dans leur rapide agonie. Des morts, des blessés, jonchent le sol rouge de sang ; les badauds épouvantés s'enfuient en hurlant ; treize cavaliers sur vingt-huit composant l'escorte sont morts ou blessés, vingt-quatre chevaux éventrés ou mutilés ; les jupes, les corsets des femmes, leurs volumineuses crinolines sont criblés de petits trous causés par la multiplicité des projectiles... L'Empereur, très calme, descendit de sa voiture mitraillée, une aile du nez écorchée (1), son chapeau troué en deux endroits, l'Impératrice indemne voulait immédiatement « aller voir les deux blessés ». Le général Roguet, qui accompagnait les souverains, avait la figure ensanglantée, son paletot était déchiqueté. Quelques malheureux agonisaient sur les pavés dans des flaques de sang, les agents de police fouillaient les mai-

La détonation éteignit simultanément tous les becs de gaz, et les yeux, éblouis par la brillante illumination et par la vive lueur du projectile, furent subitement plongés dans une obscurité complète. Les chevaux de l'escorte, effrayés par ce bruit, par cette obscurité, bondirent au hasard autour de la voiture... » (A. FOUQUIER. *Les Causes Célèbres* : Attentat du 14 janvier 1858 (tome II, p. 5).

(1) « Alors seulement on s'aperçut que le chapeau de l'Empereur avait été troué par un projectile ; une trace de sang rougissait l'un de ses yeux ; une imperceptible blessure avait écorché le nez à l'une des ailes, et l'Empereur, en portant la main à sa figure, y avait promené la trace sanglante... » (*Id.*)

Eugène Lami. — SORTIE DE L'OPÉRA. — F. Heat.

sons, se précipitant à la recherche des assassins. Ceux-ci avaient pris soin de se mettre à l'abri derrière la foule ; c'était du dernier rang des curieux massés devant le n° 21 — exactement en face la principale entrée de l'Opéra — qu'avaient été lancées les bombes. Ces bombes explosibles, grosses comme des balles de tennis, étaient en fonte, bourrées au fulminate de mercure et hérissées de détonateurs. Par terre, on ramassait des pistolets-revolvers chargés, des couteaux-poignards, des « poires de métal armées de capsules »... (1) Dans un restaurant voisin on arrêtait un blessé suspect dont les dénonciations permettaient à la police d'arrêter immédiatement quelques-uns des principaux criminels. Deux mois plus tard Orsini et Piéri, les chefs du complot, étaient guillotinés; Rudio et Gomez, leurs complices, envoyés au bagne.

La salle de la rue Le Peletier devant laquelle s'accomplit cet attentat féroce — qui fit cent cinquante-six victimes, morts ou blessés — était la dixième salle occupée par l'Opéra. Six mois après l'assassinat du duc de Berri (place Louvois, 13 février 1820), la construction avait été commencée sur l'emplacement de l'hôtel de Choiseul. Cet hôtel primitivement édifié par le richissime financier Bouret avait son entrée sur la rue Grange-Batelière (aujourd'hui rue Drouot) en face l'actuelle mairie ; ses jardins s'étendaient jusqu'à la rue Le Peletier (2).

(1) *Id. Passim.*

(2) La rue Drouot n'existait pas alors ; l'actuelle rue de la Grange-Batelière tournait à angle droit (à la hauteur de l'actuelle rue Drouot) et continuait jusqu'au boulevard (voir le plan).

L'administration occupa l'hôtel et le théâtre fut construit sur les jardins. La façade s'ouvrait rue Le Peletier; les statues des Muses la couronnaient, mais les exigences architecturales avaient modifié la mythologie, les « neuf » Muses n'étaient que « huit » sur le fronton de l'Opéra.

Le théâtre s'élevait entre trois rues, la rue Le Peletier, la rue Rossini, la rue Drouot; le quatrième côté n'était séparé des immeubles voisins que par un étroit passage sombre dénommé le « passage Noir » et qui aboutissait rue Drouot. Du milieu de ce passage partaient, perpendiculairement au boulevard des Italiens, deux galeries fastueuses, la galerie de l'Horloge et la galerie du Baromètre. Or, de 1821 à 1873, ce « passage Noir » boueux, éclairé par des quinquets fumeux, ce passage, sale, malodorant, fleurant les relents des cuisines avoisinantes et d'autres odeurs plus pénibles encore, ce passage où circulaient les machinistes, les figurants, les claqueurs... fut une des attractions de Paris.

L'explication est toute simple : c'est là que les dandys, les lions du règne de Louis-Philippe, les cocodès du second Empire, les Élégants de la seconde République qui n'avaient pas leurs « entrées » dans l'Opéra, devaient guetter la sortie des danseuses du corps de ballet qui de tout temps furent, — comme chacun sait — une de nos gloires nationales. Sous tous les régimes, cette phalange de jolies filles eut le don d'enflammer les cœurs; c'est une vérité qui remonte à la plus haute antiquité : *Saltavit et placuit.* « Elle fit des ronds de jambe et on

Eugène Lami, *del.*

FOYER DES ACTEURS A L'OPÉRA.

R. Staines.

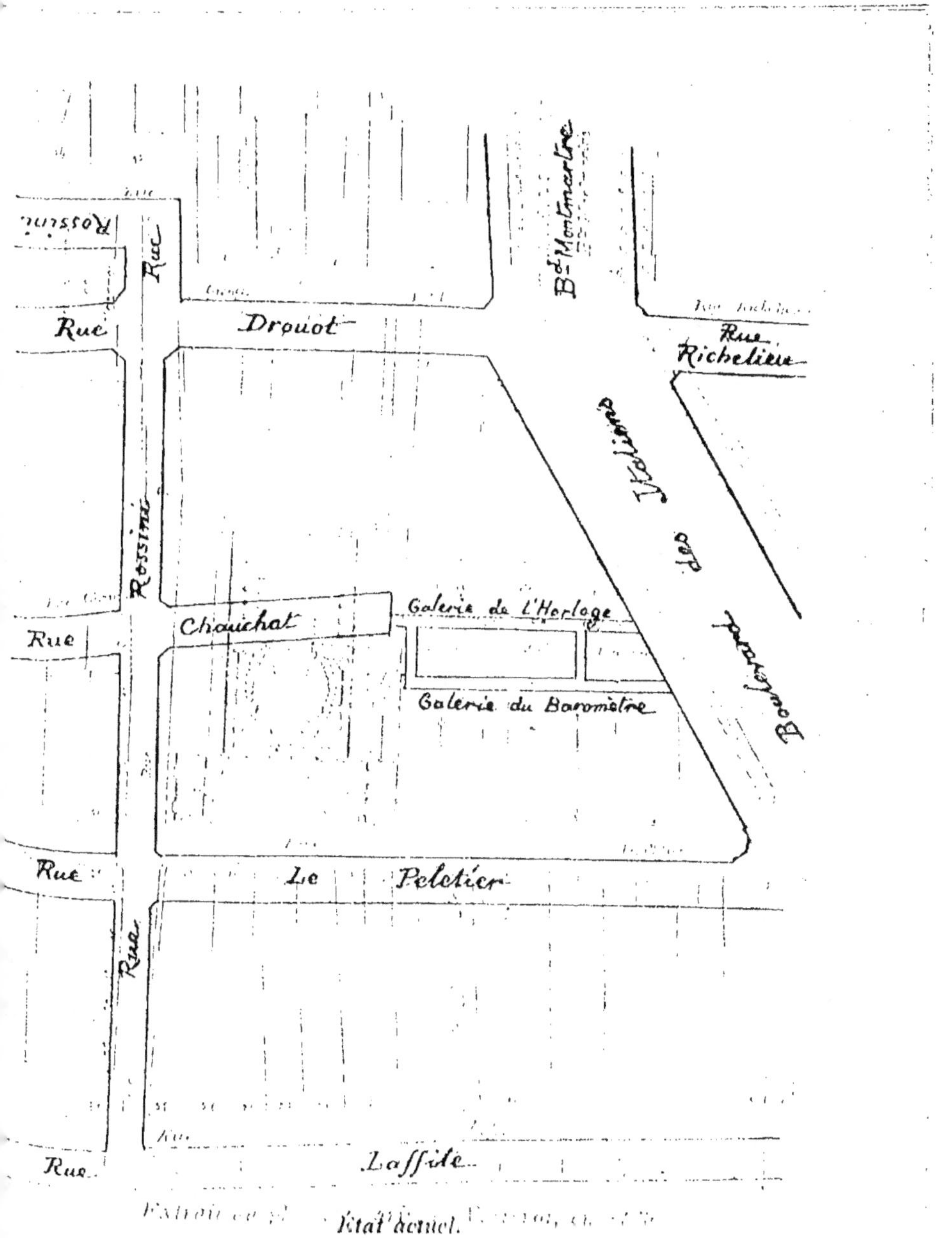
Rue Rossini
Rue Drouot
Bd Montmartre
Rue Richelieu
Rue Rossini
Rue Chauchat
Galerie de l'Horloge
Galerie du Baromètre
Boulevard des Italiens
Rue Le Peletier
Rue
Rue Laffite

État actuel.

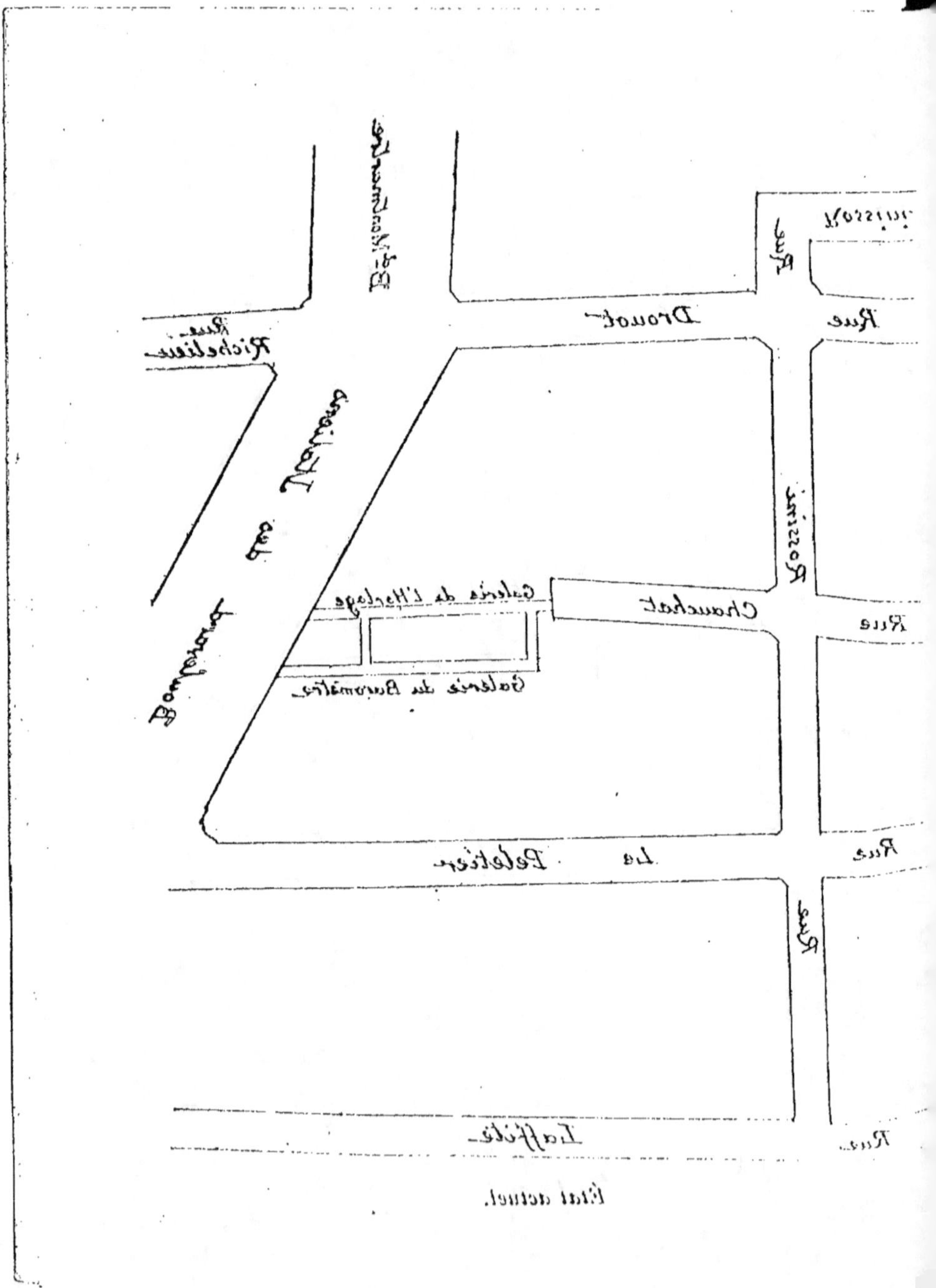
Bd Montmartre
Rue Richelieu
Rue Drouot
Boulevard des Italiens
Galerie de l'Horloge
Galerie du Baromètre
Rue Chauchat
Rue Rossini
Rue Le Peletier
Rue Laffite
Rue Rossini

État actuel.

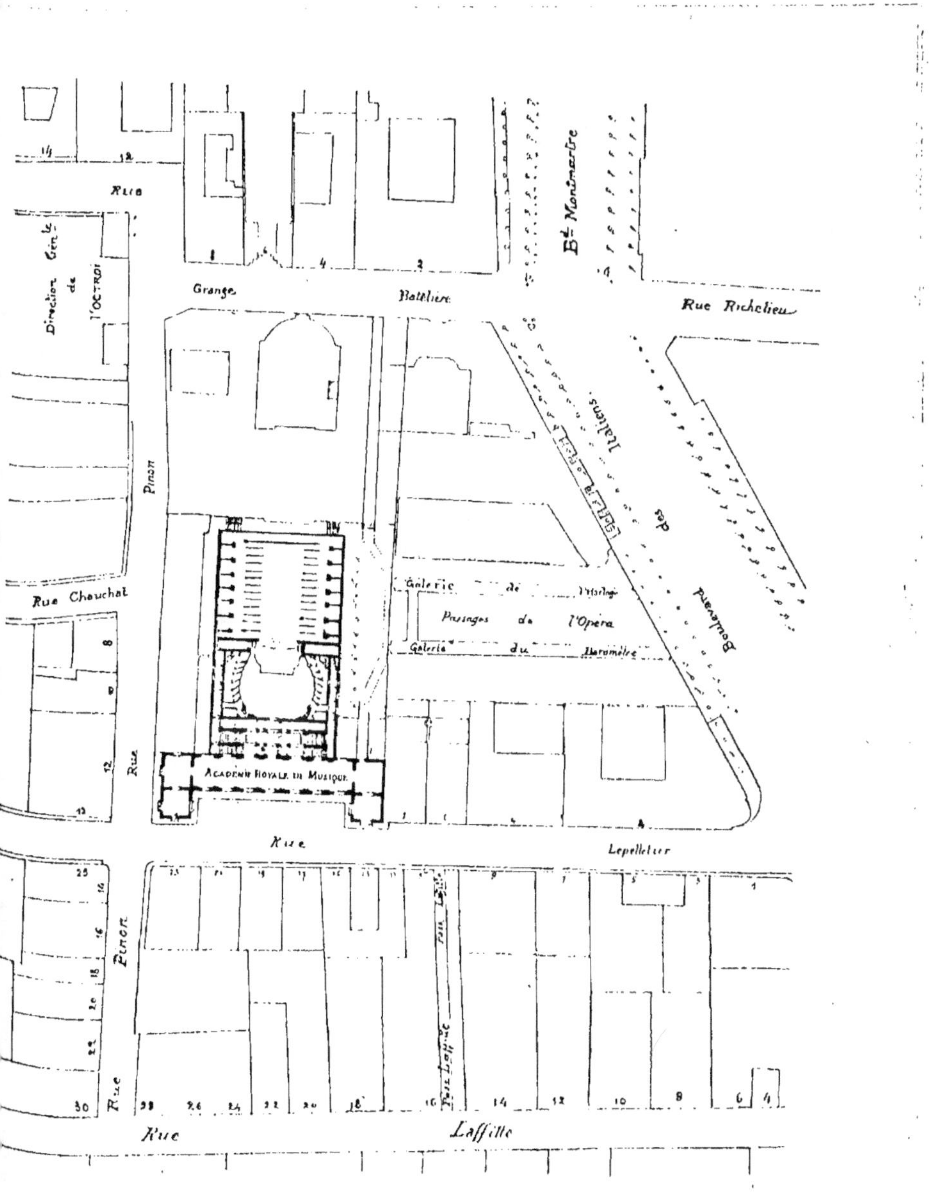

Extrait du plan de Paris, de Vasserot, en 1836.

l'adora. » Les siècles successifs ont pieusement recueilli cette aimable tradition ; d'où le succès du « passage Noir. »

Dans ce passage, à quelques mètres de la rue Drouot, s'ouvrait une porte étroite, recouverte de lustrine usée et déteinte... la porte de communication de l'Opéra !...

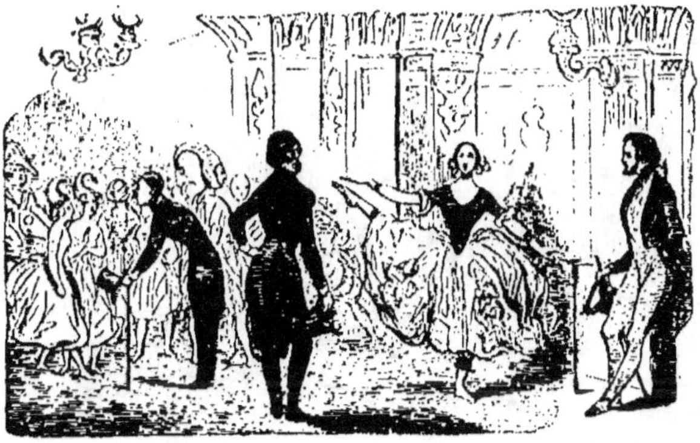

Gavarni, *del.*

UN COIN DU FOYER DE LA DANSE.

Par cette porte battante, — si lourde qu'il fallait la pousser de l'épaule — entraient et sortaient non seulement toutes les chanteuses, toutes les danseuses, tous les artistes, mais aussi les compositeurs célèbres, les habitués de l'Opéra, les abonnés... et les machinistes ! Là passèrent Meyerbeer, Auber, Halévy, Ambroise Thomas, Wagner, Gounod, Mmes Falcon, Dorus-Gras, Rosine Stoltz, Mme Viardot ; MM. Nourrit, Levasseur, Dabadie, le grand ténor Duprez (célèbre par ses *ut* de poitrine), Mario (qui fut duc de Candia) ; l'incomparable baryton Faure (qui fut Nelusko, Nevers, Guillaume Tell, Hamlet et a laissé un impérissable souvenir) ; les danseuses renommées s'appelaient la Taglioni, la Grisi, la Cerrito, les

Gavarni.

VIGNETTE TIRÉE DE « L'HIVER A PARIS »

sœurs Essler, Emma Livry, Plunkett, Montaubry, Fiocre... un firmament d'étoiles !

Ils sont encore nombreux et vaillants les élégants, les enthousiastes de 1873 dont les cœurs battirent au bruit du pesant contrepoids indiquant par son grincement que la petite porte allait s'entr'ouvrir pour laisser

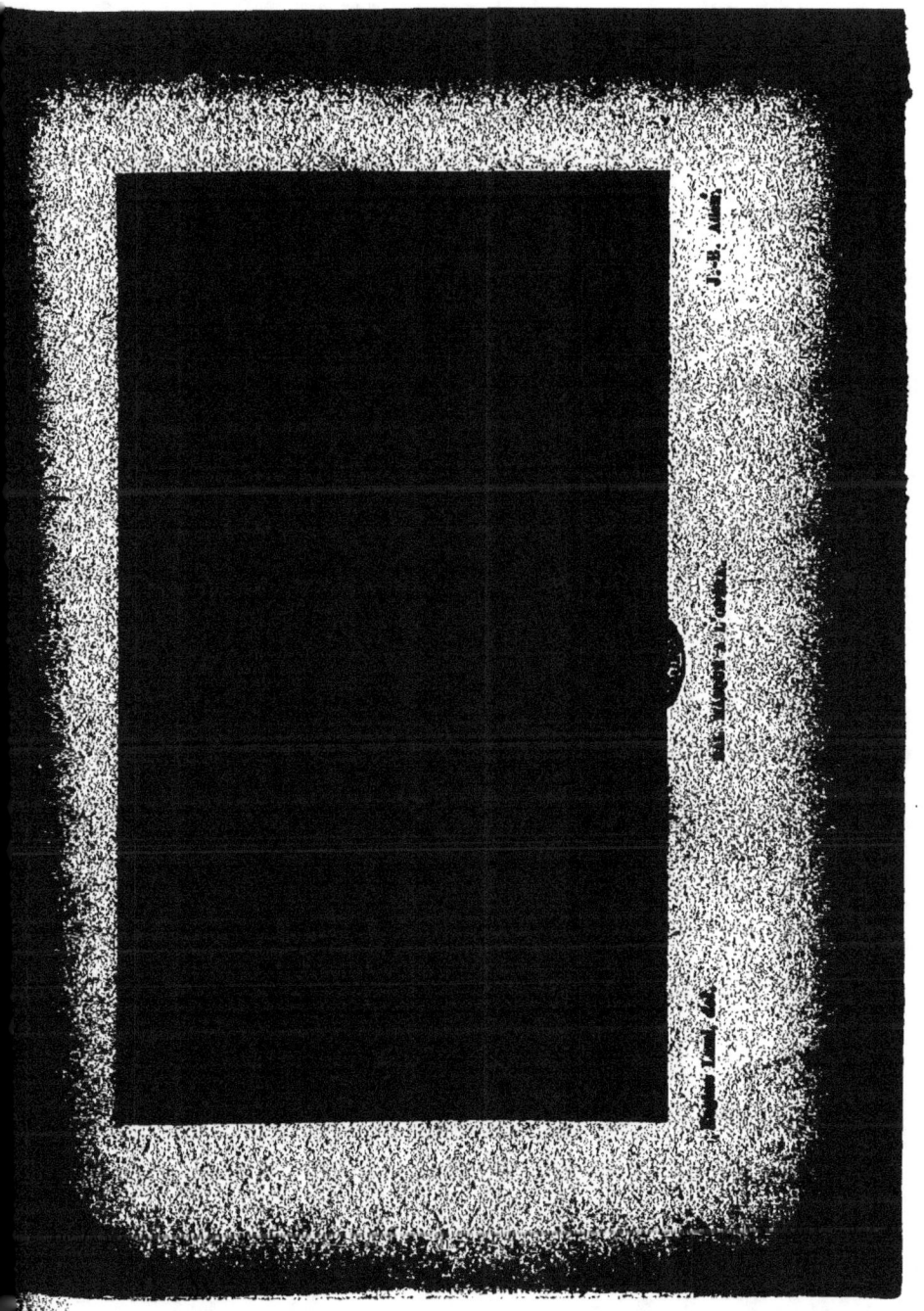

Eugène Lami, del. BAL MASQUÉ A L'OPÉRA. J.-B. Allen.

passer quelque jolie ballerine emmitouflée dans ses fourrures ou ses dentelles (1).

Dans un jet rapide de lumière, les « patitos » reconnaissaient la frimousse rose de l'amie impatiemment attendue et l'on s'enfonçait bien vite dans le passage sombre pour sauter dans la voiture remisée rue Drouot... Les philosophes, les badauds montaient quelques marches et suivaient les luxueuses galeries débouchant boulevard des Italiens où s'étaient groupés restaurants à prix fixe, coiffeurs, aimables gantières, décrotteurs de bottes et tailleurs pour fashionables.

Ces passages s'illuminaient les soirs de bals ou de « premières » ; la foule s'y pressa surtout de 1830 à 1848, époque des débardeurs et des chicards magnifiés par Gavarni, l'épique Dangeau des carnavals parisiens.

Alors, les plus élégants cercleux, les financiers, les artistes ne dédaignaient pas de venir s'encanailler avec

(1) Nous étions arrivés dans ce passage humide et obscur comme une cave, qui aboutit à la rue Grange-Batelière et dans lequel, de temps immémorial, les jeunes apprentis lions qui n'ont pas le droit de pénétrer dans le sanctuaire, viennent attendre, le soir, leurs Dulcinées en tartan... » (Albéric SECOND : *Les petits mystères de l'Opéra*, p. 115).

« ... Mam'zelle Mathilde Marquet, j'ai là un bouquet pour vous. Le Monsieur qui l'a apporté m'a chargé de vous dire qu'il sera, vers les onze heures et demie dans le passage noir de la rue Pinon. Si vous m'en croyez, vous lui laisserez monter sa faction, à cet homme... Il avait des gants de fil ; ça ne m'a pas l'air d'être grand'chose... Prenez toujours le bouquet... Si ça ne vous fait pas de bien, ça ne peut toujours pas vous faire de mal... » (*Id.*, p. 125.)

les folies, les débardeuses, les bergères des Alpes, et il était à la mode de « se faire intriguer » dans le

Gavarni.

— Tenez, Clara, je suis contrarié comme tout, c'est ma bête de femme qui est partie avec le numéro de mon paletot et ma clef! A présent, faut que j'attende le jour et que j'aille aux Batignolles pour avoir ma clef... Je suis contrarié comme tout.

foyer par des « dominos » provocants et spirituels.

Dès onze heures du soir, les fiacres à deux chevaux, chargés de masques jusque sur la galerie, débouchaient en fanfare sous la marquise vitrée. Des flambards, des pierrots, des Hurons de Belleville et des titis parisiens

Gavarni.

— Faudra pas dire à mon Hippolyte que j'ai soupé avec Charles, mon petit Édouard !... Je souperai avec vous.

s'invectivaient et s'attrapaient de la plus drôlatique manière. Les gens tristes, le « Monsieur blagueur comme tout » déguisé « en un qui s'embête à mort » étaient largement conspués. Des dominos, l'œil étincelant sous le masque, échangeaient des : « *It* est pas là, Madame ; — *Il* y viendra, Madame » ; — plus loin c'étaient de justes reproches : « Monter à cheval sur le cou d'un homme que tu ne connais pas... t'appelles ça plaisanter ! » Enfin un chicard résumait d'une phrase lapidaire la philosophie de ces fêtes joyeuses : « Y en a-t-i des femmes, y en a-t-i... et quand on pense que tout ça mange tous les jours que Dieu fait... c'est ça qui donne une crâne idée de l'homme ! » (1).

Mais on ne s'amusait pas seulement, on travaillait beaucoup et de grandes œuvres furent présentées au public rue Le Peletier : *Moïse* (1827), *la Muette* (1828), *Guillaume Tell* (1829) ; *Robert le Diable* (1831) ; *les Huguenots* (1836), *Don Juan* (1834) ; *la Favorite* (1840) ; *le Prophète* (1849), *Sapho* (1851), *Tanhæuser* (1861) ; *l'Africaine* (1865), *Hamlet* (1868). Le mardi 28 octobre 1873, à onze heures et demie du soir, une épaisse fumée trouée d'étincelles envahit tout le quartier : l'Opéra brûlait. L'incendie éclatant dans le foyer de la danse gagna la scène, puis le magasin de décors sur la rue Rossini : impossible de maîtriser le fléau ; à une heure, les flammes atteignaient le passage de l'Opéra, dont les habitants s'enfuyaient. Un pompier, le caporal Bellet, mourait héroïquement au feu. L'édifice s'écroula, la façade s'abattit... une seule des huit Muses resta longtemps debout, toute noire dans les flammes rouges : « Erato » ne disparut qu'à sept heures du matin. Des

(1) GAVARNI. — Les Débardeurs, le Carnaval à Paris (*passim*).

prodiges de courage et d'habileté sauvèrent les passages et limitèrent l'incendie. Des trésors d'art disparurent : des bustes de Houdon exposés dans le foyer, des collections, des maquettes... L'excellent Gailhard, alors basse chantante à l'Opéra, pénétra le dernier sur la scène en feu, enfonça une porte à coups de hache et aida à sauver la bibliothèque... Trois mois plus tard, l'Opéra donnait ses représentations provisoires dans la salle du Théâtre-Italien, place Ventadour (1).

Il fallut des mois pour déblayer les ruines fumantes, et, bien longtemps, les pans de mur déchiquetés découpèrent sur le ciel leurs silhouettes tragiques... Depuis, de hautes maisons de rapport se sont élevées sur l'emplacement de ce qui fut l'Opéra. Au milieu, la rue Chauchat — qui doit un jour déboucher sur le boulevard des Italiens — finit en cul-de-sac. Sept marches de pierre le

(1) Troisième incendie de l'Opéra (29 octobre 1873). « ... Le 29 octobre 1873, la salle de l'Opéra fut incendiée de fond en comble sans qu'on ait pu savoir, à la suite d'une très minutieuse enquête, les causes véritables d'un aussi terrible sinistre. Les bâtiments de l'administration, contenant les archives et donnant sur la rue Drouot furent seuls préservés.

Au moment où se produisait ce désastre l'Académie de Musique répétait le nouvel opéra de M Mermet, *Jeanne d'Arc*, dont les décorations furent en partie détruites.

L'Académie de Musique perdit dans cet incendie, d'après l'état qui a été dressé par M. Nuitter, architecte du théâtre :

Environ 5,200 costumes ; les décorations complètes des quinze principaux opéras du répertoire ; 74 décorations diverses ; 31 instruments de musique appartenant à l'État ; les parties d'orchestre des quinze ouvrages dont les décorations avaient été brûlées ; tous les services

rattachent à la galerie de l'Horloge, qu'une boutique de circurs de bottes sépare de la galerie du Baromètre. Jadis le voisinage du théâtre y amenait la foule ; sous la second Empire, la « Petite Bourse du soir » y tenait, de neuf à dix heures, ses bruyantes réunions : c'étaient des cris, des gens affairés, des commissionnaires chargés de bouquets... Aujourd'hui ces deux galeries désertées abritent de modestes négoces, des restaurants à prix fixe, des vendeurs de cartes postales ou de « timbres pour collections.

Rien n'y évoque plus le bon temps où les ballerines de l'Opéra illuminaient les sombres galeries de leurs œillades séductrices. A l'entrée des passages, deux importantes librairies retiennent encore les flâneurs devant

d'accessoires, de tapisserie, d'éclairage, des armures, etc. ; le mobilier de la salle et des foyers ; 18 bustes et les statues de M. Duret, du grand foyer ; la statue de Rossini, d'Étex.

L'évaluation des pertes peut se résumer de la manière suivante

Bâtiment.	1.000.000
Mobilier	300.000
Décors et costumes. . . .	1.000 000
	2 300.000

M. Arthur Heulhard relève ce fait, dans la *Revue Musicale* dont il est l'habile directeur, que de tous les locaux définitifs ou provisoires affectés à l'Opéra, il n'en reste aucun qui ait échappé à l'incendie.

La première salle de l'Opéra au Palais-Royal brûle en 1763 ;

La seconde brûle en 1781 ;

La salle provisoire des Menus-Plaisirs brûle en 1788 ;

Celle des Tuileries et celle de la Porte-Saint-Martin brûlent en 1871. Celle de la rue Le Peletier brûle en 1873... » (Georges d'Heylli, *Histoire anecdotique de l'Opéra*, p. 369.)

leurs pittoresques et multicolores étalages ; mais, moins bien partagés qu'autrefois, les curieux doivent se contenter aujourd'hui d'admirer sur les premières pages des magazines illustrés les effigies de nos modernes étoiles, souriantes au siècle qui les fête et salue leur beauté comme l'une des grâces de Paris.

Gavarni.

DANS LES COULISSES.

(Vignette tirée de *l'Hiver à Paris.*)

LE PRE-CATELAN

et le Théâtre de Verdure.

Quel dommage que la légende à laquelle le « Pré-Catelan » doit son nom soit apocryphe... elle est charmante. Vers l'an 1310 (l'aventure n'est pas d'hier), une princesse de Savoie aurait dépêché comme ambassadeur auprès de notre regretté Philippe le Bel, « grand amateur de virelais et de romances », un jeune troubadour provençal nommé Arnault de Catelan. Le Roi, évidemment flatté, manda ledit troubadour en son « manoir de Passy ». Pour lui faire honneur autant que pour le préserver des « bandes de mauvais garçons » infestant la forêt de Rouvray (ainsi s'appelait alors notre joli bois de Boulogne), Philippe le Bel eut l'heureuse idée d'expédier à Catelan une escorte de « gens sûrs » tirés de sa propre garde, dont le premier soin fut d'égorger celui qu'ils avaient mission de protéger. Ces aimables compagnons comptaient voler à l'envoyé de la princesse lointaine l'or et les bijoux dont il ne pouvait manquer d'être amplement muni. O déception! Méridional poétique, mais roublard, Catelan n'apportait à Philippe le Bel que des liqueurs et des parfums de choix... dont la bande dut se contenter.

Lorsque l'escorte revint, sans l'escorté, au manoir de Passy, on ne s'aperçut pas que ces hommes d'armes fussent plus ivres que d'habitude; mais leur odeur par trop suave les trahit... leur parfum violent et vengeur décela le crime; on ne sent pas si bon impunément! Justement vexé, Philippe le Bel traita ses gardes comme de simples chevaliers du Temple, les fit brûler vifs et ordonna l'érection d'une croix expiatoire commémorant les regrets du roi capétien et les malheurs de « notre bon camarade » Catelan, poète provençal et ambassadeur occasionnel.

Telle est la légende; l'histoire, plus terre à terre, assure simplement que le Pré-Catelan tire son nom d'un certain Théophile Catelan, capitaine des chasses du bois de Boulogne et propriétaire du château de la Meute, qui plus tard devint château de la Muette, après que le roi Louis XV l'eût « pris et augmenté », assure Saint-Simon. La croix légendaire avait été remplacée au XVIIe siècle par une pyramide tronquée. Sur l'une des quatre faces de son piédestal, on distinguait encore, en 1861, un écu effrité aux armes de Provence; sur une autre, une inscription à peu près effacée; depuis, ce petit monument fut réparé et mis au goût du jour, car, après bien des années d'abandon, le Pré-Catelan est redevenu à la mode.

Un luxueux restaurant, de merveilleux jardins, un théâtre en plein air en font un des coins exquis du bois

LA CROIX CATELAN VERS 1840.

de Boulogne où les Parisiennes aiment à promener leur élégance charmeuse. Dans la journée, les mamans y conduisent les bébés qui peuvent jouer et courir à leur aise autour des massifs de rhododendrons fleuris, à l'abri des voitures et des autos redoutables; elles y demeurent jusqu'au crépuscule qu'il est délicieux de voir tomber sur cette oasis embaumée :

La nuit vient, parfumée aux roses de Syrie,
Et Diane, au croissant clair, ce soir en rêverie
Au fond des grands bois noirs qu'argente un long rayon,
Baise ineffablement les yeux d'Endymion... (1)

Alors le décor s'illumine, l'électricité brille, les tziganes sévissent et distillent des valses lentes en la grande salle claire du restaurant élégant où les plus jolies femmes de Paris, décolletées, endiamantées, exquises en leurs robes de tulle ou de mousseline brodés, leurs ruches, leurs énormes chapeaux empanachés, sablent l' « extra-dry » en dégustant des « pêches Melba »...

Que nous voici loin du Pré-Catelan de notre prime jeunesse, alors qu'en 1867 nos chères mamans, — quand nous avions été bien sages, — nous régalaient de bols de lait à la vacherie suisse et nous offraient le théâtre des Fleurs!... Ce théâtre des Fleurs, machiné comme un grand théâtre, nous apparaissait comme un rêve de féerie..., les avant-scènes étaient en jasmin, les loges en chèvrefeuille, les parterres en violettes; un buisson de roses s'enfonçant sous terre servait de toile et des lanternes vénitiennes remplaçaient le lustre... Sur la scène, des prestidigitateurs, des équilibristes, ou encore les señoras Mendez ou Dolorez, Espagnoles à l'œil de feu,

(1) ALBERT SAMAIN, *Le Chariot d'Or*, Soir païen, p. 78.

« dansant la cachucha », et les louanges de fleurir sur les lèvres de leurs barnums : « Les sourcils de ces dames, assure un compte rendu de l'époque, larges comme le doigt et plus noirs que la nuit, ont l'air d'hirondelles

LA CROIX CATELAN VERS 1850.

Tirée du « Bois de Boulogne ».

glissant sous les branches ! » On admirait encore des rochers, des arbres, un pont, une grotte, encombrant la petite scène du théâtre des Fleurs, et, les grands jours, la musique de la garde impériale y donnait des concerts militaires. D'autres attractions embellissaient le Pré-

Catelan : un théâtre de marionnettes, un antre de sorcier, un atelier de photographe, des brasseries et une tente-orchestre... Tout cela était dû à un M. Ernest Beer, qui avait assumé la charge de mettre en valeur une enclave de quatre hectares, prise dans le bois de Boulogne, concédée en 1856 par Napoléon III à Nestor Roqueplan, Parisien irréductible, spirituel et paradoxal, se vantant de n'avoir jamais dépassé les fortifications et définissant la campagne « un endroit humide où piaillent des oiseaux crus ».

Telle fut l'origine de ce sensationnel Pré-Catelan, qui, après avoir péniblement végété, disparut dans la tourmente de 1870, époque de malheur où notre pauvre Bois, ravagé, coupé, massacré, servit à chauffer Paris affamé et glacé... Cette création du « Pré-Catelan », à laquelle s'étaient intéressés l'Empereur et l'Impératrice Eugénie, ne faisait que renouer une tradition du XVIIIe siècle. Le bois de Boulogne comportait alors de multiples attractions, sans compter le Ranelagh, bal champêtre, situé aux environs de la Muette, célèbre par ses crincrins, ses tonnelles fleuries, ses feux d'artifice, ses quadrilles, où la reine Marie-Antoinette, logeant au château de la Muette, avec Mme de Polignac, n'avait pas dédaigné de venir « s'encanailler », le 21 avril 1780, — et, ce jour-là, la recette fut de 627 livres ! (1)

Un certificat du prince de Soubise, daté de janvier

(1) Lord Ranelagh, pair d'Irlande, grand amateur de musique, avait fait construire dans son parc de Chelsea, près de Londres, une

1789, nous apprend que la dame Dauvilliers, « directrice des Petits Comédiens de bois », possédait, « sur la pelouse de Boulogne », une salle de spectacle, dont ledit prince de Soubise lui avait concédé le privilège, « salle parfaitement construite et très bien décorée où la Cour allait habituellement pendant la belle saison », assure en 1803 un second certificat signé Dussault, maire de Passy, déclarant qu'en 1790, « par suite des malheurs de la Révolution, cette salle de spectacles et ses dépendances avaient été démolies par ordre du gouverne-

rotonde où, chaque jour, un orchestre venait jouer. La haute société anglaise fréquentait ses concerts.

A la mort de lord Ranelagh, vers le milieu du XVIIIe siècle, une Compagnie acheta son parc et y continua la musique, faisant payer aux spectateurs 3 schellings d'entrée. On installa, dans la suite, des fêtes publiques et des bals dans ce jardin qui conserva longtemps le nom de son ancien propriétaire, et qui a été remplacé par Cremorn-Gardens.

En 1772, Morisan, garde de la porte de Passy, et Tardé, l'un et l'autre artificiers du roi, qui avaient été donner des fêtes en Angleterre et y avaient vu le Ranelagh anglais, conçurent l'idée de fonder un établissement semblable aux portes de Paris.

Ils obtinrent du maréchal prince de Soubise, gouverneur du château de la Muette et grand écuyer du Bois de Boulogne, la concession de la grande pelouse située dans le Bois de Boulogne, sur l'emplacement qu'occupe aujourd'hui le café du Ranelagh.

La première salle fut ouverte le lundi 25 juillet 1774, sous le nom de Petit Ranelagh.

L'entrée coûtait 24 sous.

A droite de la grande allée, éclairée par des lanternes accrochées au tronc même des arbres, se trouvaient de petits salons couverts et fermés de trois côtés. On y servait à souper.

A gauche, au milieu des statues, une rotonde reposait sur des

ment (1) ». Beer et Roqueplan n'avaient donc rien inventé en 1856, et ce que nous admirons aujourd'hui n'est que la suite naturelle d'une série d'événements largement espacés...

***

Hier, la Société de l'histoire du théâtre nous conviait au théâtre des Fleurs (aujourd'hui « Théâtre de ver-

colonnes de pierre. Les musiciens étaient au premier étage de la rotonde. On circulait au-dessous des guirlandes de fleurs qui reliaient entre elles les colonnes.

Les premiers soirs, les recettes ne furent pas brillantes. Certains soirs, elles descendirent à 30 livres, à 7 livres 10 sous et même à 3 livres 12 sous...

Avec le Directoire revinrent les beaux jours du Ranelagh, qui fut entièrement reconstruit. En 1793, le célèbre Trenitz y amena ses muscadins et ses merveilleuses, qui refirent, en un tour de danse, la fortune de Morisan. Les muscadins y avaient véritablement établi leur quartier général, à ce point même qu'ils furent accusés d'y conspirer. Un soir, la garde directoriale envahit la salle de bal. « Ce fut, dit un auteur anonyme, un sauve-qui-peut général ; les uns sautèrent par-dessus les barrières, les autres montèrent dans les arbres; ceux-ci se réfugièrent dans les caves; ceux-là furent faits prisonniers ; puis on ramassa les blessés et on emmena les valides, et les vaincus eurent à subir, pour leur peine, quelques mois de prison. »

L'établissement fut ravagé par les vainqueurs et fermé jusqu'au Consulat. Sous l'Empire, Morisan y donna avec succès des fêtes militaires. Il mourut au bon moment, car, peu de jours après sa mort, les Cosaques vinrent bivouaquer sur ses pelouses, et ses salons furent convertis en écurie, en hôpital et en « salles de correction ».

(1) De longue date des théâtres existaient au bois de Boulogne, témoin ce certificat du maréchal prince de Soubise :

« Je certifie que je n'ai point retiré à Mme Donvilliers le privilège du spectacle du bois de Boulogne et qu'elle peut louer et faire occu-

dure ») à une inoubliable représentation qui évoqua un moment tout ce passé disparu.

Un poétique prologue de Dorchain, des vers d'André Chénier, des menuets, des gavottes, des ariettes de Ra-

PRÉ-CATELAN.
Tirée du « Bois de Boulogne ».

per son théâtre par qui bon lui semblera, à condition qu'elle tiendra exactement les arrangements qu'elle a pris avec ses entrepreneurs et autres créanciers jusqu'à la fin des paiements.

« A Paris, ce 11 janvier 1789.

« Mme Donvilliers, « Directrice des Petits Comédiens de Bois », 1779. »

Un certificat du maire de Passy, — attestant « qu'il est à notre

meau; le ballet d'*Alceste* et le second acte du chef-d'œuvre de Gluck, interprété par une artiste admirable, Mme Litvinne! Dans le noble décor de feuillage, sur les fonds sombres et mouvants des sapins et des chênes balancés par le vent, ce fut d'abord un enchantement de voir la blanche théorie des charmantes ballerines de l'Opéra-Comique danser le ballet d'*Alceste*. Les tissus légers et transparents que la brise faisait plaquer sur de beaux corps jeunes et souples, cette musique de rêve, ces rayons de soleil couchant filtrant comme des jets de lumière électrique au travers des branches vertes et nimbant de poudre d'or la grâce exquise de Régina Badet couronnée de feuillage et moulée, — statue vivante, — en ses gazes claires que soulignait la tache sombre d'une peau de panthère, ces sandales frôlant le gazon semé de pâquerettes..., tout nous donnait l'illusion de contempler une frise animée, détachée des blocs de marbre du Parthénon!

connaissance qu'il existait avant la Révolution une salle de spectacle sur la pelouse du bois de Boulogne appartenant à Mme veuve Donvilliers, parfaitement construite et très bien décorée, où la Cour allait habituellement dans la belle saison et que, par suite des malheurs de la Révolution, cette salle de spectacle et ses dépendances ont été démolies par ordre du gouvernement en l'an 1790, — on ignore encore ce que sont devenus les matériaux.

« DUSSAULT,

« *Maire de Passy.*

« Le 19 frimaire an II (Mme Donvilliers).

« Mme veuve Donvilliers, 436, rue de Gretry, Paris, sollicite une indemnité. »

(Collection d'autographes du musée Carnavalet.)

LE THÉATRE DES FLEURS EN 1865.

Litho de l'époque.

Il y eut même en cette fête un moment unique : alors que Mme Félia Litvinne nous dit, — avec le style et la voix que l'on sait, — l'appel tragique aux « Divinités du Styx ». Drapée en ses voiles gris, la grande artiste lança cette invocation sublime avec une telle puissance d'émotion, une telle intensité de douleur qu'il nous parut entendre la plainte désespérée de l'angoisse humaine... et une sensation profonde secoua l'élégant auditoire subitement ému... Dans les fonds de verdure, — mal dissimulés par les bouleaux, les sapins et les broussailles, — les danseuses, les grands prêtres et les « femmes grecques » apparaissaient, attirés par cette voix magique. Quand Mme Litvinne, les yeux remplis de larmes, eut fini de jeter ce cri de passion où elle avait mis son âme, toutes les mains battirent, toutes les bouches acclamèrent, et de loin les mille fleurs qui couvraient les immenses chapeaux des belles spectatrices, bluets, roses, hortensias, pavots, semblaient des bouquets de triomphe jetés aux pieds de la grande artiste dont l'art merveilleux avait ému tant de cœurs (1).

(1) Cette belle représentation, organisée par les soins de la *Société de l'Histoire du Théâtre*, fut donnée au Théâtre de Verdure du Pré-Catelan, le lundi 29 juin 1908, à 4 heures de l'après-midi.

LE BOIS DE BOULOGNE

Pour un vrai Parisien — surtout s'il est né à Paris — rien ne vaut le bois de Boulogne, ce « Bois » sacré où ont défilé, défilent et défileront encore toutes les élégances, toutes les grâces, toutes les beautés; ce bois charmeur où il est si doux de venir, dans la fraîcheur du soir, vider une coupe de champagne en spirituelle et gracieuse compagnie. Mais l'image la plus douce à y évoquer, c'est celle de nos « mamans » — fantômes aimés toujours vivants — qui nous promenèrent, bébés aux boucles blondes, le long de ces avenues familières. Cher Bois, nous t'aimons pour tous ces souvenirs et nous t'aimons aussi pour ta beauté, que le soleil matinal pose des gouttes de diamant sur tes feuilles humides de rosée ou que le jour, déclinant derrière les coteaux de Saint-Cloud et les hauteurs du mont Valérien, t'enveloppe de ses voiles bleus et mauves, sous l'or rose du ciel pâlissant !

Quelle joie, après une absence, de revenir à ces sentiers tant de fois parcourus !... Notre maître V. Sardou l'a dit : « Rien de bon comme les voyages pour nous faire apprécier notre Paris ! »

Et d'ailleurs où trouver spectacles plus divers, plus amusants, plus raffinés ? des cavaliers, des amazones, des cyclistes, des chevaux, des chiens, des mail-coaches, des autos... et partout de jolies femmes, divinement habillées, joyeuses de vivre... de la grâce, de l'élégance, de la jeunesse et de l'esprit ! C'est tout cela qu'on est à peu près sûr de rencontrer au Bois dès que le soleil veut bien se mettre de la partie.

Quoi de plus amusant, par exemple, qu'un déjeuner au pavillon d'Armenonville, au Pré-Catelan ou au Chalet du Cycle, cadres de verdure créés pour la fête des yeux ? Une auto s'arrête, une femme en descend, relevant hardiment le bas froufroutant de sa jupe d'où émerge une jambe fine, moulée en un bas de soie mauve ; et comme il pleut un peu, elle se baisse gracieusement avant de s'engouffrer sous la véranda fleurie, à l'abri du parapluie rouge que, le bras haut levé, tend un chasseur stylé !

Les autos succèdent aux coupés et toujours des femmes en descendent, roulées en des étoffes légères. Sous le grain qui tombe ; le monocle à l'œil, trois cavaliers, immobiles, contemplent, en buvant du porto, cet incessant défilé d'élégantes où les Parisiennes exquises alternent avec les exquises étrangères.

Toutes les tables sont occupées ; l'argenterie, les roses, les piles de fruits, les seaux de glace étincelants

E. Guérard, *invent. et del.*

L'HIPPODROME DES COURSES.

sur les nappes blanches, et les immenses chapeaux garnis de fleurs, qui semblent copiés sur le Journal de Mme Eloffe en 1787, ondulent comme des jardins suspendus, baignant les yeux rieurs d'une ombre délicate et mobile.

Affairés, des garçons à tête de diplomate circulent prestes entre les tables; les uns débouchent des bouteilles de champagne, d'autres, gravement, découpent sur un réchaud flambant le canard rouennais qui embaume; l'odeur forte des parfums se mêle à l'odeur des cigares, du melon et des roses Niel. C'est un brouhaha infernal où des rires montent comme des fusées, cependant qu'imperturbable l'excellent premier violon — un tzigane roux aux yeux vagues qui joue, comme en un rêve « la mort d'Yseult » — s'efface pour laisser passer la préposée au vestiaire, les deux bras surchargés de paletots et de mantes claires, les mains hérissées de cannes surmontées de chapeaux noirs!

Il est près d'une heure et demie; avant de partir aux courses, d'élégants clubmans, la casquette en sautoir et le sourcil crispé discutent les pronostics du *Jockey*... De jolies femmes continuent à arriver en coup de vent... « Un peu en retard n'est-ce pas... C'est la faute à l'ondulateur! » Et la même fête recommencera ce soir aux mêmes endroits; les hommes seront en habit, et les femmes seront décolletées, toujours gracieuses, toujours souriantes, toujours en retard et ce sera de nouveau « la faute à l'ondulateur!... »

*
* *

Que nous voici loin du Bois de Boulogne d'antan !... Qui se souvient que ce fut, au temps jadis, l'immense forêt de Rouvray (ainsi nommée à cause de ses chênes

VUE DE L'ABBAYE ROYALE DES RELIGIEUSES DE LONGCHAMP.
Israël Silvestre, *delin.*

rouvres)? Les riverains, des bûcherons, des pâtres et des pêcheurs, la dévastaient jusqu'au jour où Philippe-Auguste, traçant les limites de Paris, la rachela pour l'annexer aux biens de la couronne. La forêt commence alors à se peupler : l'abbaye de Longchamp, qui couvre 40 arpents, y dresse ses tourelles et ses clochetons; un calvaire, — qui jusqu'en 1830 y sera lieu sacré — s'élève

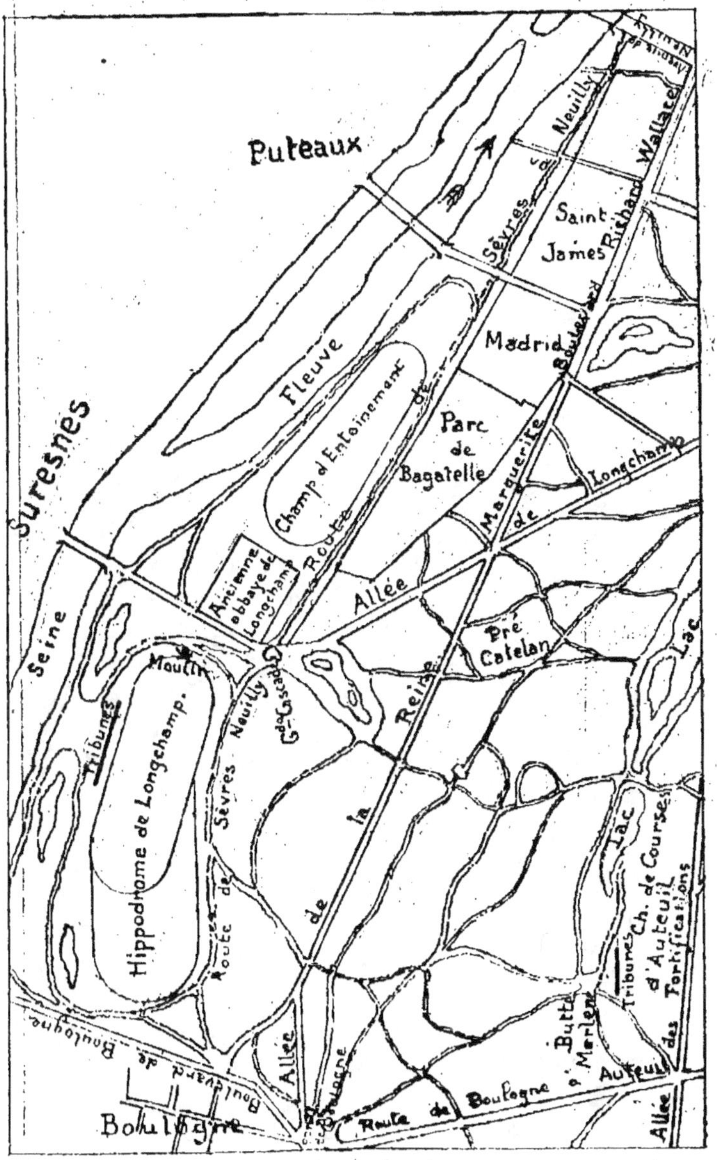

Bois de Boulogne (État actuel).

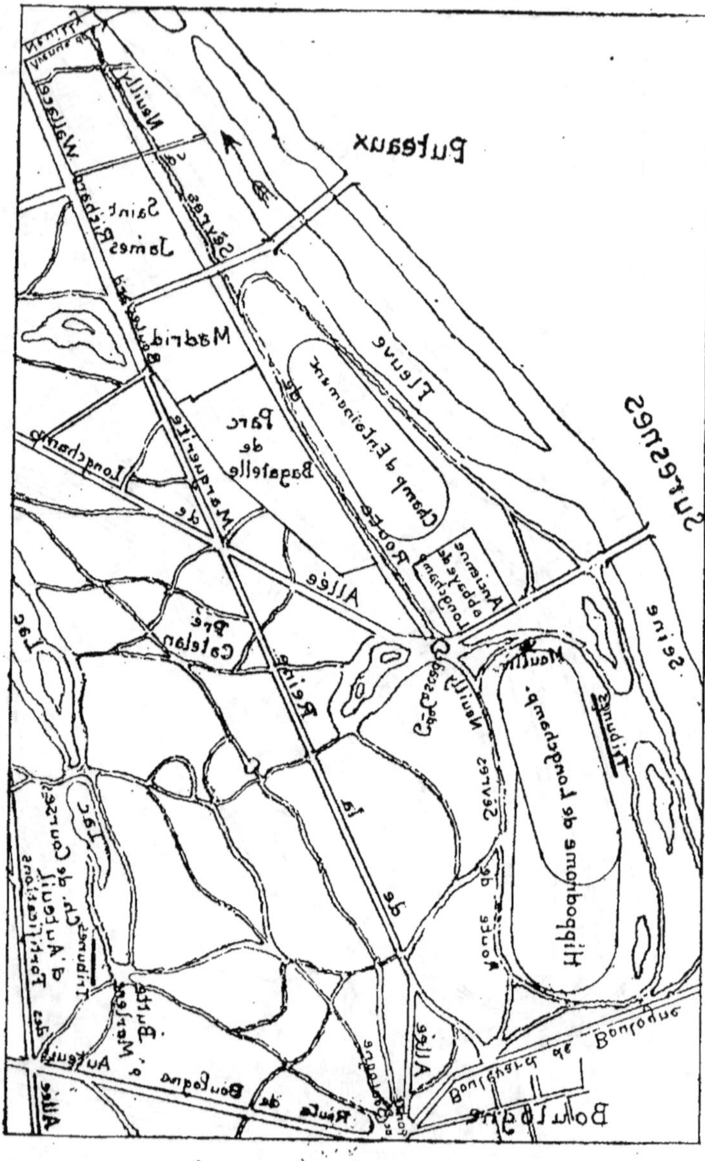

Bois de Boulogne (État actuel).

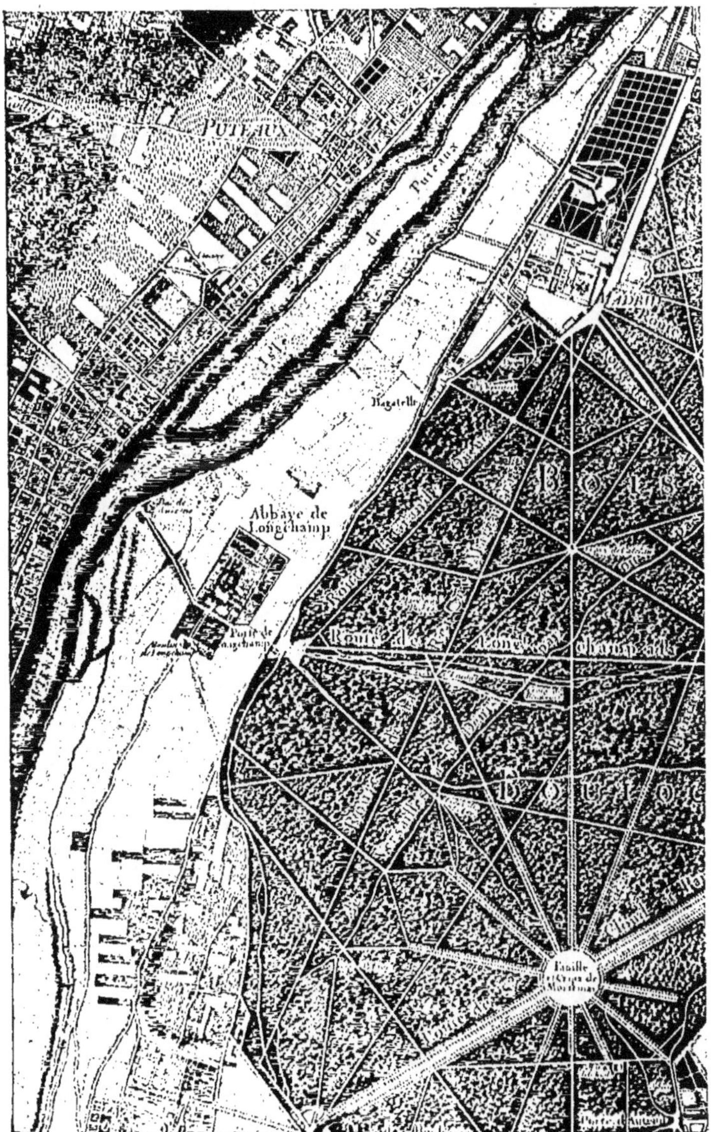

Bois de Boulogne. — Extrait du plan de Paris et de ses environs, de Roussel, en 1730.

sur les hauteurs du mont Valérien... Mais au retour d'un pèlerinage, les fidèles construisent, vis-à-vis de Saint-Cloud, une église copiée sur celle de Boulogne-sur-Mer, dont ils arrivent, et la chapelle miraculeuse de Boulogne-sur-Seine donne son nom au village, puis par extension au bois, ce bois sauvage où les fuyards cherchent un refuge durant l'invasion anglaise.

L'ABBAYE DE LONGCHAMP.
[illegible] des *Délices de Paris* (vers [illegible]).

Plus tard, les malandrins de tout poil, voleurs, vagabonds, faux monnayeurs, braconniers, y élisent domicile; Louis XI se fâche et son compère Olivier le Daim fait pendre haut et court « les malfaiteurs de la garenne de Rouvray et du bois de Boulogne ».

François Ier y construit la château de Madrid — un délicieux palais, — Louis XIII y chasse, Louis XV y bâtit le château de la Muette, où Marie-Antoinette Dauphine passera la nuit qui précédera le jour de son mariage; le comte d'Artois, à la suite d'un pari, fait en six semaines surgir de terre ce bijou : Bagatelle et son jardin anglais.

La Révolution passe comme un cyclone sur le bois de Boulogne : rasé le couvent de Longchamp (1), vendu le château de Madrid, à la bande noire qui se lamente « sur la solidité de l'édifice, trop dur à démolir ! » et broie et convertit en ciment les terres émaillées, chefs-d'œuvre de la Renaissance, égayant les façades ! Le château de la Muette a le sort de l'abbaye de Longchamp et l'élégant rendez-vous du Ranelagh devient une sorte de bal-musette !...

Ravagé, pillé, abandonné, le Bois se venge de ses bourreaux, ses fourrés épais servent d'asile aux malheureux fuyant le couperet de la guillotine.

Au fort de la Terreur, le représentant du Pape, l'abbé de Salamon, l'internonce promis à l'échafaud, échappé par miracle aux massacres de l'Abbaye, se réfugie « dans la partie la plus écartée du bois » et s'y cache, « la mort

(1) C'est sur les dépendances de l'abbaye de Longchamp, dans cette même prairie où jadis paissaient les troupeaux des religieuses, que l'édilité parisienne a eu l'heureuse idée d'établir à tout jamais le Champ de Courses, qui, il y a peu d'années encore, empruntait sa piste au Champ de Mars. (A. Achard, *Le Bois de Boulogne en 1867*, *Paris-Guide*, p. 1235.)

Le Chevalier de l'Espinasse, *del.* VUE DU CHATEAU DE MADRID. Née, *sculp.*

dans l'âme et pas un sou dans sa poche ». En carmagnole, les habits en lambeaux, la barbe longue, muni d'un petit fourneau et d'une casserole, il vit de « légumes, cuits sur un peu de brindilles et de feuilles sèches »,

L'EMPEREUR NAPOLÉON III AU BOIS DE BOULOGNE.

Edm. Morin, *del.*

couchant « tantôt dans un kiosque abandonné où les habitants de Boulogne venaient danser le dimanche », tantôt « sous bois, du côté de Bagatelle, près de la pyramide, non loin du château de Madrid « où j'étais venu bien souvent, écrit l'abbé, du temps que M. de Rosembo l'habitait »; « il me semblait, ajoute-t-il, que chacun de ceux que je rencontrais lisait sur mon visage que j'étais hors la loi et allait courir me livrer au bourreau » ! (1)

L'orage apaisé les « Éphémérides de la Mode recommencent » (2), le Bois de Boulogne « revoit passer la fête du luxe » : sous le Directoire, le Consulat et l'Em-

LE BOIS TRANSFORMÉ EN PARC A BESTIAUX.

Siège de Paris 1870 (*Le Monde illustré*).

pire, on y monte à cheval et l'on s'y bat en duel. L'invasion en dévaste les hautes futaies; les troupes anglaises

(1) Abbé de Salamon, *Mémoires de l'Internonce*, *passim.* (Plon, éditeur.)

(2) E. J. de Goncourt, *Histoire de la société française pendant le Directoire* (p. 199).

UNE TOMBE AU VIEUX CIMETIÈRE DE BOULOGNE.

P. Vouillemont, ph.

abattent les chênes séculaires pour se chauffer ou construire des baraquements et les Hanovriens campent dans le bois saccagé. Louis XVIII s'efforce à réparer tant de méfaits, et le règne de Louis-Philippe y installe le champ de courses; mais c'est du second Empire que date vraiment la splendeur du Bois. Napoléon III —

LA RIVIÈRE ET LE CHALET DES ILES.

Edm. Morin, *del.*

sous l'escorte de ses superbes cent-gardes — y promène ses hôtes royaux et les Parisiens de 1867 y saluent la splendide impératrice et le « petit prince » souriant de la daumont impériale conduite par des jockeys poudrés, en culotte de peau, vestes de velours vert à brandebourgs dorés, calotte verte frangée d'or...

L'éminent ingénieur Alphand embellit après nos

désastres de 1870 le Bois de Boulogne de nouveau ravagé, et plus que jamais à la mode !

***

Contraste charmant et paradoxal : en ce bois joyeux, bruyant, à quelques mètres des pelouses tapageuses du champ de courses, près de la porte de Boulogne, sur la route de l'Espérance — ô ironie ! — encadré de vieux murs bas, à peu près inconnu et absolument délaissé, s'enclôt un petit cimetière, abandonné depuis cinquante ans, et nous ne saurions trop engager les gracieuses Parisiennes à trouver quelques minutes, entre une partie de polo et un five-o'clock, pour aller rêver en ce délicieux « paradou », qui fut au XVIIIe siècle le cimetière de Boulogne. Mais, depuis des années et des années, les lierres, les herbes folles, les mousses, les lauriers sauvages, les clématites, les buis ont tout envahi : c'est une sorte de forêt vierge en miniature, avec de grandes lianes reliant de leurs guirlandes fleuries les quenouilles pointues des cyprès noirs aux troncs rosés.

Par-ci par-là les églantiers s'espacent et, enfoui dans l'herbe, un fragment de stèle brisée, un reste de dalle éclatée, une croix de fer rongée de rouille nous rappellent qu'ici fut une tombe. Il faut écarter des branches touffues avant de retrouver sous la verdure envahissante une petite tombe... celle de la Guimard, la jolie Guimard, la danseuse exquise qui affola Paris. Elle

LE VIEUX CIMETIÈRE DE BOULOGNE. Paul Vouillemont, phot.

R.F.

était née en 1743, elle mourut en 1816... *Saltavit et placuit !...*

Les inscriptions ont disparu sous la mousse et le lierre, des touffes de coquelicots s'épanouissent sous des monticules de terre qui jadis recouvraient des cercueils. Rien de plus poétique que ce petit sanctuaire évoquant la sereine beauté des saintes nécropoles d'Eyūb ou de Scutari.

Les visiteurs sont rares en ce cimetière clos depuis 1858... Cependant, tous les mois une vieille dame en deuil dépose des fleurs sur la seule tombe encore entretenue, celle d'un enfant mort en 1855... Quand cette dame ne viendra plus, ceux qui reposent ici ne seront pas cependant complètement délaissés. Tous les oiseaux du Bois, mieux que les Parisiennes, connaissent cette oasis mystérieuse, et merles, pinsons, fauvettes et rossignols y lancent au ciel leurs trilles les plus perlés, — c'est l'hymne divin chanté par la nature en l'honneur des pauvres morts dormant en cette terre sacrée qu'embaument, comme des encensoirs, l'aubépine et l'acacia, où les pétales de fleurs couvrent le sol comme des roses de Fête-Dieu !

UN VIEUX QUARTIER

Le 18 août 1847, vers quatre heures de l'après-midi, le bruit se répandit dans Paris qu'un meurtre effroyable venait d'être commis à l'hôtel Sébastiani, faubourg Saint-Honoré. La duchesse de Praslin, fille du maréchal Sébastiani, avait été assommée à coups de crosse de pistolet, déchiquetée, percée de coups de couteau, et l'assassin, chuchotait-on, était le duc de Praslin lui-même ! — On ajoutait que le crime avait été exécuté avec une telle sauvagerie que M. Allard, successeur de Vidocq à la police de la sûreté, se serait écrié en entrant dans la chambre de la duchesse, transformée en un charnier sanglant : « Vilain ouvrage ! les assassins de profession travaillent mieux... c'est un homme du monde qui a fait le coup ! »... Et la foule d'accourir au faubourg Saint-Honoré (1).

(1) ...Cette chambre fait horreur. On y voit toute palpitante et comme vivante la lutte et la résistance de la duchesse. Partout des mains sanglantes allant d'un mur à l'autre, d'une porte à l'autre, d'une sonnette à l'autre. La malheureuse femme, comme les bêtes fauves prises au piège, a fait le tour de la chambre en hurlant et en cherchant une issue sous le couteau de l'assassin. (Victor Hugo, *Choses vues*, 1847, p. 230.)

Là, au numéro 55 — entre l'Élysée-Bourbon où réside M. le Président de la République et l'hôtel Castellane, sur l'emplacement même de l'actuelle rue de l'Elysée (percée en 1860), — s'ouvrait une haute porte cochère cintrée, flanquée de deux colonnes et surmontée d'un entablement de style dorique. Deux maisons encadraient cette porte cochère ; celle de droite n'était séparée de l'Elysée que par un chemin herbeux, large de deux mètres, serpentant entre les murailles, reliant le faubourg à l'avenue Gabriel (1). Ce chemin herbeux passait donc là où s'allonge aujourd'hui le trottoir longeant le palais de l'Elysée. Détail qui donne la note exacte de ce qu'était le quartier en 1847, ce singulier herbage était loué à la femme Poiriot, marchande de lait de chèvre, une paysanne en marmotte de cotonnade, qui y faisait

(1) Nous nous sommes transportés : 1° Dans le jardin du Palais de l'Elysée en présence de M. Meunier, concierge du jardin ; nous avons examiné les murs et leurs environs depuis le château jusqu'à l'avenue des Champs-Elysées, dans le voisinage d'un couloir appartenant à la maison de Castellane. Ces murs de 2 m. 50 de hauteur sont en assez mauvais état. 2° Dans le couloir ou chemin de ronde susdésigné qui sépare par un espace de 2 mètres le palais de l'Elysée de la maison de M. le duc de Praslin ; ce couloir sert à élever des chèvres et animaux domestiques appartenant à la femme Poiriot, marchande de lait de chèvres : il est formé par les murs susdésignés et par celui de la maison Praslin élevé de 3 mètres. 3° Dans le bâtiment en construction sous la direction de M. Visconti, architecte, attenant au nord-est à la propriété de M. le duc de P... et séparé d'elle par un chemin de ronde de 3 mètres de largeur. (Cours des Pairs : Assassinat de Mme de Praslin. Perquisitions et recherches, 2e pièce, cc. 888.)

paître en liberté ses chèvres « et autres animaux domestiques ». Derrière la porte cochère, une avenue d'environ

PORTE COCHÈRE DE L'HÔTEL DE PRASLIN,
Rue et faubourg Saint-Honoré.

soixante mètres de longueur, ménagée entre les deux maisons précitées, conduisait à une vaste cour au fond de laquelle s'élevait l'hôtel Sébastiani. Derrière l'hôtel un jardin, clos d'une double grille, rejoignait l'avenue Gabriel.

Une foule considérable, grossissant de minute en minute, avait envahi le faubourg ; les sergents de ville flanqués de piquets de soldats avaient grand'peine à maintenir le circulation, à écarter les rangs pressés des curieux pour faire place aux magistrats, aux hommes de police, aux médecins, aux grands personnages, que leurs fonctions appelaient sur le théâtre du crime. On les nommait : Voici le duc Pasquier, chancelier de France; il avait déjà présidé, le mois précédent, le terrible procès des ministres Teste et Cubières ; lui faudra-t-il de nouveau frapper un membre de la Chambre des pairs ?... Voici le ministre de l'Intérieur, M. Delessert; le procureur général Delangle ; M. Hébert, garde des sceaux ; le juge d'instruction Broussais ; des pairs de France, les ducs de Massa, de Brancas, M. Bertin de Vaux, M. Victor Hugo, le général baron Marbot, nommé pair le 6 avril 1845, en même temps que le duc de Choiseul... Les commentaires d'aller leur train ; on rappelait les scandales récents, le coup de couteau du prince d'Eckmühl [1], le suicide du comte Bresson, la folie du comte Mortier voulant tuer ses enfants à coups de rasoir...

(1) ... Le prince d'Eckmühl a été arrêté dans la nuit, la nuit passée, comme vagabond et mis dans une prison de fous, après avoir donné des coups de couteau à sa maîtresse. (VICTOR HUGO, *Choses vues*, 1847, p. 233.)

F. Silvestre. ENTRÉE DE PARIS. FAUBOURG SAINT-HONORÉ EN 1765.

Décidément l'année 1847 était fatale aux grands de la terre !

Ces tristes rapprochements, le rang de la victime, la renommée du maréchal Sébastiani, le mystère planant sur les mobiles du meurtre, un nom de femme mêlé à cette tragédie expliquaient la curiosité et la surexcitation de la foule massée faubourg Saint-Honoré, et qui voyait ressortir pâles d'émotion les rares visiteurs autorisés à pénétrer dans l'hôtel, devenu abattoir. Le drame dépassait en horreur les ordinaires boucheries criminelles[1]. Le rapport du juge d'instruction Broussais nous montre la chambre de la duchesse rougie de « mares de sang ». Du sang sur le canapé, sur le lit, sur

(1) L'an mil huit cent quarante-sept, le 18 août, 8 heures du matin : Nous, Aristide Broussais, juge d'instruction près le tribunal de première instance de la Seine, informé par M. le Procureur du Roi qu'un crime venait d'être commis sur la personne de Mme la duchesse de Praslin, rue du Faubourg-Saint-Honoré, nº 55 ; nous nous y sommes immédiatement transportés avec M. Delalain, substitut et assisté d'Auguste-Célestin-Appert Collery, notre greffier où étant M. le Procureur du Roi, lui-même nous a rejoint.

Nous y avons trouvé M. le Procureur général et M. le Préfet de Police qui, informés de leur côté de ce grave événement, s'y étaient transportés eux-mêmes et deux commissaires de police, MM. Truy et Brujelin.

La chambre est dans le plus grand désordre ; de larges mares de sang à terre et sur le canapé indiquent évidemment que c'est là où le crime a été commis et que la victime a dû opposer une vive résistance. Nous remarquons notamment des traces de sang au marbre d'un secrétaire et à la base de l'enveloppe des vases garnissant la cheminée et la base du cordon de sonnette, comme si la duchesse de Praslin, dans l'ombre de la nuit, avait cherché ce cordon de sonnette

le marbre du secrétaire, à la base de l'enveloppe garnissant la cheminée, le long d'un cordon de sonnette du sang encore, « des cheveux et un fragment de cuir che-

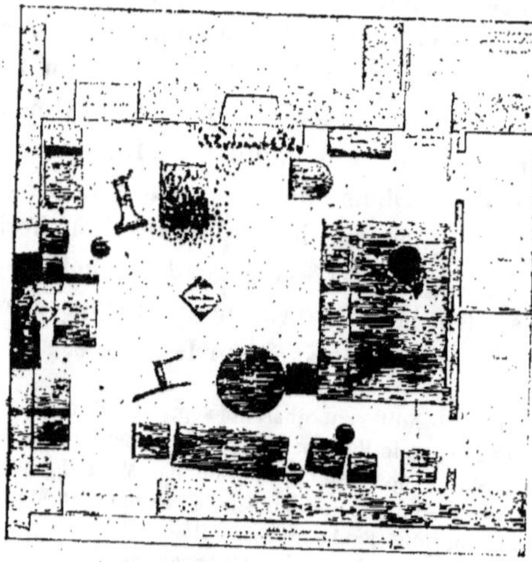

PLAN DE LA CHAMBRE A COUCHER DE LA DUCHESSE DE PRASLIN.

velu » sur le canon et la crosse d'un pistolet d'arçon chargé et amorcé ; du sang sur le chambranle des

pour appeler ses gens. Sur une table, devant la croisée, se trouve un pistolet d'arçon, amorcé et chargé auquel nous remarquons plusieurs traces de sang sur le canon et la baguette et la crosse duquel quelques cheveux sont fixés par du sang, ainsi qu'un léger morceau de chair ou de peau...

Nous avons prié M. le duc de changer de vêtement et, sur notre

Bertrand. *del.*

HÔTEL SÉBASTIANI, FAÇADE DU JARDIN (CHAMPS-ÉLYSÉES).

portes, sur « un reste de pain » grignoté la veille au soir ; du sang sur les deux livres que Mme de Praslin avait dû feuilleter avant de s'endormir : *Mrs Armytage*, roman anglais, et *les Gens comme il faut*, une sorte de Code du savoir-vivre !

On sait la fin de la tragédie : la perquisition en la chambre du duc — « un homme de taille médiocre et de mine médiocre », — au cours de laquelle les magistrats saisirent une lame de poignard corse brisée et ensanglantée, un couteau de chasse au manche taché de

demande, il nous a immédiatement remis une redingote en drap gris, présentant quelques traces de sang dans diverses parties et dont le revers gauche à l'intérieur a été fraîchement lavé. Ce revers est encore humide entre la première et la quatrième boutonnière sur une largeur d'environ 10 centimètres. M. le duc nous déclare que, pour faire disparaître cette tache, il s'est servi du savon avec lequel il se lavait les mains ordinairement...

Comme nous remarquons sur un pantalon brun à côtes noires et bleues des taches et gouttes de sang, nous prions également M. le duc de changer de pantalon. (Informations générales, Cour des Pairs, Archives Nationales.)

Dans la cheminée de la chambre, nous trouvons divers débris encore chauds indiquant que des papiers et des étoffes y ont été récemment brûlés...

Nous l'avons interpellé de s'expliquer sur ces circonstances qui nous paraissent élever contre lui les charges les plus graves... M. le duc de Praslin baisse la tête et se la tient dans les mains pendant que M. le Procureur du Roi lui adresse de vives paroles pour l'engager à s'en expliquer avec la sincérité qui convient à sa position et à son nom.

...Et ledit jour, par continuation de notre procès-verbal, nous avons cru encore devoir saisir un sabre yatagan garni en argent que nous avons trouvé dans la commode placée dans la chambre à coucher de M. le duc ; nous en avons formé le scellé n° 17... Un couteau de chasse sang, un yatagan, des vêtements maculés et tout fraîchement lavés ; puis la mise en arrestation de M. de Praslin, qui s'empoisonne avec de « l'acide arsénieux », et son transfert — au petit jour — à la geôle de la Chambre des pairs. Il avait déjà l'aspect d'un cadavre (1).

Son domestique l'habilla ; deux hommes le portèrent dans la voiture du duc Decazes que les agents de police entourèrent et qui « au pas, vu l'état de santé du prévenu », le déposa rue de Vaugirard, près du Luxembourg. Alors ce moribond comparut devant la commis-

en cuivre derrière le coussin d'un canapé se trouvant entre la cheminée et un chiffonnier dont nous avons formé le scellé n° 18... Nous avons également saisi un livre placé sur cette table (table ronde guéridon), couvert en papier vert intitulé *Mrs Armytage* dont le dos et la couverture sont tachés de sang. Il nous a paru que ce devait être le livre que Mme la duchesse de Praslin lisait dans la soirée du 17 août lorsque sa femme de chambre l'a quittée à 11 heures du soir (scellé n° 25).

(1) « ...L'oncle de la victime, le général Sébastiani, alors commandant de la première division militaire, était arrivé à l'hôtel. A la vue de cette effroyable boucherie, il perdit connaissance, et Auguste Charpentier courut chercher un verre d'eau dans la chambre du duc. Cette chambre, dans laquelle on n'avait pas encore pénétré, était dans un singulier désordre. La cheminée était encombrée de cendres et de fragments récemment brûlés ; un broc était placé au milieu de la pièce ; le valet de chambre, croyant y trouver de l'eau, voulut en prendre et le duc lui dit de ne pas y toucher, que cette eau était sale et il s'empressa de la vider par la fenêtre du jardin... » (A. Fouquier : *Les Causes Célèbres.* Affaire de Praslin, p. 3)

« L'attitude du duc pendant ces pénibles constatations présentait, à ce que l'on rapporte, un singulier contraste avec ce qu'elle était d'ordinaire. Petit de taille, nerveux, énergique, fier et d'une extrême irascibilité, il n'avait pu jusqu'alors supporter une contradiction et

sion de jugement de la Chambre des pairs : après avoir avoué au chancelier Pasquier qu'il avait absorbé de l'arsenic, le duc se réfugia dans un mutisme farouche. « Il serrait les dents comme pour empêcher un aveu de sortir ». — Comment M. de Praslin s'était-il empoisonné? — On interrogea le docteur Louis qui fit cette noble réponse : « On m'accuse de n'avoir pas dit tout de suite : « Il s'est empoisonné ». C'était le dénoncer, c'était le perdre. Un empoisonnement est un aveu tacite.

aurait regardé une question comme une offense ; maintenant il se montrait abattu, atterré et ne trouvant pas une parole pour protester contre l'horrible soupçon qui semblait planer sur lui...

« Quant au duc de Praslin il est, depuis le moment où le crime a été découvert, gardé à vue dans sa chambre à coucher même et d'après les recommandations du Préfet de Police, le Chef du Service de Sûreté ne l'a pas quitté d'un instant...

« Hier, dans la soirée, M. le Chancelier Pasquier s'est rendu sur le théâtre du crime où il avait séjourné une heure environ ; l'honorable chancelier est revenu aujourd'hui à midi à l'hôtel Sébastiani...

« La Chambre des Pairs n'est pas, *de plein droit*, érigée en Cour de justice, sa transformation en corps judiciaire doit, même pendant la durée et à plus forte raison dans l'intervalle des sessions législatives, être prononcée par une ordonnance du Roi. » (*Gazette des Tribunaux*, nº du 18 août 1847.)

« Comme, malgré toutes les recherches, il avait été impossible de trouver l'arme avec laquelle avait été perpétré l'assassinat, un réquisitoire signé du Procureur du Roi fut signifié dans l'après-midi à M. Richer, entrepreneur de vidanges, et hier au soir, entre 9 et 10 heures, six voitures de cette maison, portant les numéros 118, 119, 120, 121, 122, 123, sont arrivées à l'hôtel Sébastiani pour vider les fosses d'aisances, travail qui a eu lieu la nuit et seau par seau afin que l'arme ne pût échapper aux recherches.

« L'arme a été retrouvée, c'est un couteau de chasse, dit-on, appartenant au duc. » (*Gazette de France*, nº du 18 août 1847.)

« Vous deviez le déclarer », m'a dit le chancelier; j'ai répondu : « Monsieur le chancelier, quand déclarer est « dénoncer, un médecin ne déclare pas » (1).

Cependant la mort faisait son œuvre : le duc s'évadait par le poison des poursuites criminelles; sans une plainte, torturé de soif, au milieu d'indicibles souffrances, « se roidissant pour empêcher un « Oui » de sortir de ses lèvres »... cachant sa tête dans ses bras appuyés sur la table autour de laquelle se tenaient les membres de la commission... restant par moments quelques minutes à pousser une sorte de râlement ». Il était vêtu d'une longue robe de chambre brune, sans collet, « laissant voir sur son cou toutes les contractions de sa gorge ». — Les journaux tenaient au jour le jour le public haletant au courant des phases de cette effroyable fin... on racontait que, dans l'excès de ses souffrances, M. de Praslin « s'était mangé le pouce »...

Enfin, le 24 août, une lettre de M. Duchâtel, ministre de l'Intérieur, annonçait au Roi le décès de l'inculpé : « Sire, M. de Praslin est mort, ce soir, à quatre heures trente-deux minutes (2)... » Il avait expiré serrant les dents sur les hoquets de son agonie !

(1) Victor Hugo. *Choses vues*, p. 231.

(2) Ce 24 août 1847 (7 heures du soir).— Sire, M. de Praslin est mort ce soir à 4 h. 32 m.; quelques instants avant sa mort, le chancelier est venu dans sa chambre avec le curé de Saint-Jacques-du-Haut-Pas. Nous prenons toutes les précautions pour qu'il n'y ait pas d'agitation dans la population. Je supplie le roi de daigner agréer l'hommage de mon profond respect. — E. Duchatel.

Après avoir compulsé aux Archives le dossier contant ce drame, nous avons voulu revoir les « épaves du procès ». Quel spectacle : au premier étage de l'admirable palais Soubise, une petite salle close, aux allures de laboratoire de chimiste, garnie de vitrines de chêne, renferme les objets les plus hétéroclites ; c'est la chambre des « pièces à conviction ». Au fond, flottant entre les deux fenêtres, ce grand drapeau tricolore est celui que Napoléon III déploya lors de la tentative de Boulogne ; il porte au centre cinq noms brodés en or : Arcole, Marengo, Iéna, Austerlitz, Moskowa, qu'entourent, aux angles, quatre N couronnés. Çà et là, des éprouvettes, des mesures en étain, des bocaux, des cornues en verre, des alambics ayant servi à quelque mystérieuse cuisine, des cassettes vides, des coffrets à secrets ; contre une fenêtre remontée sur son châssis de bois, la batterie de canons de fusils qui servit à Fieschi pour perpétrer le crime atroce du boulevard du Temple, qui fit tant de victimes, et où le maréchal Mortier trouva la mort. Plus loin, un globe céleste ; le buste de Napoléon Ier, par Chaudey ; les deux couteaux et la lame de ciseaux avec lesquels se poignardèrent successivement les héroïques conventionnels montagnards Romme, Goujon, Bourbotte, Soubrany, Duquesnoy, Duroy... Voici encore le tiers-point que Louvet enfonça dans la poitrine du duc de Berry, et la veste rouge que portait Damiens lors de son fol attentat sur Louis XV... Dans l'angle de gauche, s'ouvre une vitrine renfermant les restes de « l'affaire

Praslin » : un bonnet de femme, des mouchoirs, des taies d'oreiller, une chemise encore noirs et roides de sang... une pantoufle turque maculée, le cordon de sonnette, les serviettes salies de taches évocatrices... voici le yatagan, le couteau de chasse, les fioles de poison, les boites de poudre arsénieuse, les « substances blanches saisies dans la chambre à coucher »... Tout cela repose en une vingtaine de cartons verts d'aspect bureaucratique ; seules les étiquettes « Affaire Praslin » évoquent ce crime retentissant, dont les mobiles restent encore par certains points inexpliqués...

Et c'est tout ce qui survit de ce mystérieux procès.

Aujourd'hui, les autos passent rue de l'Élysée, où s'élevait l'hôtel tragique ; les jours de bal à la Présidence, les voitures des ambassadeurs stationnent sur l'emplacement de la chambre sanglante ; les passants circulent le long du trottoir, remplaçant l'herbage où paissaient les chèvres de la mère Poiriot. Le faubourg Saint-Honoré, déjà fastueux au XVIIIe siècle, est resté aristocratique. En 1847, il était des mieux fréquentés ; l'ambassadeur d'Angleterre, marquis de Normanby, habitait au n° 39 ; l'ambassade de Mecklembourg-Schwerin occupait le n° 35. Au n° 54, le comte d'Astorg, au n° 47 le comte de Chateaubriand, au n° 57 la comtesse de Castellane, au n° 70 le comte d'Andlau avaient leurs demeures. L'hôtel Pontalba, l'hôtel Bagration, l'hôtel Guébriant, l'hôtel La Trémoïlle s'y rencontraient encore ; ce coin de Paris, alors, comme autrefois, était demeuré fastueusement élégant.

En nous y promenant, l'autre jour, nous nous efforcions de reconstituer l'effervescence qu'avait dû produire, faubourg Saint-Honoré, cette « Affaire Praslin »... la rue pleine de monde, la foule haletante, les discus-

RUE DU FAUBOURG-SAINT-HONORÉ, N° 112, HÔTEL CASTELLANE.
Eau-forte de Martial.

sions, les huées, les loustics conjuguant le verbe « prasliner sa femme », la police s'efforçant de mettre un peu d'ordre dans ce grand désordre. Nous songions encore que vers sept heures du soir les badauds, après avoir bien crié, bien potiné, bien contemplé cette porte derrière laquelle il se passait tant de choses, durent s'en aller dîner... les uns joyeux, en songeant que la Bourse du jour avait été « plutôt ferme », que le 5 0/0 cotait 118 et le 3 0/0 76,55 ; les autres pressés de passer leur redingote pour applaudir, à la Porte-Saint-Martin, la première représentation de *la Belle aux cheveux d'or* ou, au Théâtre-Historique, *le Chevalier de Maison-Rouge* (1), alors dans sa triomphante nouveauté, ... et puis, au fond, tout cela « embêtait le gouvernement », et c'est une joie que les Parisiens n'ont jamais dédaignée.

(1) Spectacles du 18 août 1847. — Opéra-Comique : *Les Mousquetaires de la Reine*, *Le Trompette*. — Théâtre-Historique : *Le Chevalier de Maison Rouge*. — Vaudeville : *Dernier Amour*, *Le Chapeau gris*, *Un Vœu*, *L'Amour s'en va*. — Gymnase : *Une Femme*, *Les Malheurs*, première représentation de *Un Ménage*. — Variétés : *Turlurette*, *Les Foyers d'Acteurs*. — Palais-Royal : *Les Chiffonniers de Paris*, *Le Roman de la Pension*. — Cirque Olympique (Champs-Elysées). Soirée équestre. (*Journal des Débats*, 18 août 1847.)

AUTOUR DE LA PORTE MAILLOT

Dans l'une des salles consacrées au souvenir du siège de Paris, les visiteurs du musée Carnavalet s'arrêtent longuement devant un tableau d'Édouard Detaille, particulièrement tragique : sous un ciel bas et plombé, l'avenue de la Grande-Armée silencieuse et vide ; à droite et à gauche, des arbres brisés par des éclats d'obus, des maisonnettes éventrées ; dans le fond, l'Arc de Triomphe ; au premier plan, l'étroit pont-levis de la porte Maillot ; des palissades, des madriers, des épaulements de terre, une batterie de canons ; par terre, des plaques de neige sur de la boue noire... C'est l'étude « d'après nature » faite, en novembre 1870, par notre grand peintre militaire, et tous ceux qui ont vécu les jours inoubliables du siège y retrouvent la sinistre vision de ce qu'étaient alors les remparts de Paris !

Nous évoquions cette page, l'autre jour, au même endroit, — mais combien modifié ! — Nous y étions noyé en une foule bruyante, affairée, joyeuse, au milieu des autos, des cyclistes, des tramways, des flots de voyageurs sortant du Métro voisin. Les terrasses des cafés étaient noires de monde; dans l'air flottait une odeur combinée d'amer Picon et de moto-naphta, et des conversations d'ordre spécial s'échangeaient entre buveurs

Martial, *aqu.* LA PORTE MAILLOT PENDANT LE SIÈGE DE PARIS

d'apéritifs, parmi les coups de trompe, les sonneries électriques, les sifflets des tramways, les abois des camelots hurlant : « Complet des courses!... L'*Auto*... Demandez la *Presse*... — Es-tu content de ton roulement? — Une vraie guigne! en deux heures, je crève trois fois... — Mon graisseur perd beaucoup... — Alors, vrai, il boit l'obstacle, le pneu Michelin? — Comme je bois ce vermout à votre santé, ma belle enfant!... »

C'est le langage courant de toute cette population qui semble ne vivre que du sport et pour le sport. La rapide et stupéfiante transformation de ce quartier, désert il y a encore une quinzaine d'années, tient à deux causes : le cy-

Pils, 6 juin 1871. LE BASTION DE LA PORTE MAILLOT. Musée Carnavalet.

clisme et surtout l'automobilisme, qui ont pris en maîtres possession de l'avenue de la Grande-Armée; les terrains y ont quintuplé de valeur, chaque boutique est consacrée à la vente des objets du culte... Ici, des voitures, des bicyclettes; là, des accessoires, des sifflets, des sirènes, partout des pneus, des cornes d'appel, des lunettes hideuses et protectrices, des costumes sportifs; un magasin, « Au Petit Matelot », s'adjoint ce sous-titre illogique : Spécialités pour automobilistes. Les enseignes chantent la gloire du règne : « Hôtel du Cycle », « Restaurant des Garages », « Au Guidon d'Or ».

Autour de la petite gare du chemin de fer de ceinture, une sorte de foire en plein air, « Printania », — rappel et prolongement de la fête de Neuilly, — fait claquer ses drapeaux, ses enseignes raccrocheuses, déroule ses montagnes russes, dresse les tours de ses tobogans, à côté d'un « village sénégalais ». La barrière franchie, la kermesse continue sous l'œil bienveillant d'Alfred de Musset, dont la statue de marbre contrôle les contrôleurs du tramway de Courbevoie.

Quelques pas plus loin, route de la Révolte, on est tout surpris de rencontrer une chapelle basse, encadrée de cyprès noirs, perdue dans ce milieu de bateleurs, entre les toiles peintes du « village nègre » et la piste d'un « ratodrome »... Cette chapelle est un ex-voto douloureux : c'est ici que se tua le duc d'Orléans, fils aîné de Louis-Philippe, héritier de la couronne de France.

***

La route de la Révolte fut créée à la hâte, en juin 1750, pour permettre au roi Louis XV de se rendre de Saint-Cloud à Saint-Denis, sans passer par Paris, où grondait l'émeute menaçante. On y parlait d'enfants enlevés dans des conditions mystérieuses... On chucho-

BIBL. R. F. NATIONALE

E. Detaille, *pinxit*. LA PORTE MAILLOT PENDANT LE SIÈGE DE PARIS. DÉCEMBRE 1870. Musée Carnavalet.

tait que le jeune sang de ces malheureuses victimes était destiné à confectionner des bains régénérateurs pour Louis XV et ses courtisans usés de débauches... On se ruait sur les exempts de police et une « mouche », — lisez espion, — appelée Parisien, avait été saisie, assommée et traînée par les pieds, la tête dans le ruisseau, jusqu'à la demeure de Berrier, lieutenant général de police, dont toutes les vitres avaient été brisées (1). « Aussi le Roi, qui d'ordinaire venait par les remparts de

(1) « ... Samedi 23, la sédition a été plus forte; l'affaire a commencé à la butte Saint-Roch, où l'on dit qu'on a voulu prendre un enfant la populace y est accourue et s'est assemblée en très grand nombre. Un espion de la police et la mouche d'un exempt, que l'on a reconnu, s'est sauvé chez le commissaire de la Vergée, vis-à-vis Saint-Roch, rue Saint-Honoré, laquelle a été bientôt inondée de peuple. Les boutiques et les maisons ont été fermées jusqu'à la rue de la Ferronnerie; ce peuple a trouvé des bâtiments et des moellons qu'il a cassés pour avoir des pierres; il a demandé qu'on lui livrât cet espion, qui se nomme Parisien et qui était un très grand coquin de l'aveu de tout le monde. Le commissaire a dit qu'il ne l'avait pas; un archer du guet, qui était à la porte, soit de lui-même, soit de l'ordre du commissaire, a tiré un coup de fusil dans le ventre d'un homme; cela a mis le peuple en fureur; à coups de pierre, ils ont brisé et enfoncé une grande et forte porte cochère du commissaire; ils ont cassé toutes les vitres de la maison; ils ont menacé de mettre le feu à la maison; ils ont même, dit-on, été chercher des armes. La fureur du peuple était si grande, que le commissaire et les aguazils du guet à pied ont été obligés de leur promettre cette mouche pour les apaiser, et, en effet, on a livré le pauvre Parisien au peuple qui, en une minute, l'a assommé et ils l'ont traîné par les pieds, la tête dans le ruisseau, à la maison de M. Berrier, lieutenant général de police, qui demeure un peu plus haut que Saint-Roch, après les Jacobins. Ils ont voulu l'attacher à sa porte. On a cassé toutes les vitres du devant de la maison de M. Berrier, avec des imprécations épouvantables contre lui, menaçant de lui

Paris pour gagner la porte Saint-Denis, où Messieurs de la Ville l'attendaient sur son passage, est-il sorti du bois de Boulogne par la porte Maillot pour traverser la plaine et gagner Saint-Denis à travers les terres... (1) »

L'AVENUE DE LA GRANDE-ARMÉE. JANVIER 1871.

Martial, *aqu.*

en faire autant, si on pouvait le trouver ; la porte de M. Berrier était fermée et on a été obligé d'y envoyer plusieurs brigades de guet à cheval et à pied pour seulement garder la maison de M. Berrier, qui, dès le commencement de ce tapage, était sorti de sa maison par une porte qui donne dans les Jacobins... » (*Journal de Barbier* ou *Chronique de la Régence et du Règne de Louis XV*, vol. IV, p. 429-430.)

(1) « ... Les uns ont dit qu'il n'avait pas passé par Paris, à cause des dernières émotions populaires ; les autres qu'il avait voulu marquer du mépris au peuple à cause de leur sédition. Le premier motif est plus vraisemblable. » (*Journal de Barbier* ou *Chronique de la Régence et du Règne de Louis XV*, vol. IV, p. 440.)

LA FAMILLE ROYALE RAMENANT A NEUILLY LE CORPS DE S. A. R. LE DUC D'ORLÉANS, LE 13 JUILLET 1842.

Après la Révolution, la route de la Révolte n'était plus qu'un chemin de traverse, à peine habité et peu fréquenté; parfois un élégant tilbury ou quelques courriers y passaient; c'étaient les gens de la Maison royale coupant au court pour se rendre de la porte Maillot au château de Neuilly, où séjournaient le roi Louis-Philippe et sa famille.

Dans la matinée du 13 juillet 1842, le duc d'Orléans, qui devait se rendre le jour même à Saint-Omer pour y inspecter le camp, pria M. de Cambis, son écuyer, de lui faire préparer une voiture légère ; il voulait, avant son départ, aller embrasser sa famille à Neuilly.— Le prince partit en uniforme du château des Tuileries, après déjeuner. A la hauteur du rond-point des Champs-Élysées, il s'aperçut que les chevaux, « attelés trop courts », montraient de l'impatience... et fit signe au postillon de les calmer... « Tu n'es donc plus maître de tes chevaux ? — Non, monseigneur, mais je les dirige encore !... » et le postillon les lança sur la route de la Révolte... Les chevaux se sentant sur le chemin de l'écurie redoublent de vitesse. Le groom effrayé saute à terre, roule dans la poussière ; quand il se relève, il voit en travers de la route le duc étendu sans connaissance... Une minute plus tard, les chevaux s'arrêtaient d'eux-mêmes !

On se précipite, on relève le prince, on l'étend sur deux matelas, étayés par une vieille chaise, en l'arrière-boutique d'un épicier, M. Cordier... « Sa tête, penchée sur sa poitrine, se balançait alternativement à droite et à gauche; la respiration était profonde et suspirieuse; le regard était comme celui des agonisants. » — Appelés en toute hâte, le Roi, la Reine, Madame Adélaïde, la princesse Clémentine se jettent à genoux autour du grabat où expire le duc d'Orléans. » Des casseroles, des

INTÉRIEUR DE LA CHAMBRE OU S. A. R. LE DUC D'ORLÉANS EST MORT, LE 13 JUILLET A 4 H. 20.

marmites et des poteries grossières garnissaient les planches le long du mur; quelques images coloriées, à deux sous, représentaient le combat de Mazagran, le Juif errant, l'attentat de Fieschi, le portrait de Napoléon... »

Sous l'escorte d'une compagnie d'élite du 17e régiment d'infanterie légère, qui naguère avait accompagné le prince dans l'expédition des Portes de Fer, la famille royale, les maréchaux, les soldats, des amis, des serviteurs, des passants, tous ceux qui avaient pu apprécier le grand cœur, la simplicité, la bonté du duc d'Orléans, suivaient à pied le corps en pleurant.

Nous voulions revoir la chapelle élevée en 1843 sur

LE MONUMENT FUNÈBRE DU DUC D'ORLÉANS.

Triquetti, *sculp.* P. Sudre, *del.*

l'emplacement du pauvre logis où mourut le prince... La chapelle est fermée depuis quelques mois, le gardien villégiature et l'aumônier dit sa messe à une heure par trop matinale...(1).

(1) La mort du duc d'Orléans. — Hier, 13 juillet, M. le duc d'Orléans est mort par accident...

Pour le duc d'Orléans mourant, on jeta en hâte quelques matelas

*
* *

Cent pas plus loin, quel contraste! A l'angle de la place, près du singulier monument consacré aux aéronautes du siège, au n° 22 de la route de la Révolte, à côté de la porte des Ternes, une bande de calicot se balance au-dessus d'une porte rustique, avec cette inscription : « Ratodrome ». Non sans appréhension, nous entrons. Public étrangement mélangé, des sportsmen, des chas-

à terre et on fit le chevet d'une vieille chaise-fauteuil de paille qu'on renversa.

Un poêle délabré était derrière la tête du prince. Des casseroles et des marmites, et des poteries grossières garnissaient quelques planches le long du mur. De grandes cisailles, un fusil de chasse, quelques images coloriées à deux sous, clouées à quatre clous, représentaient Mazagran, le Juif errant et l'attentat de Fieschi. Un portrait de Napoléon et un portrait du duc d'Orléans (Louis-Philippe), en colonel-général de hussards, complétaient la décoration de la muraille. Le pavé était un carreau de briques rouges non peintes. Deux vieux bahuts-armoires étayaient à gauche le lit de mort du prince.

Le chapelain de la reine, qui assistait le curé de Neuilly, au moment de l'extrême-onction, est un fils naturel de Napoléon, l'abbé X..., qui ressemble beaucoup à l'empereur, moins l'air de génie. (VICTOR HUGO, *Choses vues*, 1842, p. 61 et 62.)

« ... Chaque fois que M. le duc d'Orléans, prince royal, allait à Villiers, son palais d'été, il passait devant une maison d'aspect chétif, n'ayant que deux étages et une seule fenêtre à chacun de ses deux étages, avec une pauvre boutique peinte en vert à son rez-de-chaussée. Cette boutique, sans fenêtre sur la route, n'avait qu'une porte qui laissait entrevoir dans l'ombre un comptoir, des balances, quelques marchandises vulgaires étalées sur le carreau, au-dessus de laquelle était peinte en lettres jaune sale cette inscription : « Commerce d'Épicerie ». Il n'est pas bien sûr que M. le duc d'Orléans, jeune, insouciant, joyeux, heureux, ait jamais remarqué cette porte ;

seurs venant « faire travailler » leurs bulls et leurs fox-terriers, car le patron de ce singulier établissement, M. Gustave, un brave homme, passionné pour son rude métier, fournisseur attitré des « principaux équipages de chasse sous terre », est dresseur de chiens ratiers avec « essais sur renards, blaireaux et rats dans les terriers du ratodrome ». Autour de la petite arène, où se livrent de sanglants combats, une barrière soigneusement grillagée; sur la piste, des terriers factices où tout à l'heure se glissera le blaireau chargé de donner « la leçon » aux chiens.

Quand nous entrons, deux fox-terriers sont en train

ou, s'il y a parfois jeté les yeux en courant rapidement sur ce chemin de plaisance, il l'aura regardée comme la porte d'une boutique misérable, d'un bouge quelconque, d'une masure. C'était la porte de son tombeau.

Aujourd'hui mercredi, j'ai visité le lieu où le prince est tombé; il y a précisément à cette heure une semaine. C'est à l'endroit de la chaussée qui est compris entre le vingt-sixième et le vingt-septième arbre à gauche, en comptant les arbres à partir de l'angle que fait le chemin avec le rond-point de la porte Maillot. Le dos-d'âne de la chaussée a vingt et un pavés de largeur. Le prince s'est brisé le front sur le troisième et le quatrième pavé à gauche, près du bord. S'il eût été lancé dix-huit pouces plus loin, il serait tombé sur la terre.

Le roi a fait enlever les deux pavés tachés de sang et l'on distinguait encore aujourd'hui, malgré la boue d'une journée pluvieuse, les deux pavés nouveaux fraîchement posés...

... Du lieu où le prince est tombé, on aperçoit à droite, dans une éclaircie, entre les maisons et les arbres, l'Arc de l'Étoile. Du même côté et à une portée de pistolet, apparaît un grand mur blanc entouré de hangars et de gravois, bordé d'un fossé et surmonté d'un enchevêtrement de grues, de cabestans et d'échafaudages. Ce sont les fortifications de Paris. (Victor Hugo, *Choses vues*, p. 64 et 65.)

de casser les reins à une dizaine de rats... Oh ! ce n'est pas long. Les rats crient, veulent fuir, les chiens les saisissent par les reins, les lancent en l'air, les secouent, les rejettent à terre... Et c'est fini... Un chien bien exercé doit tuer ses cinq rats en douze ou treize secondes.

Le massacre terminé, un gamin, — celui-là même qui, d'une grande boîte, pousse dans la piste, avec une tringle de fer, les victimes désignées, — empoigne les chiens et lave à grande eau antiseptisée leurs museaux pleins de sang... Autour de la piste, les propriétaires de chiens, hommes et femmes, surveillent anxieux leurs toutous, et quelques pâles voyous, habitués des « fortifs » voisines, jugent les coups, avec, au coin de la lèvre, un fragment jaune de cigarette éteinte.

Bienveillant, M. Gustave nous renseigne : il se détruit au ratodrome environ une centaine de rats par jour ; c'est la corporation des chiffonniers qui fournit le gros du gibier ; des amateurs aussi font la chasse à ces affreux rongeurs, payés 25 centimes pièce...

Mais le combat du rat n'est que jeu d'enfants à côté de la lutte des chiens contre le blaireau, et M. Gustave sort en notre honneur « Pierrot », son blaireau favori, un « malin qui la connaît dans les coins, ne brutalisant pas les jeunes chiens débutants, n'attaquant que les « crâneurs », et, encore, pour leur apprendre à vivre ».

On ouvre une boîte et Pierrot, vieux routier, s'enfouit dans un des terriers factices. Avec des abois féroces, sept fox-terriers envahissent alors la piste, entourant l'entrée du terrier. Les roublards qui « ont déjà écopé » aboient prudemment... d'un peu loin, les jeunes se précipitent et retirent vite leurs gueules ensanglantées :

APRÈS LE COMBAT. Phot. d'après nature.

La toilette des fox-terriers.

Pierrot les a « pincés ». Au bout d'un quart d'heure, avec un coup de pied, M. Gustave éventre le couloir de planches... Pierrot tout hérissé surgit, escorté à distance respectueuse des sept fox-terriers hurlant : deux ou trois tours de piste, cinq ou six coups de dent, pas mal de sang, beaucoup de bruit... M. Gustave intervient : de nouveau, le blaireau, son numéro fini, rentre en sa boîte... j'allais écrire en sa loge, comme un bon vieux cabot qui vient de jouer son rôle... On panse les blessés, on reconstruit le terrier et le public charmé rallume ses cigarettes.

M. Gustave nous fait ensuite les honneurs de ses coulisses ; elles sentent un peu fort; elles contiennent, — affreux spectacle, — une réserve en caisse de deux ou trois cents rats, deux blaireaux, deux renards, vingt fox-terriers... et un bouc ! Chose fantastique, ce bouc est ici pour « changer l'air », pour le purifier, si j'ose dire !

Et l'idée de ce bouc parfumeur ne fut pas l'une des moindres surprises de cette bizarre promenade, aussi pittoresque que difficile à recommander aux jolies Parisiennes qui nous font le grand honneur de nous lire.

FIN

TABLE DES GRAVURES

Pages.

TABLE DES PLANS

FIN DE LA TABLE DES PLANS.

BIBLIOTHÈQUE NATIONALE

TABLE DES MATIÈRES

FIN DE LA TABLE DES MATIÈRES.

9654-8-10. — Paris. — Imp. Hemmerlé et Cie.

www.ingramcontent.com/pod-product-compliance
Lightning Source LLC
Chambersburg PA
CBHW070750030726
47504CB00003B/506
* 9 7 8 2 0 1 9 9 7 7 4 0 5 *